JANET FRAME
GESICHTER IM WASSER

JANET FRAME

Gesichter im Wasser

Roman

Aus dem Englischen von
Kyra Stromberg und Monika Schlitzer

PIPER
MÜNCHEN ZÜRICH

Die Originalausgabe erschien 1961 unter dem Titel
»Faces in the Water« bei W. H. Allen & Co., London.

ISBN 3-492-02821-7

Gesetzt aus der Baskerville-Antiqua
Gesamtherstellung: Kösel, Kempten
Printed in Germany

FÜR R.H.C.

Obgleich das Buch dokumentarischen Charakter hat, sind Ereignisse und Personen frei erfunden – auch die der Istina Mavet.

— I —
CLIFFHAVEN

— I —

Sie sagen, wir müssen der *Sicherheit* Gehorsam leisten, sie sei unser Rotes Kreuz, das uns mit Balsam und Bandagen für unsere Wunden versehen und die fremden Gedanken, die Glasperlen unserer Wahnvorstellungen, die verbogenen Haarnadeln der Unvernunft, die in unseren Verstand eingedrungen sind, entfernen wird. An allen Türen, die aus der Welt und in die Welt führen, haben sie Warnungen angebracht und Listen mit Sicherheitsmaßnahmen, die im äußersten Notfall zu ergreifen sind. Blitzschlag, Sich-Verirren im Schnee der Antarktis, Schlangenbisse, Aufruhr, Erdbeben. Schlafe niemals im Schnee. Verstecke die Schere. Hüte dich vor Fremden. Bist du allein und verlassen in einem fremden Land, bestimme die Zeit nach dem Sonnenstand und halte Abstand von der Sonne und den Flüssen, die ins Meer fließen. Wehre dich nicht, wenn man dich vor dem Ertrinken rettet. Sauge den Schlangenbiß aus. Wenn die Erde sich öffnet und die Schornsteine umfallen, lauf hinaus unter freien Himmel. Aber für den Jüngsten Tag, die Vernichtung, wenn »die so aus den Fenstern blicken, erblinden werden«, gibt es keinerlei Anweisung. Die Straßen sind gedrängt voll von Leuten, die in Panik geraten, die nach rechts und links blicken, während sie die Scheren verbergen, Gift aus einer unauffindbaren Wunde saugen und die Zeit nach dem Stand der Sonne am Himmel bestimmen, wenn sie bereits zerschmolzen ist und an den Felsen der Finsternis entlang in die Tiefen verdunsteter Meere sickert.

Wie sollen wir bis zu diesem Tage unseren Weg durch Schlaf und Träume finden und uns vor ihrer gefährlichen Wirklichkeit schützen, vor Schlangen, Verkehr, Bazillen, Aufruhr, Erdbeben, Schneesturm und Schmutz, während Läuse wie Rätsel durch unseren Verstand kriechen? Schnell, schnell – wo ist das Rote Kreuz mit Salbe und Gips, mit Nadel und Faden und sauberen Verbänden, um unsere schwärenden Träume fest einzubinden wie Mumien? Sicherheit ist oberstes Gebot.

Ich werde über die Zeit der Gefahr schreiben. Ich wurde in die Klinik gebracht, weil ein großer Riß entstanden war in der Eisscholle, weil sich ein Abgrund auftat in dem Treibeis zwischen mir und den anderen, die ich in ihrer eigenen Welt beobachtete, wie sie davontrieben durch ein violett gefärbtes Meer, wo Hammerkopfhaie in tropischer Leichtigkeit Seite an Seite mit Seerobben und Polarbären schwammen. Ich war allein auf dem Eis. Ein Schneesturm kam auf, und ich erstarrte immer mehr und wollte mich hinlegen und schlafen und hätte das auch getan, wenn nicht die Fremden gekommen wären mit Scheren und Säcken voller Läuse und rot etikettierten Flaschen mit Gift und anderen gefährlichen Dingen, die ich vorher nicht bemerkt hatte – Spiegel, Mäntel, Korridore, Möbel, Quadratzentimeter, verriegeltes langes Schweigen, einfarbig und gemustert, kostenlose Stimmproben. Und die Fremden richteten schweigend ein Rundzelt aus Baumwolle auf und campten mit mir zusammen und umdrängten mich mit ihrer gefährlichen Ware.

Aber ich aß gern Carmello-Schokolade, weil ich einsam war. Ich kaufte zwölf Kissen für Sixpence. Ich saß auf dem Friedhof zwischen Chrysanthemen, die gebündelt im bräunlichen Wasser schmutzverkrusteter Marmeladengläser standen. Ich ging auf und ab, hin und her in der dunklen Stadt und folgte den leuchtenden Straßenbahnen, die die Straßenlichter auffingen und zurückschossen, und die Straßenbahnen versprühten Funken über meinem Kopf, und mit den Regenbogenspritzern von Licht dazwischen war es, als blickte ich durch Tränen hindurch. Aber die Schaufenster sprachen zu mir und auch der Regen, der innen am Fenster des Fischgeschäfts entlanglief, und auch das reinliche Moos und der Farn im Blumenladen und die schäbigen schlaffen Kostüme und altmodischen Mäntel über den ältlichen Plastikmodellen in den billigeren Läden, die es sich nicht leisten konnten, ihre Schaufenster zu beleuchten und die Waren, versehen mit rotbemalten Warnzetteln, darin zusammengedrängt. Sie alle sprachen. Sie sagten: Hüte dich vor Ausverkauf und Sonderpreisen. Sie sagten: Hüte dich vor Verkehr und Bazillen; wenn du ein Taschentuch findest, halte es zwischen Daumen und Fingerspitze hoch, bis jemand es haben will. Gegen eine Erkältung in der Brust inhaliere Friars' Balsam. Setz dich in öffentlichen Toiletten nie auf den Sitz. Gefahr. Starkstromkabel über dir.

Ich war noch nicht zivilisiert; ich tauschte meine Sicherheit gegen die Glasperlen von Wahnvorstellungen ein.

Ich war Lehrerin. Der Direktor der Schule folgte mir auf meinem Weg nach Hause, er teilte sein Gesicht und seinen Körper in drei, um mich mit dreifacher Gefahr zu bedrohen, ein Teil an jeder Seite und einer mir auf den Fersen. Ein- oder zweimal drehte ich mich schüchtern um und sagte: »Hätten Sie gern einen Stern für gute Führung?« Ich saß die ganze Nacht über in meinem Zimmer, schnitt Sterne aus Bogen von Goldpapier, klebte sie an die Wände und quer über die Tür des besten Kleiderschranks meiner Wirtin und über den Kopf und das Gesicht und die Augen ihres gefederten Sofas, bis das Zimmer austapeziert war mit Sternen, möbliert wie eine private Nacht, wie ein Zauber gegen die drei Schuldirektoren, die mich jeden Morgen dazu brachten, ganz behaglich Tee im Lehrerzimmer zu trinken, und die in Strandschuhen auf Zehenspitzen an den Ringelblumenrabatten entlanggingen, während bissige Ratschläge und Platitüden aus ihnen hervorsprossen. Während ich glaubte, ich könnte sie mit gutem Benehmen bestechen und sie mit einem Kleister aus Wasser und Mehl in einer Papiermilchstraße der Billigung halten, ließ ich in Wahrheit mir allein all die hundert Belohnungen, Bürgschaften, Sicherheitsmaßnahmen, Versicherungspolicen zukommen, denn ich allein war böse, ich allein war gesehen und gehört worden, hatte geredet, ehe ich gefragt war, hatte feine Kuchen gekauft, ohne daß man es mir aufgetragen hatte, und sie an die Wand geklebt.

Mein Zimmer stank nach Monatsbinden. Ich wußte nicht, wo ich sie hintun sollte, und versteckte sie daher in den Schubladen des Walnußschreibtisches meiner Wirtin – in der obersten, der mittleren und der untersten Schublade. Überall hing der Geruch nach getrocknetem Blut, nach verfaulten Nahrungsmitteln, die man aus Vorratsregalen eines Hauses ohne Mieter oder Möbel oder die Hoffnung auf künftige Vermietung geworfen hatte.

Der Direktor schlug mit den Flügeln; er hatte einen Namen, der nach »Bussard« klang und ihm Macht gab über die Toten, Macht, die Knochen derer abzunagen, die tot in der Wüste lagen.

Ich verschlang eine Reihe von Sternen: Es war

leicht; ich schlief den Schlaf guter Arbeit und ausgezeichneter Führung.

Vielleicht hätte ich in das violette Meer eintauchen und es durchschwimmen können, um die dahindriftenden Leute aus der Welt einzuholen; aber ich dachte an das erste Gebot der Sicherheit, sieh nach links und sieh nach rechts. Die entschwindenden Menschenmengen winkten mit ihren schmutzigen Taschentüchern, die sie geziert zwischen Daumen und Zeigefinger hielten. Welche Vorsicht! Sie bedeckten Nase und Mund, wenn sie niesten, aber ihre Füße waren nackt und eiskalt, und ich dachte, sie könnten sich vielleicht Schuhe und Strümpfe nicht leisten, also blieb ich auf meiner Eisscholle, weil ich mich der Gefahr der Armut nicht aussetzen wollte, sah sorgsam nach links und nach rechts und achtete auf den fürchterlichen Verkehr in der einsamen Polarwüste; bis ein Mann mit goldenem Haar sagte: »Du brauchst Ruhe von Chrysanthemen und Friedhöfen und Straßenbahnen, die auf parallelen Schienen zum Meer fahren. Du mußt dringend dem Sand und den Lupinen und Kleiderschränken und Zäunen entkommen. Mrs. Hogg wird dir helfen, Mrs. Hogg, die Berkshire-Sau, der man den Kropf entfernt hat, und du solltest den Sahnestrom sehen, der aus dem Loch in ihrer Kehle fließt, und das angenehme Pfeifen ihres Atems hören.«

»Sie haben einen Fehler gemacht«, sagte Mrs. Hogg und richtete sich auf Zehenspitzen auf und warf den Kopf in die Luft. »Es mag sein, daß ich einen Ingwer-Schnurrbart habe, aber niemals hat es einen Sahnestrom gegeben, der aus dem Loch in meiner Kehle floß. Und sagen Sie mir bitte, was ist der Unterschied zwischen Geographie, Elektrizität, kalten Füßen, einem ohne Verstand geborenen Kind, das in einem zementierten Hof in einer Maschine aus rotem Holz sitzt und kindisch daherschwatzt, und der Klage von Guiderius und Aviragus:

> Fürchte nicht der Sonne Glut,
> Nicht der Winterstürme Wut...
>
> Kein Teufelsaustreiber soll dich versehren
> Kein Zauberspruch dir Arges bescheren
> Ruhloser Geist, lasse ab von dir
> Und nichts Böses nahe dir.

Ich hatte Angst vor Mrs. Hogg. Ich konnte ihr den Unterschied nicht erklären. Ich schrie sie an:

> Du Bekloppte zieh mal Leine
> Mach deine Sach, und ich mach' meine.

Was macht ein Bekloppter? Ein Bekloppter in Cliffhaven an der Bahn, wo die Züge für zwanzig Minuten halten, um Postsäcke abzuladen und einzusammeln und den Reisenden den Blick freizugeben auf die Bekloppten, die da versammelt sind, gaffend und ganz versunken?

Sag mir, wie spät ist es jetzt? Die leichtsinnige Schulglocke stößt wie verrückt ihren Kopf gegen ihre Zunge; bin ich rechtzeitig in der Schule? Die Kirschblüten entfalten sich zwischen ihren glänzenden Blättern, die samtkehligen Löwenmäulchen blühen, der Wind fegt das Sonnenlicht in die Reihe geschmeidiger grüner Pappeln, die draußen am Ufer wachsen, gerade den Weg hinauf. Ich kann sie aus den Fenstern sehen, die oben und unten nur wenige Zentimeter offenstehen, und warum werden die Türen von Leuten verriegelt, die rosa Uniformen und

Schlüssel tragen, die mit einer Kordel an ihrem Bauch verknotet sind und in Taschen, groß wie die eines Beuteltiers, verschwinden? Hat es schon Tee gegeben? Violettes Licht, gelbe japanische Quitte und die Kinder, die auf der Straße Hopse, Baseball und Murmeln spielen, bis die alles auslöschende Dunkelheit selbst die Farbe der gelben Quitte aufgesogen hat?

Ich werde den Leuten in der anderen Welt warme Wollsocken über die Füße ziehen; aber ich träume und kann nicht aufwachen, und man hat mich über den Felsen geworfen, und ich hänge da an zwei Fingern, auf denen der Riese Unwirklichkeit herumtanzt und -trampelt.

Also konnte ich nur weinen. Ich weinte, daß der Schnee schmelzen sollte und die machtvollen Berater kommen und die Warnzettel herunterreißen sollten, und ich habe Mrs. Hogg nie den Unterschied mitgeteilt, weil ich wußte, daß auf diese Weise nur die Ähnlichkeit zunahm; der Unterschied verflog in der Luft und welkte dahin, und zurück blieb die Frucht der Ähnlichkeit, so wie ein Blütenkätzchen die Haselnuß in sich birgt.

— II —

Mir war kalt. Ich suchte nach einem Paar Wollsokken, damit meine Füße warm blieben und ich bei der neuen Behandlung, der Elektroschocktherapie, nicht starb und sie nicht meinen Körper durch die Hintertür in die Leichenhalle schafften. Jeden Morgen erwachte ich voller Angst in Erwartung der Tagschwester, die mit der Liste in der Hand ihre Runden machte und bekanntgab, ob ich eine Schocktherapie bekam oder nicht. Dies war die neue Methode, um Menschen ruhigzustellen und ihnen beizubringen, daß Befehle dazu da sind, befolgt zu werden, daß man die Böden ohne Widerrede zu schrubben hat, daß Gesichter zum Lächeln da sind und Weinen ein Verbrechen ist. Das Warten am frühen Morgen, in den undurchdringlich schwarzen, eisigen Stunden, war, als wartete man auf die Verkündung eines Todesurteils.

Ich versuchte mir die Ereignisse des vorangegangenen Tages in Erinnerung zu rufen. Hatte ich geweint? Hatte ich einen Schwesternbefehl nicht befolgt? Oder hatte ich, verwirrt durch den Anblick einer sehr kranken Patientin, Panik bekommen und versucht wegzulaufen? Hatte eine Schwester mir gedroht: »Wenn Sie sich nicht in acht nehmen, sind Sie morgen mit einer Behandlung dran!«? Tag für Tag überwachte ich die Gesichter des Pflegepersonals so sorgfältig, als wären sie Radarschirme, die verraten könnten, welches Schicksal mir drohte. Ich war listig. »Lassen Sie mich das Büro wischen«, bettelte ich. »Lassen Sie mich abends das Büro wischen, denn am Abend haben sich Bakterien auf Ihren Büromöbeln und Ihren Berichtsheften gesammelt, und wenn man diese gefährliche Schmutzschicht nicht entfernt, könnten Sie davon krank werden, und das bedeutet Unruhe und Fingerabdrücke und ein Leichentuch aus billiger Baumwolle.« Und so wischte ich das Büro, als Vorsichtsmaßnahme, und schlich zum Schreibtisch der Schwester und warf einen raschen Blick auf das offene Berichtsheft und die Namen derer, die am nächsten Morgen für eine Behandlung vorgesehen waren. Einmal las ich dort meinen Namen, Istina Mavet. Was hatte ich getan? Ich hatte nicht geweint oder ungefragt gesprochen oder mich geweigert, den Fußboden zu bohnern oder den Teetisch zu decken oder den überlaufenden Eimer für die Schweine vor die Tür zu tragen. Ganz offensichtlich war da ein Vergehen, das ich nicht kannte, das in meiner Liste nicht vorkam, weil ich es mit dem schwankenden Scheinwerfer meines Geistes im dunklen Hinterland des Unbewußten nicht aufspüren konnte. Ich wußte dann, daß ich sehr vorsichtig sein mußte. Ich mußte Handschuhe anziehen, um keine Spuren zu hinterlassen, wenn ich in das übervolle Haus der Gefühle einbrach und mir zum eigenen Gebrauch Überschwenglichkeit Depression Mißtrauen Entsetzen herausholte.

Während wir die Tagschwester beobachteten, wie sie mit ihrer Liste von einer Patientin zur nächsten ging, wuchs unsere quälende Furcht.

»Sie sind dran zur Behandlung. Kein Frühstück heute. Behalten Sie das Nachthemd und den Morgenmantel an, und nehmen Sie die Zähne heraus.«

Wir mußten vorsichtig, ruhig, kontrolliert sein. Wenn unsere Vorahnungen ungerechtfertigt waren, erfaßte uns ein Schwindel der Befreiung. Doch wenn wir unsere Erleichterung allzu deutlich zeigten, konnte es leicht passieren, daß wir eine Notbehandlung bekamen. Wenn unser Name aber auf der verhängnisvollen Liste stand, mußten wir mit all unserer Kraft versuchen, die aufsteigende Panik zu unterdrücken; doch das gelang nicht immer. Ein Entrinnen gab es nicht. Sobald die Namen bekannt waren, wurden alle Türen sorgfältig verschlossen; wir mußten im Beobachtungsschlafsaal bleiben, wo die Behandlung stattfand.

Es war eine Zeit des Lauschens – auf die Schritte der anderen Patientinnen, die den Flur entlang zum Frühstück gingen; die Stille, wenn Schwester Honey mit gesenktem Kopf und wachsamen Augen das Tischgebet sprach.

»Für all diese Gaben lasse der Herr euch aufrichtig dankbar sein.«

Und dann hörte man plötzlich lebhaftes Klappern von Löffeln auf Porridge-Tellern, das Rücken von Stühlen, das unruhige Murmeln am Ende der Mahlzeit, wenn das unvermeidlich fehlende Messer gesucht wurde, während die Schwester ungerührt warnte: »Niemand steht vom Tisch auf, bis das Messer sich gefunden hat.« Dann weiteres Rutschen und Rascheln, gefolgt von den Anweisungen der Schwester. »Alles aufstehen.« Seitentüren wurden aufgeschlossen, während den Patientinnen ihre jeweiligen Arbeitsplätze zugewiesen wurden. Sie bitte in die Wäscherei. Sie bitte ins Nähzimmer. Sie bitte ins Schwesternhaus. Dann die pochenden Schritte, wenn die korpulente Oberschwester Glass sich auf ihren winzigen schwarzbeschuhten Füßen auf dem Korridor näherte, den Beobachtungsschlafsaal aufschloß, der anderen Schwester eine Frage stellte und uns mit prüfendem Blick ansah wie ein Viehhändler sein soeben gekauftes Vieh, bevor er es ins Schlachthaus abtransportieren läßt. »Sind alle da? Achten Sie darauf, daß sie nichts zu essen haben.« Wir standen wartend in kleinen Gruppen beieinander; oder hockten in einem Halbkreis um den großen abgeschirmten Kamin, in dem ein Haufen matter Kohlen düster vor sich hin schwelte; unsere klammen Finger wärmten wir auf den rußgeschwärzten Stangen des Kaminschirms.

Denn trotz der Löwenmäulchen und Schlüsselblumen und Kirschblüten war immer Winter. Und wir waren immer in Gefahr: elektrischer Strom, die Gefahr, von der der Wind an einem grauen Tag in den Drähten singt. Immer und immer wieder überlegte ich: Welche Sicherheitsmaßnahmen muß ich ergreifen, um mich gegen den Strom zu schützen? Und ich zählte die Notfälle auf – Blitz, Aufruhr, Erdbeben und die Maßnahmen, die der Welt zuteil werden durch das Rote Kreuz der Menschen Gott Sicherheit, mit dem wir uns verbünden müssen, sonst sterben wir auf der losgelösten Eisscholle, in doppelter Einsamkeit. Aber es wollte mir nicht einfallen, was ich tun sollte, wenn die Elektrizität mich bedrohte, außer daß mir die hüfthohen Gummistiefel meines Vaters einfielen, die er zum Angeln anzog und die in der Waschküche standen, wo die mottenzerfressenen Mäntel hinter der Tür hingen, neben dem Stapel alter Witzheftchen, die besten Witze der Welt, die auf dem Klo gelesen wurden. Wo waren die Waschküche und die alten Kleider mit Spinnennestern und Kellerasseln in den Falten? Verloren in einem fremden Land, orientiere dich an den Flüssen, die zum Meer fließen, und lies die Zeit am Stand der Sonne ab.

Ja, ich war listig. Einmal bemerkte ich einen Zusammenhang zwischen Elektrizität und Nässe, und unter dem Vorwand, auf die Toilette zu müssen, füllte ich die Badewanne und kletterte hinein, mit Nachthemd und Morgenmantel, und dachte: Jetzt werden sie mich nicht behandeln, und vielleicht kann ich eine geheime Macht über die glatte, cremefarben lackierte Maschine mit ihren Knöpfen und Meßskalen und Lämpchen gewinnen.

Glauben Sie an eine geheime Macht?

Wir gerieten in Freudentaumel, wenn die Maschine nicht funktionierte und der Arzt frustriert aus dem Behandlungsraum kam und Schwester Honey die beglückende Anweisung gab: »Bitte alle anziehen. Heute gibt's keine Behandlung.«

Aber an dem Tag, als ich in die Wanne stieg, versagte die geheime Macht, und ich bekam doch eine Behandlung, wurde als erste in den Raum geschoben, noch bevor die lauten Leute von Station zwei, wo die Geistesgestörten waren, zur »Mehrfachbehandlung« hereingebracht wurden. Sie bekamen zwei oder manchmal sogar drei Behandlungen nacheinander. Diese Ruhelosen in ihren roten Stationsmorgenmänteln und den langen grauen Stationssokken und den weiten gestreiften Pumphosen, die uns manche sogar zeigten, wurden mit Vornamen oder Spitznamen angeredet: Truddelchen, Goldie, Dora. Manchmal kamen sie auf uns zu und wollten uns etwas anvertrauen oder berührten uns am Ärmel, voller Hochachtung, so, als wären wir tatsächlich das, wofür wir selbst uns auch hielten, eine andere Rasse, die mit ihnen nichts zu tun hatte. War unsere Krankheit nicht harmlos, da wir die Sprache noch nicht durch Tierlaute ersetzt hatten, noch nicht mit den Gliedmaßen unkontrolliert herumschlenkerten oder in eine unmotivierte stille Fröhlichkeit versanken? Wenn aber die Zeit für die Behandlung kam und sie und wir zusammen in den Raum am Ende des Schlafsaals gescheucht oder gezerrt wurden, ob wir nun von der »Gestörtenstation« oder der »harmlosen« Station kamen, gaben wir alle dieselben unterdrückten, erstickten Schreie von uns, sobald der Strom angeschaltet wurde und wir in sofortige einsame Bewußtlosigkeit fielen.

Es war früh in meinem Traum. Die Gleise der Zeit kreuzten sich und verschmolzen, und mit dem Frontalzusammenstoß von Stunden brach ein Feuer aus und verkohlte die Vegetation, die eine grüne Erinnerung entlang der Schienenstränge sprießen ließ. Ich nahm einen Fingerhut voll Wasser, das ich aus dem Meer geschöpft hatte, und versuchte, das Feuer zu löschen. Ich winkte den ankommenden Stunden mit einer kleinen grünen Flagge, und sie fuhren durch die verstümmelte Landschaft auf ihr Ziel zu, und als die Gesichter mich durch das Zugfenster anblickten, sah ich, daß es die Gesichter derjenigen waren, die auf die Schocktherapie warteten. Ich sah Miss Caddick, sie wurde Caddie genannt, die zänkisch und mißtrauisch war und nicht wußte, daß sie bald sterben mußte und daß man dann ihren Körper heimlich durch die Hintertür in die Leichenhalle schaffen würde. Und ich sah mein eigenes Gesicht, das mich aus dem Waggon voller Leute mit Spitznamen und in Anstaltskleidern, gestreiften Pumphosen und grauen Wolljacken, anstarrte. Was hatte das zu bedeuten?

Ich hatte solche Angst. Als ich nach Cliffhaven kam, zum ersten Mal den Aufenthaltsraum betrat und die Leute sah, die dort saßen und vor sich hin starrten, dachte ich, wie ein Passant denkt, wenn er auf der Straße jemanden in die Luft starren sieht: Wenn ich auch nach oben schaue, werde ich es sehen.

Und ich schaute, sah aber nichts. Und das Starren war nicht, wie auf der Straße, ein Anlaß für Menschen, sich wegen irgendeines Vorfalls zu versammeln; es war ein Anlaß zur Einsamkeit, ein Blick in einen geschlossenen, privaten Kreis.

Und es ist noch immer Winter. Warum ist es Winter, wenn der Kirschbaum blüht? Ich bin schon seit Jahren hier in Cliffhaven. Wie kann ich um neun Uhr in der Schule sein, wenn ich im Beobachtungsschlafsaal gefangen bin und auf die Schocktherapie warte? Es ist so ein weiter Weg bis zur Schule, die Eden Street hinunter, über die Ribble Street und durch die Dee Street, vorbei am Haus des Doktors mit dem Puppenhaus seiner kleinen Tochter, das auf dem Rasen steht. Ich hätte so gerne ein Puppenhaus; ich würde mich am liebsten so klein machen, daß ich darin leben könnte, zusammengerollt in einer Streichholzschachtel mit Bettvorhängen aus Satin und Goldsternen auf der Reibefläche für gute Führung.

Es gibt kein Entrinnen. Bald ist es wieder Zeit für die Elektroschocks. Durch die Fenster der Veranda sehe ich die Schwestern vom zweiten Frühstück zurückkommen, und ihr Anblick, wie sie zu zweit und zu dritt die Grenze von Löwenmäulchen, Stiefmütterchen und Kirschblütenbaum überschreiten, ruft in mir ein schreckliches Gefühl der Verzweiflung und Unausweichlichkeit hervor. Ich fühle mich wie ein Kind, das man gezwungen hat, in einem fremden Haus fremdes Essen zu essen, und das dort in einem fremden Zimmer mit ungewohntem Geruch in der Bettwäsche und ungewohntem Muster auf der Decke die Nacht verbringen muß und das am nächsten Morgen aufgeweckt wird und vor dem Fenster eine ungewohnte und Angst einflößende Landschaft erblickt.

Die Schwestern kommen in den Schlafsaal. Sie sammeln von den Patientinnen, die eine Behandlung bekommen, die Gebisse ein und werfen sie in alte gesprungene Tassen mit Wasser und schreiben außen mit einem blaßblauen Kugelschreiber die Namen darauf; die Tinte hält nicht auf der glatten Porzellanoberfläche, sie zerfließt, läuft vor sich selbst davon, und die Ränder der Buchstaben sehen aus wie Fliegenbeine. Eine Schwester bringt zwei kleine angeschlagene Emailschüsseln mit Äthylalkohol und einem seifigen Mittel, um unsere Schläfen abzureiben, damit der Schock richtig »greift«.

Ich suche nach einem Paar grauer Wollsocken, denn ich weiß, ich muß sterben, wenn meine Füße kalt werden. Eine Patientin zieht vorsorglich Unterhosen an, »falls ich vor dem Doktor die Beine hochwerfe«. In der letzten Minute, wenn das Neun-Uhr-Gefühl uns einschließt und wir in den harten Stühlen sitzen, den Kopf in den Nacken gelegt, und unsere Schläfen mit der getränkten Watte abgerieben werden, bis die Haut zieht und juckt und der überschüssige Alkohol uns in die Ohren rinnt und plötzlich alle Geräusche abschirmt, bricht zum letzten Mal Geschrei und Panik aus; einige versuchen, Essensreste der bettlägerigen Patientinnen zu erhaschen. Eine Schwester ruft: »Wer muß, kann jetzt noch mal zur Toilette gehen«, und die Tür des Schlafsaals wird für einen kurzen beaufsichtigten Gang zu den türlosen Toiletten geöffnet, wobei Wachen im Korridor aufgestellt werden, damit niemand wegläuft. Es gibt kurze Handgemenge und Tritte, als einige versuchen, vorbeizukommen, sie begreifen jedoch fast augenblicklich, daß es keinen Ort gibt, an den sie flüchten könnten. Die Türen nach draußen sind verschlossen. Man würde sofort eingeholt und wieder zurückgezerrt werden, und wenn einen Oberschwester Glass erwischte, so wiese sie einen ärgerlich zurecht: »Es ist nur zu Ihrem Besten. Nehmen Sie sich gefälligst zusammen. Sie haben jetzt lange genug Schwierigkeiten gemacht.«

Die Oberschwester hat selbst nie angeboten, sich einer Schocktherapie zu unterziehen, so wie beispielsweise als Giftmörder Verdächtigte manchmal ihre Unschuld beweisen, indem sie das erste Stück eines angeblich mit Arsen vergifteten Kuchens essen.

Wandschirme mit Blumenmuster werden aufgestellt, um das andere Ende des Schlafsaals, wo die vorbereiteten Behandlungsbetten stehen, mit zurückgeschlagenen Laken und hochgestellten Kissen, bereit, den bewußtlosen Patienten aufzunehmen, vor Blicken zu schützen. Und jetzt wollen alle noch einmal zur Toilette gehen, und noch einmal, als die Panik wächst, die Schwester verschließt endgültig die Tür, und damit ist die Toilette nicht mehr zugänglich. Wir wünschen uns sehnlichst, noch einmal hinein zu können und uns auf der kalten Porzellanschüssel auf die einfachste Weise Erleichterung in der wachsenden Seelenpein zu verschaffen, als könnte ein körperlicher Vorgang dieser Not abhelfen und sie hinwegspülen wie brennende Wassertropfen.

Und jetzt hört man das morgendliche Abhusten der Asthmatiker, das Quietschen von Gummisohlen auf dem gewienerten Korridor draußen, akzentuiert durch eilige Pingpong-Schritte von Anstaltsschuhen mit Blockabsätzen, und Dr. Howell und Oberschwester Glass kommen herein, sie schließt die Tür zum Schlafsaal auf und tritt zur Seite, um ihn eintreten zu lassen, und beide schreiten majestätisch auf Schwester Honey zu, die schon im Behandlungsraum wartet. In letzter Minute, weil es nicht genügend

Schwestern gibt, hüpft die neu eingestellte Sozialarbeiterin herein (wir nennen sie Pawlowa), die bei der Behandlung mithelfen soll.

»Schwester, schicken Sie mir bitte die erste Patientin.«

Oft habe ich mich freiwillig als erste gemeldet weil ich mir sage, daß ich dann längst wieder wach bin, wenn die meisten anderen noch in einem angsterfüllten Dämmer warten, bis sie so verwirrt sind, daß sie sich manchmal einbilden, sie hätten die Behandlung schon hinter sich, sie wäre so unauffällig vonstatten gegangen, daß sie es gar nicht bemerkt hätten.

Die Menschen hinter dem Schirm fangen an zu stöhnen und zu schreien.

Wir kommen streng nach der Voltzahl an die Reihe.

Wir warten, während Station zwei »erledigt« wird.

Wir kennen die Gerüchte über die Schocktherapie – es ist ein Training für Sing-Sing, wenn wir schließlich des Mordes überführt und zum Tode verurteilt sind und im elektrischen Stuhl festgeschnallt werden mit Elektroden auf unserer Haut, die durch Schlitze in unserer Kleidung geschoben werden; unser Haar verschmort, wenn wir sterben, und der letzte Geruch in unserer Nase ist der Geruch unseres eigenen brennenden Fleisches. Und die Angst treibt manche Patientinnen noch tiefer in den Wahnsinn. Und sie sagen, es sei eine Sitzung, bei der man dich zum Sprechen bringen will, daß über deine Geheimnisse Akten angelegt werden, die im Behandlungszimmer aufbewahrt sind, und ich habe den Beweis, daß das stimmt, denn ich bin mit einem Korb voll schmutziger Wäsche durch den Behandlungsraum gegangen und habe meine Akte gesehen. Impulsiv und gefährlich, steht darauf. Warum? Und wie? Wie? Was soll das alles bedeuten?

Ich bin jetzt gleich an der Reihe. Ich gehe bis zur Tür des Behandlungsraumes hinüber und warte, denn es müssen so viele Behandlungen durchgeführt werden, daß der Doktor bei jeder Verzögerung ungeduldig wird. Man erreicht eine Rationalisierung der Abläufe (wie auch mit unserer Leibwäsche ganz rationell verfahren wird – eine Garnitur auf dem Leib, eine Garnitur sauber im Schrank, eine in der Wäsche) dadurch, daß immer eine Patientin vor der Tür wartet, eine auf dem Behandlungstisch liegt und eine andere ein letztes Mal abgetupft wird, bevor sie ihren Platz an der Tür einnimmt.

Plötzlich dringt der unausweichliche Schrei durch die geschlossene Tür, die sich nach einigen Minuten öffnet, und Molly oder Goldie oder Mrs. Gregg wird zusammengekrampft und grunzend herausgeschoben. Ich schließe die Augen ganz fest, wenn das Bett an mir vorbeirollt, dennoch muß ich es unweigerlich sehen, oder die anderen Betten, in denen Leute liegen, vielleicht in tiefem Schlaf oder wach und winselnd, mit hochrotem Kopf und blutunterlaufenen Augen. Ich höre jemanden stöhnen und weinen; es ist jemand, der zur falschen Zeit und am falschen Ort aufgewacht ist, denn ich weiß, daß die Behandlung einem alles entreißt und einen allein und blind im Nichts zurückläßt, und man sucht tastend wie ein neugeborenes Tier die Stelle, die einem den ersten Trost spendet; dann erwacht man, klein und verängstigt, und die Tränen fließen unaufhörlich in namenlosem Leid.

Neben mir steht mit zurückgeschlagenem Laken und zurechtgelegtem Kissen das Bett, in dem ich nach der Behandlung liegen werde. Sie werden mich hineinheben, und ich werde es nicht einmal wissen. Ich sehe das Bett an, als müßte ich eine Beziehung zu ihm aufbauen. Wenige Leute haben Gelegenheit, einen Blick auf ihren Sarg zu werfen; könnten sie es, wären sie vielleicht versucht, ihn zu beschwören, in der Satinauskleidung einige wertvolle Eigenheiten ihrer Persönlichkeit zu bewahren. In meiner Vorstellung lege ich unter das Kissen meines Behandlungsbettes einen Laufzettel mit Zeit und Ort, so daß ich, wann immer ich aufwache und falls überhaupt, nicht gänzlich verwirrt bin und in Panik durch die Dunkelheit des Nicht-Wissens und Nicht-Seins tappe. Dann gehe ich in den Raum. Wie mutig ich bin! Allen fällt das auf! Ich steige auf den Behandlungstisch. Ich versuche, tief und gleichmäßig durchzuatmen, wie man es in Momenten der Angst tun soll. Ich versuche, mich nicht stören zu lassen, wenn die Oberschwester mit heiserer Stimme wie eine Mörderin einer der anderen Schwestern zuflüstert: »Haben Sie den Knebel?«

Und immer wieder sage ich im stillen das Gedicht auf, das ich in der Schule lernte, als ich acht war. Ich sage das Gedicht auf, wie ich die grauen Wollsocken trage, um den Tod abzuwehren. Es sind keine bedeutungsvollen Zeilen, denn in Extremsituationen wendet man ja oft seine ganze Aufmerksamkeit unbedeutenden Kleinigkeiten zu; der Sterbende überlegt, was diejenigen denken werden, die seine Zehennägel schneiden; der Trauernde zählt die Blütenkelche einer Blume. Ich sehe das Gesicht von Miss Swap, die uns das Gedicht beigebracht hat. Ich sehe das Muttermal neben ihrer Nase, seine zwei Erhebungen, wie ein winziges Landbrot, und die rötlichen Haare, die aus ihm herauswachsen. Ich sehe mich selbst im Klassenzimmer stehen und das Gedicht aufsagen und spüre, wie die abgenutzte lackierte Tischplatte gegen meinen Körper drückt, gegen meinen Nabel, aus dem ich mit dem Finger Krümel heraushole; ich sehe aus dem linken Augenwinkel den Federkasten meiner Banknachbarin, um den ich sie so sehr beneidete, weil er drei Fächer übereinander besaß und auf dem Deckel ein Rosenmuster und eine wundervolle daumengroße Griffmulde, um den Deckel zu schließen.

»›Äpfel im Mondlicht‹«, sage ich. »Von John Drinkwater.«

Auf dem flachen Dach liegen Äpfel in Reihen,
Und im himmelhellen Mondlicht scheint es,
als seien
Sie tiefgrüne Äpfel vom Meeresgrund.

Über drei Zeilen komme ich nicht hinaus. Der Doktor, der eifrig die Knöpfe und Tasten der Maschine betätigt, die er schätzt, weil sie im Kampf gegen Überarbeitung und die Schwierigkeiten Depressionen Obsessionen Manien von tausend Frauen seine Verbündete ist, hat Zeit, mir ein gequältes »Guten Morgen« zuzulächeln, bevor er Oberschwester Glass das Zeichen gibt.

»Augen zu«, sagt die Oberschwester.

Aber ich lasse sie offen, sehe das geheimnisvolle Signal und versinke in Hilflosigkeit, während die Oberschwester, vier Schwestern und Pawlowa gegen meine Schultern und meine Knie drücken, und ich fühle, wie ich abstürze, so, als hätte sich eine Falltür in die Dunkelheit geöffnet. Im Fallen stelle ich mir vor, wie meine Augen sich nach innen drehen, um einander mit einer eigenen Wahrheit zu konfrontieren und zu verwirren, die sie ohne meine Hilfe beweisen. Dann steige ich körperlos aus dem Dunkel auf, um wie ein heimatloser Parasit den Umriß meiner Persönlichkeit und ihren Platz in Raum und Zeit zu ergreifen und mich daran festzukrallen. Zuerst finde ich mich nicht zurecht, ich finde mich nicht dort, wo ich mich verlassen habe, jemand hat jede Spur von mir beseitigt. Ich weine.

Eine Tasse süßen Tees wird mir in die Kehle gegossen. Ich ergreife den Arm der Schwester.

»Ist es vorbei? Ist es vorbei?«

»Sie haben es überstanden«, antwortet sie. »Schlafen Sie jetzt. Sie sind zu früh aufgewacht.«

Aber ich bin hellwach, und die Angst steigt von neuem in mir auf.

Werde ich morgen wieder mit einer Behandlung dran sein?

— III —

Nach der letzten Schocktherapie des Vormittags trank der Doktor normalerweise mit Oberschwester Glass und Schwester Honey im Schwesternzimmer Tee. Dort saß er auf dem besten Stuhl, der aus der sogenannten Rumpelkammer neben dem Schwesternzimmer geholt wurde, wo man manchmal auch Besucher empfing. Dr. Howell trank aus einer besonderen Tasse, um deren Henkel ein roter Baumwollfaden gebunden war, um die Personaltassen von denen der Patienten zu unterscheiden, damit Krankheiten wie Langeweile Einsamkeit Herrschsucht nicht übertragen wurden. Dr. Howell war jung dicklich bleichgesichtig (wir nannten ihn Plunder) kurzsichtig mitfühlend überarbeitet und neigte zu Katarrhen. Sein frischer Enthusiasmus schwand schnell unter der Dauerbelastung, wie ein neues Flugzeug, das man in eine Testanlage stellt, mit der man die Bedingungen von Millionen von Flugmeilen simuliert, und das in wenigen Stunden einen Materialverschleiß erlebt wie andere im Verlauf vieler Jahre.

Nach der Teepause folgte um elf Uhr das Ritual der Visite, wenn Dr. Howell, begleitet von Oberschwester Glass und Schwester Honey, die beide als Mittlerinnen, Dolmetscherinnen und Leibwächterinnen fungierten, den Aufenthaltsraum betrat. Hier saßen die älteren Damen und die jüngeren, die aber noch nicht zur Arbeit in der Wäscherei oder im Nähsaal oder, noch höher auf der sozialen Leiter, im Schwesternwohnheim in der Lage waren; sie blätterten stumpf in einer alten Nummer von *Illustrated London News* oder *Women's Weekly*, oder sie strickten

Quadrate für eine Decke für Leprakranke, oder sie machten Handarbeiten unter der Aufsicht der neu eingestellten Beschäftigungstherapeutin, die, sehr zum Kummer vieler der hundert Frauen auf Station vier, eine Affäre mit Dr. Howell hatte.

»Guten Morgen. Wie geht es Ihnen heute?« fragte der Doktor manchmal und blieb freundlich lächelnd stehen, warf aber gleich einen hastigen Blick auf seine Uhr und fragte sich vielleicht, wie er bloß in der einen Stunde, die ihm noch bis zum Mittagessen blieb, die Visite durch alle Frauenstationen schaffen konnte und sich außerdem in seinem Büro um die Korrespondenz kümmern und mit anspruchsvollen verwirrten beunruhigten von Schamgefühlen geplagten Angehörigen sprechen sollte.

Oft war die Patientin, die der Doktor zur Konversation erwählte, ob dieses seltenen Privilegs so aufgeregt, daß sie gar nicht wußte, was sie sagen sollte, oder sie begann atemlos zu erzählen, um sogleich von der Oberschwester wieder zum Schweigen gebracht zu werden.

»Der Herr Doktor hat jetzt keine Zeit, sich das anzuhören, Marion. Machen Sie mit Ihrer Handarbeit weiter.«

Und die allmächtige Oberschwester flüsterte dem Doktor beiläufig zu: »Sie war in letzter Zeit nicht sehr kooperativ. Wir haben sie für morgen zur Behandlung eingeteilt.«

Der Doktor nickte darauf geistesabwesend, machte eine nichtssagende Bemerkung, die er als intelligenter Mensch auch sofort als solche erkannte, und distanzierte sich geistig von sich selbst wie ein Vertreter, der nicht zu seiner Ware steht. Er widmete dafür einer Gobelinarbeit oder einem Ring mit Kreuzstichstickerei, den eine Patientin ihm stolz präsentierte, besondere Aufmerksamkeit. Dann zog er sich mit einem bekümmerten, schuldbewußten Blick über den ganzen Aufenthaltsraum zurück, während Oberschwester Glass und Schwester Honey ihm beim Verlassen des Raumes behilflich waren, indem sie die Tür auf- und zuschlossen und diejenigen Patientinnen fernhielten, die in ihrem Bedürfnis, sich einem mitfühlenden Zuhörer mitzuteilen, auf den Doktor zustürzten, in einem letzten Versuch, ihm ihren Gobelin zu zeigen, ihn wüst zu beschimpfen oder ihn zu fragen: »Hallo, Herr Doktor, wann darf ich nach Hause?«

Manchmal, fast so, als wolle er Oberschwester Glass und Schwester Honey trotzen, setzte sich Dr. Howell von ihnen ab und verließ den Aufenthaltsraum durch die Tür, die auf den weitläufigen Park von Station vier hinausführte; dann sahen die Oberschwester und die Schwester einander mit anklagendem Blick und voller Besorgnis an, während der Doktor sich von ihnen entfernte; so wie vielleicht Spinnen schauen, wenn ihnen eine ganz sorgfältig eingesponnene Fliege mit einem Flügelschlag entkommt.

Die Jugendlichkeit von Dr. Howell hatte es uns angetan; die anderen Ärzte, die nicht für uns, sondern für das Krankenhaus im allgemeinen zuständig waren, hatten graues Haar und waren schon älter. Sie huschten in ihre Büros und wieder aus dem Gebäude heraus wie Ratten aus ihren Verstecken. Sie saßen inmitten ihrer Arbeit, und um sie herum lagen verstreut die alten, immer wieder durchgekauten Lösungen wie Nestbaumaterial. Dr. Howell hingegen versuchte, die interessante Neuigkeit zu verbreiten, daß psychisch kranke Patienten auch Menschen seien und sich deshalb vielleicht manchmal wie Menschen betätigen wollten. So entstanden die »Abende«, an denen wir Karten spielten – Schnipp-Schnapp, alte Jungfer, Schlafmütze und Whist; und Mensch-ärgere-dich-nicht und Schlangenjagd. Es wurden sogar Preise ausgesetzt, und anschließend gab es Abendessen. Aber wo war das zusätzliche Personal, das diese Aktivitäten beaufsichtigt hätte? Pawlowa, die einzige Sozialarbeiterin für das ganze Krankenhaus, war tapfer bei einigen dieser Veranstaltungen anwesend, die für männliche und weibliche Patienten gemeinsam im Aufenthaltsraum von Station vier abgehalten wurden. Sie sah zu, wie wir Leitern hinaufstiegen und Rutschbahnen hinunterglitten und auf den roten und blauen Quadraten des Tricktrackbretts unsere Steine einsammelten. Auch sie freute sich, wenn mit der Ankunft von Dr. Howell der Abend seinen Höhepunkt erreichte. Er trug ein Sportjackett und Freizeitschuhe, das maisblonde Haar war glatt nach hinten gekämmt, und sein für einen Arzt untypisches Lachen schallte laut und voll durch den Raum. Er war wie ein Gott; er nahm an den Spielen teil und warf die Würfel mit der Gelassenheit eines Gottes, der Blitze schleudert. Er ließ die angemessene Bestürzung erkennen, wenn er eine Runde aussetzen mußte, aber man sah, daß er selbst über die gallegrünen ausgestanzten Pappschlangen Macht hatte. Und über Menschen. Er war auch für Pawlowa ein Gott, wir wußten das; aber wie sehr sie auch in ihrem schmutzigen weißen Kittel hin und her hüpfte, dessen untere Knöpfe offen waren, sie konnte Dr. Howell der Beschäftigungstherapeutin nicht wegschnappen. Arme Pawlowa! Und arme Noeline, die darauf wartete, daß Dr. Howell ihr einen Heiratsantrag machte; dabei waren die einzigen Worte, die er je an sie gerichtet hatte: »Wie geht es

Ihnen? Wissen Sie, wo Sie sind? Wissen Sie, warum Sie hier sind?« – Sätze, die man normalerweise kaum als Liebesbeweise deuten würde. Aber wenn man krank ist, eröffnet sich ein neues Feld der Wahrnehmung mit einer Vielzahl von Deutungen, die einem dann zum täglichen Brot werden, zur einzigen Nahrung überhaupt. So mußte Noeline, als Dr. Howell schließlich die Beschäftigungstherapeutin heiratete, in die Gestörtenabteilung verlegt werden. Sie konnte nicht verstehen, warum der Doktor sie nicht mehr brauchte als irgend jemanden sonst auf der Welt, warum er sie verraten hatte, um eine Person zu heiraten, deren einzige Tugend darin bestand, daß sie fähig war, Patientinnen, die sich nicht unbedingt dafür interessierten, zu zeigen, wie man Schals webt und wie man Musselinstoff mit Zierstichen bestickt.

— IV —

Angeblich werden alle Uhren in der Nachbarschaft der Todeszelle angehalten, wenn ein Gefangener zum Tode verurteilt wird; so als würde der Fluß der Zeit durch das Entfernen der Uhr abgeschnitten und der Gefangene auf einer Insel der Zeitlosigkeit ausgesetzt, wo die einzelnen Momente wie Brecher vor dem Strand aufsteigen und wieder verebben, ohne ihn je zu berühren.

Aber noch niemals hat der Tod eines Ozeanographen das Meer aufgehalten; und es gehört zum Wesen des Meeres, daß es auf das Land trifft. Und in die Todeszelle dringt die Zeit ein, und es ist, als schlügen alle Kuckucksuhren Standuhren Wecker im Ohr des Gefangenen.

Wenn ich an Cliffhaven denke, spiele ich immer wieder das Zeitspiel, als wäre ich zum Tode verurteilt worden und man hätte alle Zeitzeichen entfernt, und doch hörte ich sie in meinen Ohren schlagen und mich warnen, daß neun Uhr näherrückte, die Zeit der Behandlung, und daß ich mir ein paar Wollsocken besorgen mußte, damit ich nicht starb. Oder es ist elf Uhr, und die Behandlung ist vorbei, und ich befinde mich in den frühen Stunden oder Jahren meines Traumes, als ich noch nicht in Regenbogenpfützen im Garten von Station zwei saß oder durch den geschorenen Park stapfte, innerhalb des hohen Staketenzauns, aus dem oben rostige Nägel sprossen, mit der Spitze nach oben.

Elf Uhr. Ich erinnere mich an diese Uhrzeit, an die süße Qual, mir zu überlegen, wann die korpulente, blasse Mrs. Pilling mit dem Wäschekorb, in dem ein nach Käse riechendes Tischtuch lag, mich fragen würde: »Wollen Sie mit mir Brot holen gehen?«

Und die ängstliche Mrs. Everett, die sozusagen lebenslänglich in der Klinik war, würde mit ihrer leeren Milchkanne erscheinen und fragen: »Wollen Sie nicht mit mir die Sahne für die Sonderrationen abholen gehen?«

Die Aussicht auf zwei Ausflüge auf die andere Seite der verschlossenen Türen an einem Tag war so wunderbar, daß ich mir diese Freude bis ins kleinste Detail ausmalte und mit mir selbst über die Vorzüge der Bäckerei und der Molkerei debattierte. Brot oder Sahne? Die Bäckerei, in der Andy die Bleche mit den Laiben, die aussahen wie aufgequollene Backenzähne, in das gähnende Backofenloch schob, unser Stationsbrot schnitt und versuchte, im Rhythmus der Schneidemaschine zu singen, ein Duett für Bäcker und Brotmaschine, und dazwischen das Knacken der Kruste. Oder vielleicht würde er mich in das Hinterzimmer winken und mir Gebäck geben, das von der Party des Direktors übriggeblieben war, oder er ließ mich vom Sonntagskuchen probieren, der für die Besserungsanstalt bestimmt war.

Oder der Spaziergang auf den Hügel, wo der Bauernhof lag, an leeren, nach Mist riechenden Kuhställen vorbei in das Milchhaus, wo Ted die Sahnekanister nach Wichtigkeit der Empfänger aufstellte, wie wir als Kinder unsere Tassen aufgereiht hatten, wenn wir mit ihnen Schule gespielt hatten – der Klassenerste, der Klassenzweite und so weiter.

Zuerst der Kanister des Direktors, sauber geputzt, ohne Delle und alte Sahnereste in den Rillen. Dann der Kanister für die Ärzte, ebenfalls sauber. Dann für den Verwaltungschef den Verwalter des Bauernhofs und seine Familie den Ingenieur Oberschwestern und Pflegeleiterin die Krankenpfleger und Schwestern. Und schließlich die besonderen Patienten, die sehr gebrechlich waren oder an Tuberkulose litten und deren Namen auf einer Liste im Speisesaal angeschlagen waren. In einer Station von hundert Frauen gab es nur zehn oder fünfzehn solcher »Sonderfälle«, die Sahne bekamen. Ich erinnere mich, wie erstaunt und dankbar ich war, als einmal einige Wochen lang mein Name auf der Sonderliste auftauchte, und ich saß stolz auf meinem Platz beim Abendessen, wenn die Schwester Sahne über meinen Maismehlpudding goß oder über Reis oder Mehlspeise oder Brotpudding (montags) oder (donnerstags in der entsprechenden Jahreszeit) den Bratapfel.

Sie wissen, ich habe mir das nur vorgestellt; Sie wissen, es ist elf Uhr, und ich darf nicht Brot holen gehen oder den Hügel hinauf an den Pappeln vorbei und den Ginsterbüschen und der Akazie, um die Sahne zu holen; Sie wissen, daß ich mich in der Wäschekammer verstecke, auf einer Apfelkiste aus Feuerholz sitze und weine und Angst habe, daß man mich weinen sieht, weil ich dann für die Elektroschocks aufgeschrieben werde. Die Wäschekammer ist mein Lieblingsversteck. Sie wird jeden Morgen von der Tb-Schwester geschrubbt, und der Boden sieht aus wie das Deck eines Schiffs. Von hier aus höre ich Margaret, die Tb hat. Mit rauher Stimme erzählt sie vom Ersten Weltkrieg. Sie bittet jeden, der über den Korridor läuft, ihr zu helfen, den Feind aus ihrem Zimmer zu vertreiben. Sie lebt seit vielen Jahren in diesem Raum und sieht die Sonne nur für einige Stunden an Sommernachmittagen, wenn Lichtstrahlen sich durch das verrostete Drahtgeflecht vor dem Fenster schleichen und den Staub auf der gegenüberliegenden Wand tanzen lassen. Manchmal, beim Spaziergang mit der Schwester, kann man Margaret im sonnenbeschienenen Winkel ihres Zimmers stehen sehen; die Sonne scheint durch sie hindurchzudringen, als wären ihre Knochen Spinnfäden. Ihr Gesicht ist farblos, trotz der beiden vertrauten Fieberflecken auf ihren Wangen, und ihr Körper ist wie ein Skelett. Wenn man sie ansieht, denkt man, sie stirbt. Trotzdem lebt sie immer weiter, Jahr um Jahr, während andere, dem Anschein nach robustere Schwindsüchtige – Effie oder Jane – sterben, und ihre Körper werden hastig und hygienisch ins Leichenhaus geschafft, das sich hinter der Wäscherei befindet, gegenüber dem Gewächshaus, umgeben von Rabatten mit Blumen und Gemüse, die winterharten Pflanzen draußen und drinnen die empfindlichen Begonien in Blumentöpfen, die immer rund ums Klavier gestellt werden, wenn der blinde Klavierspieler aus der Stadt kommt.

Die Leichenhalle ist gesichtslos.

Wenn sie die angemessene Größe hätte, um wirklich die Toten zu beherbergen, müßte sie das Gewächshaus und die Wäscherei und das Kesselhaus und die Großküche, vielleicht das gesamte Krankenhaus umfassen. Aber sie ist klein, unauffällig und scheint zu beten, daß die Patienten sich an die Regel halten, immer nur einzeln zu sterben.

Die Wäschekammer ist trotz ihrer augenscheinlichen Sauberkeit durchdrungen von einem Geruch nach Bohnerwachs Schuhcreme (aus den wenig benutzten Dosen mit schwarzer und brauner Schuhwichse, die in einer großen zerbeulten Keksdose aufbewahrt werden, auf deren Deckel das ernste Profil von Georg VI. zu sehen ist); abgenutztem Holz mit Wasserflecken, dessen Geruch einen trockenen, abgestandenen Geschmack im Mund hinterläßt; feuchter Wäsche, die an einem festklebt; und dem schwachen Duft nach frischgebügelter Wäsche auf den Brettern mit der Aufschrift Schlüpfer Hemden Nachthemden Laken Tagesdecken (die in Schnörkelschrift den patriotischen Aufruf tragen: *Ake Ake,* Vorwärts Vorwärts). Hier werden die Tb-Masken aufbewahrt und die Schüsseln und die Sputum-Kartons, so wie sie aus den Geschäften angeliefert werden, noch nicht auseinandergefaltet. Die Tbs verbringen einen Teil ihrer Zeit damit, die Kartons zu falten, die Seiten hochzuschlagen, auf denen die Mengenangabe in Unzen markiert ist. Es ist Teil ihrer realitätsnahen Beschäftigungstherapie; wie eine Kindergartengruppe, die Särge bastelt. Hier werden auch die aufgeschnittenen Kerosinbüchsen aufbewahrt, in denen die Tb-Schüsseln über dem offenen Feuer im Speisesaal ausgekocht werden, denn es gibt für sie noch immer keinen Sterilisator.

Dieser Vorgang wird von Mrs. Everett und Mrs. Pilling überwacht, die sich die Oberaufsicht über die Küche teilen und für das Feuer verantwortlich sind. Mrs. Pilling (sie ist Patientin in der Abteilung und genießt höchstes Vertrauen) sorgt auch dafür, daß morgens das Brot über dem offenen Feuer getoastet wird, sie besorgt Brot und Sahne, kümmert sich darum, daß der volle Schweinekübel vor den Nebeneingang gebracht wird, wo ihn der goldhaarige Schweinehirt auf seinem Weg zum Bauernhof mit einem gemächlich dahinfahrenden Pferdekarren abholt. Wenn er den Kübel hinten auf den Karren geladen hat, wühlt er in den Essensresten. Der kalte, matschige Porridgebrei interessiert ihn nicht, er fischt sich die appetitlicheren Brocken heraus, verschmähten Toast und durchgeweichte Stücke von Rosinenbrötchen, die er alle hungrig in sich hineinstopft und zufrieden kaut. Dann steigt er wieder auf seinen Karren und treibt mit einem Ruck am Zügel und einem Hüü-a das verdrießliche, aber geduldige Pferd an. Mrs. Pilling in ihrer zurückhaltenden, stillen Art versteht sich mit dem Schweinehirten gut, und obwohl seine Gewohnheiten sie schaudern lassen, ist sie von einer unerschütterlichen Toleranz und Achtung für die Eigenarten der anderen und würde eher ihr eigenes Verhalten ändern, um anderen ihre Individualität zu lassen.

Sie legt manchmal ein Stück vom Personal-Kuchen auf den Schweinekübel. Anscheinend hat sie keinen Mann keine Kinder keine Verwandten. Sie bekommt niemals Besuch. Sie spricht nie über ihre persönlichen Belange; man merkt kaum, daß sie welche hat. Sie lebt seit vielen Jahren in der Klinik und hat ein kleines Zimmer am Ende des Tb-Flurs; wenn man daran vorbeigeht, ist man überrascht, wieviel Gemütlichkeit es ausstrahlt, soweit das in einem Zimmer in einer Nervenklinik überhaupt möglich ist. Sie durfte ihren Mantel behalten. Er hängt hinter der Tür. Ein weiblicher Duft nach Puder und Kleidern entströmt ihm. Irgendwann muß ihr jemand eine Topfpflanze geschenkt haben; sie steht jetzt auf einem Stuhl in einer Zimmerecke, und ein fünf Jahre alter Kalender, den sie vielleicht aufgehoben hat, weil er altmodische Bilder von englischen Landschaften enthält, hängt über dem Loch in der Mitte der Tür, so daß die Schwestern nachts nicht zu ihr hereinschauen können. Man erlaubt ihr dieses Privatleben.

Ihre Nüchternheit, ihr augenscheinliches Hinnehmen dieser Lebensweise, die sich bis zu ihrem Tode nicht mehr ändern wird – das macht mir angst. Sie ist wie jemand, der auf einem Friedhof kampiert und trotzdem weiter den Kessel anheizt und ißt und tief und fest schläft und vielleicht den Tag damit verbringt, Grabsteine zu polieren oder auf den Gräbern Unkraut zu jäten. Man versucht zu ergründen, ob sich etwas in ihr rührt, so wie man einen immer ruhigen See betrachtet, um ein Anzeichen des Untiers zu entdecken, das angeblich in seinen Tiefen lebt, vielleicht »tiefer als je ein Senkblei lotete«. Man braucht ein Gerät wie eine Taucherkugel, um Mrs. Pilling zu finden. Eine Taucherkugel der Furcht? Der Liebe?

Am Anfang und am Ende besteht ihr Leben aus Brot Sahne Feuermachen im Speisesaal; gemeinsam mit Mrs. Everett, die auch leidenschaftlich gerne poliert, täglich die kupferne Teeurne auf Hochglanz zu bringen; das tägliche private Schrankessen auszuteilen – Obst Süßigkeiten Kuchen Kekse, die von Besuchern mitgebracht und während der Besuchszeiten am Samstag und Sonntag nicht aufgegessen werden und die man den Patienten wegnimmt, um sie im Privatschrank einzuschließen. Zum Nachmittagstee findet man, je nachdem, wieviel für einen aufbewahrt wurde, neben seinem Platz am Tisch einen Teller mit seinem Namen darauf, auf dem vielleicht zwei oder drei eingepackte Schokoladestückchen eine Orange ein Apfel liegen. Weil ich selten Besuch bekomme, versuche ich manchmal, Mrs. Pilling und der Schwester zu helfen, und ich warte gierig auf den ersehnten Moment, wenn die Schwester, die auf einem Teller ein glitzerndes Stilleben von Pralinen arrangiert, plötzlich sagt: »Hier, nehmen Sie eine.«

Ich protestiere: »Oh, nein. Sie gehören mir doch nicht.«

Die Schwester antwortet erwartungsgemäß: »Doch,

diese Patientin hat ganze Tüten voller Essen; es geht sonst nur kaputt.«

Schuldbewußt nehme ich die Praline wickle sie langsam aus streiche die Falten aus dem Silberpapier beiße ein kleines Stückchen ab, probiere, wie hart sie ist, und, wie ein Dieb, wie der gerissene Schnorrer, der ich tatsächlich bin, esse ich sie dann. Genauso ist es, wenn die Besucher gegangen sind und die deprimierten und ruhelos umherwandernden, aufgewühlten Patienten über Ehemann Heim Kinder sprechen und dabei das einzig sichtbare und greifbare Überbleibsel der Besuchszeit an sich pressen, ihren kleinen Schatz von Keksen Süßigkeiten Obst. Dann erscheine ich zufällig mit leeren Händen in der Ecke des Aufenthaltsraumes, wo sich die meisten drängen, wo ich sicher sein kann, eine Orange oder ein Pfefferminzbonbon oder einen Keks angeboten zu bekommen, und versuche, ruhig die Frage zu beantworten: »Wer hat Sie diesmal besucht?«

»Sie sollten es lieber selbst behalten«, protestiere ich, indem ich gierig meine Hand ausstrecke.

Es gibt keine Vergangenheit Gegenwart oder Zukunft.

Grammatische Zeiten zu benutzen, um die Zeit einzuteilen, ist, als malte man Kreidemarkierungen aufs Wasser. Ich weiß nicht, ob meine Erfahrungen in Cliffhaven Jahre zurückliegen oder jetzt geschehen oder noch in dem Raum für mich bereitliegen, den man Zukunft nennt.

Ich weiß: Die Wäschekammer war oft mein Zufluchtsort. Ich schaute durch das kleine staubige Fenster hinunter auf den Park und die Rasenflächen und Bäume und den blauen Streifen des Meeres in der Ferne, das aussah wie ein Stück Buntpapier, das man Kante an Kante mit dem Himmel geklebt hat. Ich weinte und grübelte und träumte den immerwährenden Traum aller psychisch Kranken – die WELT, das Draußen, die Freiheit; ich durchlebte im Geiste allzu lebhaft die Momente, die ich am meisten fürchtete – die Elektroschocktherapie, nachts allein in ein Einzelzimmer eingesperrt zu werden, auf Station zwei geschickt zu werden, in die Gestörten-Abteilung. Ich träumte von der Welt, weil das anscheinend von allen akzeptiert war, weil ich den Gedanken nicht ertragen konnte, daß nicht alle Gefangenen von der Freiheit träumen. Die Aussicht auf die Welt machte mir unsagbare Angst: ein Morast von Verzweiflung Gewalt Tod mit einer dünnen, gläsernen Oberfläche, auf der Liebe, eine winzige Krabbe mit Zangen und Regenbogenpanzer, immer in seitlicher Richtung weiterspazierte, ohne irgendwo anzukommen, während die Sonne – wie einer dieser Wollbälle, die wir in der Beschäftigungstherapie machten, indem wir orangerote Wollfäden um einen Pappkreis schlangen – höher in den Himmel stieg und ihre Feuerfäden herabfielen, und es aussah, als könnten sie jeden Moment die zerbrechliche gläserne Straße schmelzen. Und die Menschen: riesiges, buntes Flickwerk, denen Glieder fehlten und Teile des Bewußtseins herausgeschnippelt waren, um sie in eine freie Stelle im Muster einzupassen.

Ich konnte nicht aus dem Traum heraustreten; ich hatte keine Möglichkeit, ihm zu entrinnen; ich war wie ein Chirurg, der zu Beginn einer schwierigen Operation feststellt, daß das Tablett mit seinen Instrumenten gestohlen wurde oder, noch schlimmer, daß sie zu fremdartigen Formen verbogen wurden, und er ist der einzige, der ihre Fremdartigkeit bemerkt, während das Operationsteam um den Tisch nichtsahnend darauf wartet, daß er den ersten Schnitt ausführt. Wie kann er ihnen erklären, was sie nicht verstehen können, weil es nur für ihn sichtbar ist? Pflichtschuldig dachte ich an die WELT, denn ich war außerhalb ihrer Grenzen – wer wird sonst noch sehnsuchtsvoll von ihr träumen? Und wenn der Doktor kam, murmelte ich von Zeit zu Zeit, um ihn zu täuschen, den stereotypen Satz: »Wann darf ich nach Hause?«, wohl wissend, daß zu Hause der Ort war, wo ich am wenigsten sein wollte. Dort würden sie mich beobachten, um Zeichen der Abnormität festzustellen, wie Frettchen um den Kaninchenbau, die warten, daß das Kaninchen erscheint.

Ich hatte Angst vor einem Einzelzimmer. Obwohl alle kleinen Zimmer »Einzel«-Zimmer waren, wurde durch die Benutzung des Wortes *Einzelzimmer* die Drohung noch viel schrecklicher. Während meines Aufenthaltes auf Station vier schlief ich zuerst im Beobachtungsschlafsaal und später im Schlafsaal »am anderen Ende«, wo die Betten geblümte Überwürfe hatten und aus Platzmangel die überzähligen Betten im Gang standen. Ich war gern im Beobachtungsschlafsaal, wo die Nachtschwester in einem Lehnstuhl saß, der aus der Rumpelkammer geholt wurde, und an einer Unzahl von Jacken strickte und über Mustern brütete, die Frauenzeitschriften beilagen. Unauffällig machte sie ihr kurzes Nickerchen, die Beine auf dem Kaminschirm, so daß das Feuer ihre Kehrseite wärmte. Ich mochte das Ritual des Zubettgehens. Die treue Mrs. Pilling ließ ein Tablett mit Gläsern voll heißer Milch heraufbringen, und eine der Patientinnen kam herein und balancierte wie eine Kellnerin einen ganzen Stapel graubrauner Nachttöpfe. Ich mochte die nebeneinanderstehenden Betten, und es war beruhigend, das sanfte Atmen der anderen zu hören, gelegentlich übertönt von Schnarchgeräuschen und heimlichen Gesprächen und dem Tropf-Tropf und warmen Geruch wie im Kuhstall, wenn sie ihren Nachttopf benutzten. Ich fürchtete mich davor, daß eines Tages Oberschwester Glass einen Bericht über mich schreiben würde, in dem stand, ich sei »schwierig« oder »unkooperativ« gewesen, und sie mich anfahren würde: »Gut. Sie kommen ab sofort in ein Einzelzimmer.«

Wenn anderen Leuten gedroht wurde, bekam ich nur noch mehr Angst, und weil ich sah, daß alle die in ein Einzelzimmer gebracht wurden, sich wehrten und schrien, erwachte in mir eine morbide Neugierde darauf, was der Raum wohl enthalten mochte, da er über Nacht Menschen, die schrien und ungehorsam waren, in Menschen verwandelte, die dasaßen und den Befehlen Aufenthaltsraum, Speisesaal, Bett lustlos gehorchten. Aber nicht alle veränderten sich; und jene, die den vier Quadratmetern Isolation des Zimmers widerstanden, denen man keine »Lektion erteilen« konnte, wie Oberschwester Glass und Schwester Honey es nannten, wurden nach Station zwei verlegt.

Und vor Station zwei hatte ich die allergrößte Angst. Dort wurde man hingeschickt, wenn man unkooperativ war oder wenn fortgesetzte Elektroschocks nicht die beabsichtigte Besserung brachten, das heißt Unterwerfung und prompte Befolgung der Befehle: Aufenthaltsraum Ladies, Aufstehen Ladies, Bett Ladies.

Man lernte mit großer Hingabe, sich »anzupassen«; man lernte, in Gesellschaft nicht zu weinen, sondern zu lächeln und sich als glücklich zu bezeichnen und von Zeit zu Zeit zu fragen, ob man nach Hause gehen dürfe, als Beweis dafür, daß es einem besser ging und man deshalb nicht eines Nachts auf Station zwei geschmuggelt werden mußte. Man lernte die Hausarbeiten, das Bett zu machen, so daß der amtliche Aufdruck auf die richtige Seite kam und die Ecken der Tagesdecke ordentlich zurechtgezupft waren; man lernte, den Schlafsaal und den Korridor »blankzubohnern«, indem man den schweren Blocker hin- und herschob, unter dem ein Fetzen einer Wolldecke mit glitschigem gelbem Bohnerwachs lag, das seinen alles durchdringenden Geruch verströmte, wenn es zusammen mit den wöchentlichen Rationen geholt wurde, in einem Korb mit Marmeladenbüchsen, Essigflaschen und den riesigen Käse- und Butterblöcken, die Mrs. Pilling und Mrs. Everett mit einem Messer auseinanderbrachen, für das eigens die Messerkiste aufgeschlossen wurde. Man lernte die Gewohnheiten, das, was man »immer so machte«; am Mittwoch war Badeabend, aber diejenigen, von denen man sicher sein konnte, daß sie sich über die Handgelenke hinaus wuschen, durften jeden Abend in dem großen Baderaum baden, dessen Dach aufragte wie das eines Bahnhofs. Nebeneinander standen drei große Badewannen, jede mit einem verschlossenen Kasten, in dem die Wasserhähne waren. In kleiner Schrift, so daß man sie für einen Fahrplan halten konnte, waren die Baderegeln an die Wand gepinnt. Es war eine alte Liste, die zu Beginn des Jahrhunderts verfaßt worden war, und sie enthielt vierzehn Regeln, die zum Beispiel festlegten, daß kein Patient ein Bad nehmen durfte, ohne daß ein Pfleger anwesend war, daß nur fünfzehn Zentimeter Wasser in die Wanne gelassen werden durften, zuerst das kalte Wasser, daß keinerlei Bürsten verwandt werden sollten, wenn man einen Patienten badete... So badeten wir, jede in einer Wanne, ohne Trennwände, und starrten neugierig auf die Körper der anderen, auf die schlaffen Bäuche und müden Brüste, die schütteren Büschel der Körperbehaarung, die schweren, weichen Formen, die den Frauen ein stetes Bewußtsein für ihre Leiblichkeit aufzwingt.

— V —

»Na, schon eingewöhnt?« fragte der Doktor von Zeit zu Zeit, so wie ein vorbeistreichender Wind aus einem anderen Land ein Tier anspricht, das sich für die Überwinterung vorbereitet. Das »Eingewöhnen« wurde mit Wohlwollen vermerkt: »Je schneller Sie sich eingewöhnen, desto eher wird man Sie entlassen«, lautete der Leitsatz; und: »Wie wollen Sie draußen in der Welt zurechtkommen, wenn Sie nicht einmal in der Lage sind, sich an eine Nervenklinik zu gewöhnen?« Ja, wie denn wohl?

Ganz zu Beginn betrachtete ich die wenigen Patientinnen in der Beobachtungsstation mit Mitleid, Neugier und Verwunderung, denn sie sollten »für immer« dort bleiben: Mrs. Pilling, Mrs. Everett, die als unerfahrene, überforderte junge Mutter ihre kleine Tochter getötet hatte; die zierliche, scharfzüngige Miss Dennis mit ihrem ordentlich eingedrehten grauen Haar, die ihre Zeit damit verbrachte, das Dienstzimmer im Schwesternwohnheim auszufegen, das Silber und die Wassergläser und die Obstschalen der erlauchten Schwestern im weißen Schleier zu polieren; und die paar anderen Dauerpatientinnen, einschließlich derer, die das Reglement kannten und in der Lage waren, es zu erklären – wie zum Beispiel, daß man Patientinnen, die einigermaßen gesund waren, gewisse eingeschränkte Freiheiten gewährte, und daß man die uneingeschränkte Freiheit genoß, sich überall auf dem Klinikgelände frei zu bewegen, wenn es einem sehr gut ging und man für vertrauenswürdig erachtet wurde (wie es bei den meisten dieser Patientinnen der Fall war); wenn man die Klinik verließ, wurde man nicht gleich entlassen, sondern erst einmal auf Bewährung freigelassen, als hätte man ein Verbrechen verübt, so daß man zwar nicht mehr in der Klinik war, aber rein rechtlich immer noch als unzurechnungsfähig galt, nicht wählen, keine Papiere unterschreiben oder ins Ausland reisen durfte. In »jenen Tagen« gab es noch keine freiwillige Aufnahme; wir waren alle »geisteskrank nach dem Gesetz zur geistigen Unzurechnungsfähigkeit von 1928«.

Diese Langzeitpatientinnen, die fast schon wie Klinikangestellte waren, konnten über die Hierarchie innerhalb des Pflegepersonals diskutieren und über das Privatleben der Oberschwester, die eine Wohnung im vorderen Teil des Gebäudes bewohnte. Minnie von Station eins war das Dienstmädchen der Oberschwester und im Besitz eines Schlüssels. Sie ging jeden Tag durch die Station und brachte Zeitungen und den neuesten Klatsch »von vorne«, den sie an Mrs. Everett und Mrs. Pilling und ganz besonders an Miss Dennis weitergab, die ihre Überlegenheit gerne dadurch untermauerte, daß sie über alles im Bilde war.

Vom Leben der Ärzte erfuhren wir durch Carrie von Station eins, die in der Ärztewohnung arbeitete, und von Molly, die auf der anderen Straßenseite für einen anderen Arzt und seine Familie arbeitete. »Seine Frau macht ihm die Hölle heiß«, sagte sie – triumphierend, denn dies stärkte seine Bindung an die Patienten, die ihn anscheinend besser verstanden. So erfuhren wir, die Neuen, von wichtigen Ereignissen wie Weihnachten (»für das Weihnachtsessen werden alle Tische zusammengestellt; es gibt Schweinebraten mit Apfelsauce; jeder bekommt ein Geschenk«), von Gottesdiensten, von Tänzen (als Teil einer »neuen Methode« veranstaltete man jetzt

Tanzabende für psychisch Kranke), vom Kliniksport, der Eröffnung eines Bowlingplatzes, dem Kricket-Turnier zwischen dem Krankenhaus und den Leuten im Dorf, dem Besuch des Alleinunterhalters von der Patienten-und-Gefangenen-Hilfsorganisation.

Die anderen Dauerpatientinnen lebten auf Station zwei. Außer bei der Schocktherapie sahen wir diese Frauen kaum. Wir hörten sie als Hintergrundgeräusch aus ihrem separaten Park und Hof und bei Nacht, wenn ihre Schlafräume im sogenannten Backsteingebäude zu einem Bienenstock wurden, in dem das Bienenvolk hinter den verrosteten Fenstern mit Maschendraht heult und schreit, als wäre der Honig des Tages verloren oder nie gesammelt worden. Manchmal sahen wir, wie sie am Abend in das Backsteingebäude gescheucht wurden und eine Art wilden Tanz aufführten, bevor sie eintraten, so als wollten sie noch einmal auf die blumenlosen Felder hinweisen, wo sie einen weiteren Tag in den zahllosen Jahren ihrer Suche ihre Zeit und Mühe vertan hatten. Und gelegentlich erhaschten wir einen Blick auf sie, wenn sie in ihren gestreiften dunkelblauen Kitteln und mit sonnenverbrannter, runzliger Haut, von Schwestern flankiert, vom Aufenthaltsraum ihrer Station in den Park getrieben wurden, wo sie den Rest des Tages verbringen sollten. Und da sahen sie – es ist traurig, das so zu sagen – wie Menschen aus; wir konnten ihre Verbindung zu uns nicht leugnen; aber sie bewegten den Kopf, wanden sich und kauerten sich zusammen, so als kämpften sie gegen einen gewaltigen Schneesturm an, so als triebe es sie zu einer Art Biwak der Seele und als hätten sie doch keine Hoffnung, jemals dort anzukommen.

Oder manchmal, wenn der Klinikpriester in der Eingangshalle einen Gottesdienst abhielt und wir daran teilnahmen, sei es aus Langeweile, sei es aus einem Bedürfnis heraus, wie Lear und Cordelia im Gefängnis, um »zu beten und zu singen«, wurde eine unruhige Gruppe von Station zwei hereingeführt und durch gutes Zureden dazu gebracht, sich auf die langen Holzbänke zu setzen. Sie sangen mit einer Begeisterung, die den Pfarrer zu stören schien, der ernst und gehemmt an seinem Pult stand. Seine Bibel war an der Stelle aufgeschlagen, die er schuldbewußt und voller Pathos vorlas. Die Menschen von Station zwei, mit ihrem seltsamen Sortiment unterschiedlicher Stationshüte, benahmen sich wie aufgeregte Kinder, hüpften auf und nieder und unterbrachen die Predigt mit treffenden Bemerkungen. Sie lächelten andächtig, wenn man Gebete sprach für diejenigen, die »schwach im Geiste« waren. Sie sangen mit Inbrunst:

Kommet alle zu dem Fluß,
zu dem schönen blauen,
kommet alle zu dem Fluß
den Thron des Allmächt'gen zu schauen.

und

Und wieder erblüht nach Nebel und Nacht
ein strahlender Tag im Lande,
und wieder treibt es uns mit Macht,
zu sprengen Fesseln und Bande.

Die Männer saßen auf der einen Seite des Saals, die Frauen auf der anderen. Unter dem Deckmantel der gottesdienstlichen Aktivitäten wurden Nachrichten weitergegeben Ausbrüche ausgeheckt Koseworte ausgetauscht. Die Stimmen der Männer, ausdauernd und kräftig, wenn auch manchmal etwas falsch, zeigten oft keinerlei Bereitschaft, es bei einem letzten versöhnlichen Ton bewenden zu lassen. Die verständnisvolle Organistin, eine Frau von Station eins, die aussah wie Georg III., mußte mit einschläfernder Unermüdlichkeit immer weiterspielen, bis der Kaplan, dessen Wertschätzung der Ewigkeit eng mit ihrer Unerreichbarkeit zusammenhing und dem es widerstrebte, zu akzeptieren, daß sie schon auf Erden Wirklichkeit wurde, mit Entschiedenheit unterbrach mit dem A-men von »Kommet alle zu dem Fluß« oder »Jesus meine Freude«, oder indem er seine Stimme erhob, um den Segen zu sprechen: »Möge die Gnade unseres Herrn Jesus Christus mit uns sein, heute und in alle Ewigkeit.«

Die Patienten von Station zwei blieben gerne zurück, um dem Kaplan die Hand zu schütteln und mit ihm über Alltägliches zu plaudern, aber wir von Station vier flüchteten aus dem Raum quer über den mit Gänseblümchen bedeckten Rasen zu unserer eigenen Station, denn uns ängstigte diese freundliche Art, als wäre sie möglicherweise ein Symptom für Unheilbarkeit, die allzu leicht auf uns übergreifen könnte. Keine einzige der hartnäckig geäußerten Platitüden traf auf die Leute von Station zwei zu.

»Auf ihre Art sind sie ganz glücklich.«

»Sie sind so weitab jeder Realität, daß sie nicht wirklich leiden.«

»Sie sind daran gewöhnt, sie nehmen es gar nicht mehr wahr.«

»Ihnen ist sowieso alles einerlei.«

Sie ließen mich nicht los, ich meine nicht die wenigen, die sich klar artikulieren konnten, die im Gottesdienst waren, sondern diejenigen, die ich manchmal durch den Zaun im Park oder im Hof erblickte. Wer waren sie? Warum waren sie in dieser Klinik? Warum waren sie so anders als andere Menschen, die man auf den Straßen draußen in der WELT herumgehen und reden sieht? Und was hatten die Geschenke oder der Abfall für eine Bedeutung, die sie über den Zaun herüberwarfen – Stoffetzen, Brotkanten, Kot, Schuhe – ein Hagel von Liebe und Haß für oder gegen alles, was auf der anderen Seite lag?

— VI —

Der Sonntagsbraten, Lammrücken, wurde, wie das andere Fleisch, das es mittags gab, von Oberschwester Glass aufgeschnitten. Sie ging zu diesem Zweck von Station zu Station und naschte auf ihrem Weg hier und da ein wenig vom Essen, um zu »probieren, ob es gut war«. Schwester Honey, die hinter dem langen Serviertisch stand, lud das Fleisch mit einer Gabel auf die Teller; das Gemüse wurde von der nächsten, dafür zuständigen Schwester draufgeklatscht, während Mrs. Everett, mit rotem Kopf und befürchtend, sie könnte mit den ersten Portionen zu großzügig gewesen sein und müßte dafür die übrigen »geschickt einteilen«, die grasgrüne Pfefferminzsoße auf das Fleisch goß. Nun war das Essen ausgeteilt, und wir bewegten uns aus der Schlange zu unserem Platz am Tisch, um darauf zu warten, daß auch die letzte ihr Essen erhielt und Schwester Honey das Tischgebet sprach: Für all diese Gaben lasse der Herr euch aufrichtig dankbar sein. Erst dann durften wir anfangen, den inzwischen lauwarmen Braten, das Gemüse und die Kartoffeln zu essen, die von einer hartgewordenen Fettschicht umgeben waren. Wir wurden nicht zum Essen gezwungen, man ermahnte uns jedoch häufig: »In anderen Teilen der Welt geht es den Menschen schlechter« – eine praktische und weitverbreitete Haltung, die mit dem Hunger in der Welt jeglichen Kummer und jedes Unbehagen in Neuseeland abtut.

Von unerwartetem Mitleid ergriffen, das ihr unsere ganze Dankbarkeit eintrug und uns einsehen ließ, daß sie »doch auch nur ein Mensch ist«, ließ Schwester Honey uns essen und sprach das Tischgebet erst danach, wenn alle Messer eingesammelt gezählt und in die Kiste eingeschlossen waren und wir auf die Post und die Bekanntmachungen warteten, die üblicherweise Ermahnungen wegen Fehlverhaltens waren und mit den Sätzen eingeleitet wurden: »In Zukunft möchte ich bitte sehr nicht mehr...« oder: »Mir ist zu Ohren gekommen, daß einige Patientinnen...«. Wir hörten mit ängstlicher Aufmerksamkeit zu.

Doch Schwester Honey herrschte nicht nur durch Furcht; sie hatte auch plötzliche Anwandlungen von Fröhlichkeit, die in sogenannten abendlichen Zusammenkünften um das Stationsklavier ihren Ausdruck fanden. Sie pflegte dann in einer großartigen Geste ihre rote Strickjacke auszuziehen und sie über die Stuhllehne zu hängen, sich ans Klavier zu setzen und uns Lieder einer anderen Generation vorzuspielen, um uns dann mit ihrer scharfen Stimme aufzufordern: »Und jetzt alle zusammen!«

Regentropfen,
die an mein Fenster klopfen,
sie sagen dir,
es ist ein Gruß von mir.

Und »Irische Augen lächeln dich an« und »Straße zum Meer« und am Ende ein Kirchenlied:

Wahrer Leib, o sei gegrüßet,
den Maria uns gebar;
du hast unsre Schuld gebüßet,
sterbend auf dem Kreuzaltar.

Hier nun wurde die Miene der Schwester wieder streng, sie wandte sich um und schaute uns bedeutungsvoll an, so als wollte sie sagen: Denken Sie immer daran, es gibt etwas, wofür Sie dankbar sein müssen, also nehmen Sie sich zusammen, Kopf hoch, für Ihr Wohl wird alles nur Erdenkliche getan, es gibt andere, denen es weit schlechter geht als Ihnen.

Dann spielte sie mit einem bittersüßen Lächeln um ihre dünnen, ungeschminkten Lippen ein Tanzlied und forderte uns auf, aufzustehen und miteinander zu tanzen, um den Abend zu beschließen. Wenn sie dann nach dieser Demonstration aufrechter Kameradschaft den Aufenthaltsraum verließ, meinten die Leute: »Sie ist wirklich ein guter Kerl.«

Und am nächsten Morgen sah sie uns eisig an, wenn sie verkündete: »Kein Frühstück für Sie. Sie sind mit einer Behandlung dran.«

Der Sonntag war ein angenehmer Tag, verglichen mit der übrigen Woche. Keine Schockbehandlung, morgens Gottesdienst, nachmittags ein Spaziergang auf dem Gelände, vielleicht oben an den Pappeln vorbei und auf den Hügel hinauf, vorbei an dem Holzgebäude, in dem einige der Männer wohnten, die alten tatterigen, die nichts anderes taten, als in der Sonne zu sitzen, und die jüngeren Mongoloiden und Schwachsinnigen, die auf dem Bauernhof und im Garten einfache Hilfsarbeiten verrichteten. Eine unter der Last gestreifter Anstaltskleidung stark durchhängende Wäscheleine war neben der Hintertür zwischen zwei Stangen gespannt. Manchmal sahen wir ein Gesicht, das uns durch die vorhanglosen Fenster betrachtete; oder eine kleine Gruppe von Männern, die in der Sonne saßen. Ihre Lippen bewegten sich, wie man es oft bei alten Leuten sieht, so als hätten sie in ihrem Leben nie die Möglichkeit gehabt zu sagen, was sie sagen wollten, oder als hätten sie niemanden gehabt, dem sie es hätten sagen können. Jetzt, da sie alt sind, plappern sie unaufhörlich vor sich hin, ohne Rücksicht darauf, was sie sagen, damit nur alles ausgesprochen wird, bevor es zu spät ist. Solange die Lebensvorgänge selbständig vonstatten gehen, ist man von unsichtbaren Höflingen umgeben, die einen pflegen und ernähren wie die Bienen ihre Königin; nähert man sich aber dem Tod, vernachlässigen einen diese Höflinge und verschwören sich sogar, um einen zu töten, und man nimmt das verinnerlichte, ungepflegte Aussehen der Sterbenden an. Die Ungepflegtheit dieser Männer kam von innen heraus, sie ging über die Schäbigkeit ihrer Hosenträger, an denen die Hosen irgendwie festhingen, die offenen Hosenschlitze, die weiten, in Zipfeln heraushängenden Flanellhemden hinaus.

Als wir an ihrem Speisesaal vorbeigingen und drinnen die nackten Holztische sahen, die bereits für den Tee gedeckt waren, mit einer klobigen Tasse, einem Teller und Löffel auf jedem Platz, deprimierte mich dieser triste Tagesablauf, bei dem der Tee gleich nach dem Mittagessen kommt. Nach dem Tee, da gab es keinen Zweifel, steckte man die alten Männer gleich ins Bett, noch bei Tageslicht. Ich wollte in den Speisesaal gehen und weiße Tischdecken auf die langen Tische legen und Blumen daraufstellen. Die Verantwortlichen in einigen Krankenhäusern auf der Welt hatten gelernt – davon berichteten sogar die Zeitungen mit großen Überschriften –, daß Blumen »helfen« konnten. Hätten sie auch auf dieser Männerstation helfen können? Vielleicht nicht. Dies schien ein Ort zu sein, an dem niemand zu Hause war. Es erinnerte mich an die Zeiten, wenn mein Vater von der Arbeit heimkam und meine Mutter vielleicht im Garten oder im Bad war oder sich über den Zaun hinweg mit einer der Nachbarinnen unterhielt, und ein Ausdruck der Panik über das Gesicht meines Vaters ging, wenn er die leere Küche betrat.

»Wo ist Mama?« fragte er dann.

Und es erinnert mich an ein Gedicht, das wir immer in der Schule aufsagen mußten, ein unheimliches Gedicht, das so begann: »›Ist jemand hier?‹ fragte der Reisende und pochte an die Tür im Mondenschein.« Ein Reisender könnte jahrelang an die Tür dieser trübseligen Station klopfen und rufen, wie der Reisende in dem Gedicht: »Sag ihnen, ich sei dagewesen!«, und würde keine Antwort bekommen. Die alten Männer waren tot, auch wenn sich ihr Mund bewegte und sie ihren Tee schlürften und den Anstaltskuchen aßen, auch wenn sie in der milden Nachmittagssonne saßen und die langen scharfen Schatten, ihre einzigen Gefährten, bewegungslos und stumm neben ihnen lagen.

Auf unserem Spaziergang besuchten wir auch die Kälberkoppel, wo die X-beinigen Holstein-Friesen ihre Köpfe durch den Zaun schoben und mit ihren rauhen Zungen an unseren ausgestreckten Händen saugten. Oder wir gingen mit zugehaltener Nase durch die Schweineställe und sahen den Ferkeln zu, die wie rosarote Würste nebeneinander an ihrer träge auf dem Rücken liegenden, schmuddeligen Mutter saugten; oder den halbwüchsigen Schweinen, die die Klinikreste durchwühlten und im Trog herumgrunzten, wo das Schweinefutter in Magermilch schwamm. Wußten die Schweine, daß ihnen in unserem Speisesaal in der Klinik sogar ein Aushang gewidmet war?

»Bitte werfen Sie keine Fischgräten in den Resteeimer für die Schweine. Wir haben auf diese Weise schon wertvolle Tiere verloren.«

Oben in der Nähe der Schweinekoben standen wir auf dem Hügel und schauten über das Land und hinunter aufs Meer. Wir sahen den Rauch eines Schiffes am Horizont, das mit seiner Weizen- oder Kohlenfracht zu einem der Häfen an der Ostküste fuhr. Näher, direkt unter uns, waren die schiefergedeckten grauen Dächer des Hauptgebäudes der Klinik mit seinen kleinen vergitterten Fenstern zu sehen, die so angelegt waren, daß sie allen glühenden Pfeilen des Lichts standgehalten hätten; und daneben der Turm mit seiner Glocke, die einer alten Gefängnisglocke ähnelte und immer noch morgens und abends mächtig läutete.

Oder wir spazierten zu der Grünanlage vor der Klinik, an dem heiligen Zaun vorbei, auf dem stand »Eintritt verboten« und hinter dem der Direktor wohnte. Wir schlenderten so dahin, denn unser Tempo wurde von der Langsamsten bestimmt, bis wir an das Viehgatter beim Eingangstor kamen, hinter dem die WELT lag – das winzige, von Rasenflächen umgebene Dorf Cliffhaven mit seiner Schule und Kirche und den beiden Gemischtwarenläden, und am anderen Ende der Straße, hinter dem Haus des Doktors, dem Bahnhof. Der rote Bretterverschlag daneben, der aussah wie das Spielzimmer einer Schule, das war der Wartesaal. Dort hinein flogen die Möwen und hinterließen schwarz-grau gesprenkelte Kleckse auf dem Fußboden, wo herrenloses Gepäck in einer Ecke aufgestapelt war, als wäre es seit vielen Jahren dort gelagert; die halb aus den Angeln gerissene Tür zur Toilette mit den Rostflecken in der Kloschüssel, der Wasserpfütze auf dem Boden und einem Fetzen Toilettenpapier, der einen dunklen

Haufen von jemandes nicht hinuntergespülter Hinterlassenschaft zur Hälfte bedeckte.

Wir standen am Tor und stellten uns die wunderbare WELT vor, in der die Menschen – so wird man von der eigenen Erinnerung getäuscht – das taten, was ihnen beliebte, Möbel besaßen, Frisiertische mit Spitzendeckchen darauf und Kleiderschränke mit Spiegeltüren; und Türen, die sie öffnen und schließen konnten, so oft sie es wollten; und am Kragen ihrer Kleidungsstücke waren keine Schildchen mit ihrem Namen eingenäht; und sie konnten Handtaschen tragen mit Nagelfeilen und Schminkzeug; und niemand beobachtete sie, während sie aßen, und sammelte hinterher die Messer ein, um sie zu zählen, und sagte mit angsteinflößender Stimme: »Alles aufstehen.«

Wir kehrten dann wieder um und gingen auf dem Kiesweg zur Station vier zurück. Die Tür wurde für uns aufgeschlossen, und man führte uns den Gang hinunter, vorbei an den Tb-Zimmern, den Zimmern der älteren Frauen und an Mrs. Pillings Zimmer. Am Garderobenschrank zogen wir unsere Mäntel und Schals aus, und dann wurden wir alle in den Aufenthaltsraum eingesperrt, bis es Zeit für den Tee war – alle, außer den Raffinierten (zu denen ich manchmal auch gehörte), die die Schwester überzeugen konnten, daß sie »immer« halfen, den Teetisch zu decken, oder »jedesmal« die Eier für den Beobachtungsschlafraum über dem Feuer im Speisesaal kochten oder »normalerweise« den Teewagen zum Schlafsaal brachten. Im Aufenthaltsraum sahen die anderen, die zu alt oder zu krank waren, um hinauszugehen, dumpf auf, wenn wir mit rosigen Wangen und aufgeregt über das, was wir gesehen hatten, hereinkamen – die Schweine die Kälber die Wäsche des Doktors auf der Leine der blühende Magnolienbaum (der Stolz des Krankenhauses). Und wir waren am Tor gewesen, am Viehgatter beim Tor!

Die anderen starrten vor sich hin; es beeindruckte sie nicht. Sie starrten unbeteiligt vor sich hin; einige stöhnten leise, ein paar rüttelten wie üblich an der Tür des Aufenthaltsraumes und schrien um Hilfe, andere schauten durch die Fenster auf die Bäume, die kupferrote Buche, die in der Nachmittagssonne leuchtete, und die Tannen und die Amseln bei ihrem niedrigen Flug über den Rasen.

War es denn so wichtig, daß wir am Tor, am Viehgatter, am Tor gewesen waren? Die anderen im Aufenthaltsraum sahen uns vorwurfsvoll an, so als hätten wir mit dem Spaziergang durchs Gelände unsere Zeit verschwendet. Sie brauchten nicht spazierenzugehen; sie kannten die blühenden Magnolien, ohne sie zu sehen. Wir setzten uns niedergeschlagen zu ihnen und warteten auf den Tee. Morgen war Montag. Behalten Sie Ihr Nachthemd und Ihren Morgenmantel an Ihr Nachthemd und Ihren Morgenmantel Ihr Nachthemd und Ihren Morgenmantel...

— VII —

Nachdem ich drei Jahre auf Station vier gelebt hatte, fast an jedem Morgen, an dem es von mir verlangt wurde, pflichtschuldig zur Behandlung gegangen war und Mrs. Pillings Achtung errang, weil ich den Korridor mit wahrem Enthusiasmus bohnerte, und Mrs. Everetts Wohlwollen, weil ich bereitwillig Äpfel schälte und freitags das Besteck polierte, und in zunehmendem Maße das Mißfallen von Oberschwester Glass und Schwester Honey erregte, weil ich dazu neigte, bei Mahlzeiten Panikanfälle zu bekommen, wurde ich für gesund genug erachtet, entlassen zu werden. Sobald die anderen wußten, daß man entlassen wurde, sahen sie einen neidvoll an und schienen unter dem Zwang zu stehen, sich untereinander darauf aufmerksam zu machen und die Besucher ebenfalls, indem sie sagten: »Das ist Mona oder Dolly oder Nancy. Sie wird entlassen.«

»Wirklich?« fragten dann die Besucher, wie Touristen in einem fremden Land, wenn man sie auf ein Gebäude, das ihnen völlig durchschnittlich erscheint, aufmerksam macht, als wäre es etwas Besonderes. Es war besser, man behielt es für sich, wenn man entlassen wurde, und erzählte überhaupt niemandem, daß man ging. Man empfand sowohl Schuldgefühle als auch Freude, man fühlte sich wie ein Kind im Waisenhaus, das adoptiert worden ist und die sehnsuchtsvollen Blicke der weniger Glücklichen ertragen muß, wenn seine neuen Eltern es abholen kommen.

Meine Mutter sollte mich abholen. Wie den Rest der Familie schockierte und ängstigte sie der Gedanke, daß eine ihrer Töchter in Cliffhaven gelandet war. Die Vorstellung, die sich meine Familie von den

Leuten in Cliffhaven und in jeder anderen Nervenklinik machte, stammte aus Irrenwitzen – wie zum Beispiel dem über vornehme Besucher, die auf einem Rundgang von einem der Irren nach ihrem Namen gefragt werden, und wenn sie antworten, sie seien Lord oder Sir Sowieso, die Antwort bekommen: »Darüber werden Sie bald weg sein. Ich habe mich für den König von England gehalten, als ich eingeliefert wurde.«

Meine Familie hatte mich nicht oft besucht. Sie schien mir fremd und weit entfernt, und manchmal, wenn ich meiner Mutter und meinem Vater einen raschen Blick zuwarf, entdeckte ich, daß ihre Körper auseinanderfielen und zerbröckelten und die Zellen ihrer Haut wie Weizenkörner aussahen, die man zu feinem Mehl zerreibt; manchmal hielten sie mich zum Narren und verschwanden einfach oder verwandelten sich in Vögel, die mit ihren mächtigen Flügeln schlugen und einen Sturm entfachten.

Meine Mutter trug neue Kleider, was mich mißtrauisch machte. Jahrelang, seit ihrer Hochzeit, war ihr wichtigstes Kleidungsstück ein, wie sie es nannte, »hübsches marineblaues Kostüm«. Aber kürzlich hatte sie die Maße ihrer Übergröße an ein Versandhaus im Norden geschickt und sich ein braunes Kostüm mit feinen braunen Streifen bestellt. Sie hatte nie zuvor Braun getragen, nie ein braunes Kostüm, und schien sich darin unwohl zu fühlen, als wäre es etwas Unanständiges, daß sie mich in ihren neuen Kleidern besuchte. Schuhcremebraun, mit einem dezenten Schimmer, und es bekam gleich Grasflecken, als wir uns zum Picknick unter die kupferfarbene Buche setzten.

Meine Mutter kam also, um mich nach Hause zu bringen. Sie sprach laut und aufgeregt und versicherte dem Doktor entrüstet, daß ich natürlich nie Stimmen gehört hatte oder Dinge gesehen hatte und daß nichts mit mir sei. Meine Mutter mißtraute dem Doktor; in gewisser Weise betrachtete sie meine Krankheit als etwas, das auf sie zurückfiel, etwas, wofür sie sich schämen mußte, das man vertuschen und, wenn nötig, leugnen mußte. Sie war zutiefst entrüstet, willigte aber in den Vorschlag des Doktors ein, daß ich nicht nach Hause, sondern in den Norden ziehen und eine Zeitlang bei meiner Schwester leben sollte, die die Bereitschaft geäußert hatte, mich bei sich aufzunehmen.

Ich verabschiedete mich von Mrs. Everett und Mrs. Pilling und dem Bäcker, dem Schweinehirten und den Schwestern, den schüchternen neuen, die die Kohleeimer füllten und die Kamine ausräumten und versuchten, die Tabletts mit der heißen Asche heil durch den Luftzug zur Seitentür zu bringen. Sie arbeiteten sehr hart, und das zwölf Stunden am Tag, sie sahen erhitzt und zerzaust und müde aus, hatten Rußflecken auf der Stirn und auf der neuen rosaroten Uniform und rote Druckstellen an den Fersen, wo die harten Arbeitsschuhe sie drückten. Aber sie lernten dazu. Sie lernten, Befehle zu geben, die prompt zu befolgen waren, und die unruhige Herde in Reih und Glied zu bringen.

Ich sagte auf Wiedersehen und versprach zu schreiben, und dabei wußte ich, daß es nach den ersten Briefen nichts mehr zu sagen gäbe, außer Phrasen, die die Menschen wie Mottenkugeln benützen, um eine bestimmte Zeitspanne zu bewahren: »Kommt Dr. Howell montags immer noch zu den ›Abenden‹? Ich nehme an, Pawlowa ist immer noch die alte? Gibt es dienstags immer noch das Mincemeatgebäck, das hart wie Sperrholz ist?«

Blieb das Gespräch mit dem Klinikdirektor, der noch nie zuvor mit mir geredet hatte. Ich hatte ihn nur manchmal bei seinen Freitagsrunden gesehen, wenn er in seinem schnellen rotbraunen Auto mit dem ausladenden Hinterteil auf den engen, von Bäumen gesäumten Straßen von Abteilung zu Abteilung fuhr. Sein roter Setter Molly sah aus dem Autofenster. Dr. Portman war ein kleiner, stämmiger, dunkelhaariger Engländer mit sorgsam gepflegtem Schnurrbart. Seine braunen Augen funkelten unter wuchernden Augenbrauen hervor. Er war ein Mann von entschlossenem Auftreten, spontanen Gefühlsäußerungen und einem Sinn für das Erhabene, das zu seinem geistreichen Gehabe im Kontrast stand, so als hätte sich ein Hahn mit Vorsatz und Erfolg dazu entschlossen, Schnürstiefel zu tragen. Dr. Portman hatte den Spitznamen »der verrückte Major«.

Ich klopfte an, betrat sein Büro und stand schüchtern auf dem roten Teppich. Auf seinem Schreibtisch stand ein Bilderrahmen mit einem Sprichwort in italienisch: »Jeder Augenblick ist ein Geschenk.«

»Kommen Sie, setzen Sie sich«, sagte er freundlich.

Ich setzte mich.

Er beugte sich nach vorn. »Sind Sie schon einmal vergewaltigt worden?« fragte er. Ich verneinte. Daraufhin stand er auf, kam auf mich zu, schüttelte mir die Hand, wünschte mir alles Gute, und ich verließ die Klinik.

Ich war auf Bewährung entlassen.

— VIII —

Meine Mutter und ich warteten auf dem Bahnhof auf den Zug. Ich erinnerte mich, daß ich früher auf der Fahrt durch Cliffhaven, wo der Zug anhielt, um Post aus- und einzuladen und Kühlwasser in die Lok nachzufüllen, aus dem Fenster gesehen hatte, um die »Bekloppten« auf dem Bahnsteig anzuschauen. Als jetzt der Zug hielt, betrachtete ich die Gesichter derjenigen, die aus den Abteilfenstern starrten, und fragte mich, ob ich irgendwelche erkennbaren Merkmale des Wahnsinns an mir hatte, und ich fragte mich, ob diese Menschen verstanden oder verstehen wollten, was jenseits dieses Bahnhofs lag, die Straße hinauf, am Viehgatter vorbei und den kurvigen Weg hinauf, hinter den verschlossenen Türen des grauen Steingebäudes.

Ich dachte, während ich in den Zug stieg: »Jetzt stellt Mrs. Pilling das Brot zum Tee auf den Tisch, und Mrs. Everett kocht die Eier über dem Feuer im Speisesaal. Mrs. Ritchie erzählt im Aufenthaltsraum einem interessierten, aber skeptischen Publikum von ihrer Operation, bei der ein Teil ihres Körpers »sich einfach abgelöst hat. Die haben bei der Operation einen Fehler gemacht. Ein Teil von meinem Körper, ein geheimer Teil, über den ich nicht sprechen kann, hat sich einfach so abgelöst«. Mit wilden Gesten und geröteten Wangen schildert sie den bedauerlichen Fehler, der schuld daran ist, daß sie anders ist als alle anderen Menschen auf der Welt. Sie klagt alle Ärzte an, weil sie nicht zugeben wollen, daß sie ihr etwas gestohlen haben. Und Susan steht still und stumm in ihrer Ecke; ihre Gliedmaßen sind blau vor Kälte. Sie hat ihre Jacke und Schuhe ausgezogen und ist nicht dazu zu bewegen, sie wieder anzuziehen.

Und die verwirrten älteren Damen in ihren zerknitterten Kleidern gehen immerzu auf und ab. Ihre Baumwollstrümpfe hängen in Wellen wie Ziehharmonikas um ihre Beine, weil vielleicht ihre Strumpfbänder im Kleiderbündel gefehlt haben, als man sie am Morgen anzog. Sie rütteln an der verschlossenen Tür und versuchen hinauszukommen, um »etwas zu erledigen« oder sich um etwas zu kümmern, das aus ihrer Vergangenheit eingedrungen ist und das keinen Aufschub duldet; sie müssen mit Angehörigen reden, die gar nicht anwesend sind, für längst Verstorbene sorgen – für müde Ehemänner Tee kochen, Menschen, die weit weg vom Aufenthaltsraum und längst über das Grab hinaus sind. Stimmen überbringen ihnen dringende Botschaften; sie sind außer sich vor Sorge; niemand hört ihnen zu oder versteht sie.

In den allerersten Tagen finden es die ganz neuen Schwestern irgendwie tröstlich – zwischen Schrubben, Bettenmachen und Füllen des Kohleneimers –, im Aufenthaltsraum zu stehen und den alten Frauen mit dem Stationskamm, der schon etliche Zähne verloren hat, das Haar zu kämmen, so als wäre der tiefere Sinn ihrer Arbeit, eine Beziehung zu den Haushaltsgegenständen der Station herzustellen, für die Heilung von Eimern und Decken und Korridoren zu sorgen. Das Haar der alten Frauen ist weiß und schütter und hängt in immer dünner werdenden Strähnen über den von bläulichen Adern überzogenen Schädel. Später werden diese Schwestern zunehmend ungeduldiger mit ihren Schützlingen; am Anfang jedoch sind sie voller Mitgefühl; die alten Frauen leiden ganz offensichtlich; sie wirken verloren, und dieser Eindruck wird durch ihre Kleidung noch verstärkt: die viel zu langen Strickjacken, die um die ausgemergelten Körper gewickelt sind, und die von Ehemännern oder Töchtern zu Besuchstagen mitgebrachten, formlos scheinenden Kleider, die mit den Worten übergeben werden: »Ich hoffe, es paßt, ich konnte mich einfach nicht mehr an deine Größe erinnern.« Vielleicht ist ihnen im Innersten bewußt, daß es für die alten Frauen keine Kleidergröße mehr gibt, daß die Täuschungen ihrer inneren Welt den Körper erreicht und ihn in gewisser Weise von den üblichen Maßen entfernt haben.

Sie sitzen am Extratisch, bekommen Sahne auf ihren Pudding und werden früh in ihre Zimmer geschickt, ausgezogen, ins Bett gebracht und eingeschlossen. Sobald die Schwester weg ist, verlassen sie das Bett wieder und fuhrwerken im Zimmer herum sehen nach etwas sorgen für etwas kümmern sich um etwas. Das geht so unaufhörlich weiter, fast die ganze Nacht hindurch, und am Morgen nach ein wenig unruhigem Schlaf, manchmal im durchnäßten, beschmutzten Bett, beginnen sie das tägliche Geduldspiel von neuem, wissen nicht, wo sie sind, dürfen nicht nach draußen, verlieren ihre Strumpfbänder und Taschentücher und müssen mit komplexen Vorgängen fertigwerden, wie sich von einem Ort zu einem anderen zu bewegen, zur Toilette zu gehen und sich abzuwischen, vom Aufenthaltsraum zum Eßtisch geführt zu werden und wieder zurück. Nach einigen Wochen, wenn sie keine Fortschritte machen, schickt man sie in dem großen schwarzen Bezirksauto nach Kaikohe am Meer, einem Ort für die Alten, oder man verlegt sie auf Station eins. Das ist zugleich eine Kinderstation mit einem Innenhof, in dem durch die Ritzen im Asphalt gelbes Gras wächst und wo bleiche sabbernde Kinder spielen. Sie trösten sich tagsüber mit ihren wenigen Holzspielsachen und schlafen nachts in Kinderbetten in engen, feuchten Räumen mit Zementboden.

Auf dieser Station werden die alten Frauen möglicherweise zum letzten Mal zu Bett gebracht; sie liegen in düsteren, lichtlosen Zimmern, die nach Urin stinken; man wäscht und »wendet« sie täglich, und der weiße Greisenschleier, die letzte Täuschung, legt sich über ihre Augen. Und eines Morgens, wenn man über den Korridor durch Station eins geht, sieht man, daß in dem kleinen Zimmer, in dem eine der alten Frauen geschlafen hat, der Boden frisch geschrubbt ist und nach Desinfektionsmittel riecht, das Bett abgezogen, die Matratze zum Lüften umgedreht ist; der Tod hat in der Nacht wieder einen freien Platz geschaffen.

Der Zug bewegte sich langsam aus Cliffhaven heraus, beschleunigte sein Tempo, während er am Bahndamm vorbeifuhr, der von wilden Wicken und Stechginster überwuchert war, und an den Gärten mit im Wind schlagenden, nach Seifenlauge riechenden Wäscheleinen und Hühnerställen, wo fette schneeweiße Hennen mit in die Luft gestrecktem Hinterteil im steinigen Boden pickten und scharrten. Ich versuchte nicht länger die Türme der Klinik durch die Lücken in den zurückweichenden Hügeln zu erkennen und nahm in dem verräucherten Abteil die träge Haltung eines Fahrgastes ein, sah schläfrig auf die toten, verrenkten Bäume und die wie besessen Gras rupfenden Schafe und Kühe, die sich schon mit schlagenden Schwänzen zum Melken sammelten. Cliffhaven glitt aus meinem Gedächtnis, wie die Sonne am Himmel in einer Lücke zwischen Wolke und Horizont versank.

Als der Zug in einer Wildnis von Gras und Gummibäumen bremste und auf ein Nebengleis geleitet wurde, um dem Expreßzug nach Süden den Weg freizumachen, und dort wartete und wartete, bis es schien, als wäre er vergessen worden und würde von Rost und Unkraut und Stille überzogen, wovon alle stillstehenden Menschen und Maschinen bedroht sind, wurde ich wieder an Cliffhaven und die Menschen dort erinnert. Machte auch ihr Leben auf einem Nebengleis Platz für wichtigeren Verkehr? Und was war sein Ziel?

Aber der Zug fuhr weiter, und ich schlief ein, und es war mir gleichgültig. Cliffhaven war weit weg, und ich würde nie wieder krank sein.

War es nicht so?

— II —
TREECROFT

— I —

Und so reiste ich also nach Norden in ein Land voller Palmen und Mangroven, bösartigen Wucherungen im Schlund der Buchten, und voller Orangenbäume, die das unerlaubte kugelförmige Aufflammen der Winterhitze mit ihren dunklen, ernsten Blättern gleichsam im eigenen Haus auffingen; und der Himmel bei alledem makellos und fern. Das war »im Norden«. Ich blieb da einige Wochen bei meiner Schwester. Sind Sie jemals als alte Jungfer in einem kleinen Haus mit Ihrer Schwester, deren Mann und ihrem neugeborenen ersten Kind zusammengewesen? Haben Sie mitangesehen, wie sie ihre Nasen aneinander rieben, sich kniffen und kitzelten, haben Sie ihnen nachts, wenn Sie auf Ihrer sargschmalen Pritsche lagen, die sowieso keine zwei Leute hätte tragen können, unfreiwillig gelauscht?

Ich wußte nicht, wer ich war. Man hatte mir meinen Körper entwendet und ihn wie eine Strohpuppe in den Himmel gehängt. Der Tag um mich herum schien greifbar, aber wenn ich eine Bewegung machte, um ihn zu berühren, wich er zurück – aus Angst, ich könnte ihn infizieren. Ich zerrte am Himmel herum, und er wurde zu einer Porzellanfüllung aus Wolke. Ich war weder ein Moskito noch eine Grille, noch ein Bambus, und so fand ich mich im Hochsommer oben im Norden wieder, in einem Bett mit einer lustigen Steppdecke in einem makellos sauberen Raum, der sich Beobachtungsschlafsaal nannte, Nervenklinik Treecroft, Station sieben. Das Zimmer ging hinaus auf einen Garten voller Rosen und wilder Lilien mit orangefarbenen Punkten in der Mitte, die einen sonnenverbrannten Rasen mit einer Trauerweide in der Mitte umgaben. Obgleich es keinen Bach oder Fluß gab, wuchs da ohne Zweifel die Trauerweide, voll gläubigen Vertrauens, das manche Menschen und Bäume am Leben hält, und wartete darauf, daß doch noch jemand kam und sie heimlich versorgte. Rund um den Garten lief eine hohe Mauer, die ein Kleid aus dauerhaftem Efeu ansehnlicher machte. Ich stellte fest, daß die Fenster zwei Flügel hatten, so daß niemand erraten hätte, daß sie arretiert waren und sich nur ein bestimmtes Stück weit öffnen ließen. Ich konnte nirgends die grob vorgenagelten Bretter entdecken, die zu den Fenstern in Cliffhaven gehört hatten. Der Schlafsaal machte einen kühlen, schattigen Eindruck; ich konnte draußen Leute in Sonnenanzügen sehen, die umhergingen oder sich in den Schatten der Trauerweide setzten. Die Atmosphäre war friedlich. Man hörte kein Schreien Protestieren Stöhnen; keine Rangelei, wenn ein Patient mit Gewalt dazu gebracht werden sollte, den Anordnungen zu gehorchen. Denn diese Leute waren Patienten. Und dies war ein Krankenhaus.

Oder nicht?

Natürlich, dachte ich, ist es ein Krankenhaus; ich hatte gehört, wie sie zum Taxifahrer sagten: Nervenklinik Treecroft, da, wo die Mörder hinkommen, diese Richtung, Fahrer.

Mir gegenüber saß eine Frau aufrecht in ihrem Bett und sprach mit irgend jemandem, der vielleicht zuhörte.

»Ich bin Mrs. Ogden«, sagte sie.

Ihre Kleidung, ihre Schuhe, ihre Nachthemden waren mit einem Etikett gezeichnet, aber in der Hast der Aufnahme hatte man vergessen, sie selbst zu zeichnen, deshalb nannte sie den Leuten ihren Namen – unauslöschlich wie die Kopiertinte auf den Etiketten.

»Ich bin Mrs. Ogden.«

Ihr Gesicht hatte die dumpf aufsaugende Blässe, die herabgezogenen Mundwinkel, wie ich sie bei den Schwindsüchtigen in Cliffhaven gesehen hatte. Sie redete atemlos, unaufhörlich, voller Aufregung über die Operation, der sie sich in der Stadt unterzogen hatte und bei der ihr einige Rippen entfernt worden waren. Sie wies die Narben vor. Sie rief sich die Sache ins Gedächtnis. Sie erklärte gewisse Redewendungen, wie sie unter »Eingeweihten« in einem Allgemeinen Krankenhaus üblich sind.

»Ich hatte meine Stunden«, sagte sie selig. »Wissen Sie, was das bedeutet? Es bedeutet, daß Sie jeden Tag eine bestimmte Zeit aufstehen dürfen. Wir saßen da in unseren Morgenröcken auf den Krankenhausstühlen. Zweimal gab es Blitz und Donner und eine ganze Woche lang Regen und sonst Sonne. Auf der Terrasse. Es liegt eigentlich etwas außerhalb der Stadt. Die Leute nennen mich Betty.«

Obgleich ich mich nicht mit ihr verständigen konnte, weil ich sprachlos war, lag ich auf meinem Bett und starrte sie an und versuchte, sie vor dieser Tünche aus Frieden und Fröhlichkeit, vor der Farbenpracht der Decken und vor den Leuten in Sonnenkleidung da draußen zu warnen. Ich versuchte ihr mitzuteilen: Gib acht, im Zimmer sind Fallen aufgestellt, die Wände sind voller Haken. Denn in meinem Innern wuchs eine Furcht, die vom Anblick des Gartens, der Trauerweide, der offensichtlich zufriedenen Menschen, die da frei über den sonnenverbrannten Rasen schlenderten, nicht gemildert, sondern noch verstärkt wurde. Ich wunderte mich, daß Mrs. Ogden so unbekümmert war. Wie konnte sie nichts von der Gefahr wissen? Warum nahm sie sich nicht in acht, umgab sich nicht mit allen nur möglichen Sicherheitsmaßnahmen, kroch nicht tiefer in ihr Bett hinein und zog die Bettdecke hoch, um sich zu schützen?

Ich lag da und sah die dunkle Furcht wachsen wie eine dieser Märchenpflanzen, die nur existieren, weil sie sich keinerlei Zwang auferlegen, ihren Drang nicht beherrschen, überallhin und durch alles hindurch und kreuz und quer und hinein und über alles hinaus wachsen, bis sie den Himmel berühren und die Sonne verdunkeln. Meine Furcht kroch über mich hinweg in den ruhigen Schlafsaal und kehrte sich gegen mich wie ein Kind gegen seine Eltern und bedrohte mich.

Ich beobachtete die Stationsschwester, Schwester Creed, wie sie mit dem Arzt Visite machte und freundlich und ruhig lächelnd mit Mrs. Ogden und mir, den einzigen, die im Bett waren, sprach – etwa wie eine wohlerzogene Gastgeberin ihre Wochenendgäste begrüßen würde. Aber als sie näher kamen und dann ganz und gar sichtbar durch die offene Tür in den Garten gingen, bemerkte ich mit Bestürzung, daß beide – der Doktor wie die Schwester – hinkten. Das konnte kein Zufall sein! Abergläubische Furcht erfüllte mich, wie sie primitive Leute und Kinder gegenüber Mißgebildeten befällt und die sie dazu bringt, Götter anzurufen oder immer wieder Sprüche herzusagen. Ich mußte an eine Frau denken, die wir die Spätfrau nannten. Wir trafen sie immer, wenn wir spät dran waren, auf dem Schulweg. »Die Spätfrau«, flüsterten wir dann mit entsetzter Stimme und heftigem Herzklopfen, und trotz Seitenstechen rannten wir ums liebe Leben, um aus der Sichtweite der Frau und noch rechtzeitig zum allgemeinen Einmarsch in die Schule zu gelangen.

Der Anblick der Oberschwester von Treecroft überzeugte mich schließlich davon, daß meine Furcht nicht grundlos war, und zuerst dachte ich, Oberschwester Glass wäre mir aus dem Süden hierher gefolgt und hätte die Gestalt von Oberschwester Borough angenommen; sogar ihre Körper glichen sich; riesig, eingesperrt in die weiße Uniform, durch die sich die Stangen des Korsetts abzeichneten. Oberschwester Boroughs Stimme war tief und drohend, und wenn sie Mrs. Ogden und mich anblickte, teilte uns ihr Ausdruck mit, daß unser Im-Bett-Liegen die fleckenlos aus der Klinikwäscherei gekommenen steifen Laken in Unordnung brachte und die friedvolle Wirkung von Reihen adretter, unbenutzter Betten mit ihren exakt eingeschlagenen Steppdecken und den rechtwinklig gezogenen Säumen störte, und je rascher wir da raus waren, desto besser.

Ich fürchtete den Augenblick, wenn ich mich anziehen würde und mich im Aufprall der Wogen mitten im Ozean des Zimmers würde aufrechthalten müssen, wenn ich die Ruhe und den Frieden, die ich vom Bett aus beobachtet hatte, auf ihre Wirklichkeit würde prüfen müssen. Ich konnte meine Furcht nicht erklären. Was, wenn Station sieben nichts als ein Unterwasserzustand des Bewußtseins war, der den erschreckenden Formen ertrunkener Gestalten durch rhythmische Verzerrung ein friedliches Aussehen gab? Und was, wenn die Perspektive sich plötzlich änderte, sobald ich aus dem Bett aufstand, wenn ich in eine Falle gelockt würde und ein in den Wänden glühendes Feuer das Wasser ausgetrocknet und den Frieden zerstört hatte und nun die untergegangenen Gestalten in all ihrer Schrecklichkeit dem harten Tageslicht aussetzte? Was sollte ich dann tun?

In der Regel blieb man zwei Tage im Bett; ich war

dankbar. Ich lag da und ließ mich vom Arzt untersuchen, während die für den Schlafraum zuständige Schwester bescheiden die Decken zurechtzog. Ich machte eine Faust, folgte Dr. Talls Finger, drückte seine Hände weg, spürte den Einstich der Nadel, atmete, zählte bis neunundneunzig, ließ mir gegen das Knie schlagen und über die Fußsohle kratzen. Ich bat den Doktor nicht, mir zu erklären, warum Schwester Creed hinkte oder wie es zu der verblüffenden Ähnlichkeit zwischen Oberschwester Borough und Oberschwester Glass in Cliffhaven kam; oder mir zu sagen, was es mit der Trauerweide auf sich hatte, mit der Botschaft der Mücken, dem Bambus, den telefonierenden Grillen, den Mauerfliegen und Riesenkäfern und Ameisen, die wie festgewurzelt stehenblieben und weinten, wenn sie sich verirrten; was der große, abgrundtiefe Riß in der Erde bedeutete und der Aluminiumregen, der über der Erde kochte.

Dr. Tall war ein akkurater Schatten am Spätnachmittag, im weißen Mantel und mit Gold zwischen den Vorderzähnen; eine blitzende Beute, zu der seine Zunge immer wieder zurückkehrte, um sich zu vergewissern, daß sie noch festsaß oder vielleicht auch, um sie zu lockern und sich ihrer zu entledigen wie einer allzu offensichtlich schlechten Gewohnheit, die ihren Wert eingebüßt hat und an der man keine Freude mehr hat.

»Wissen Sie, wo Sie sind?«

Zuerst war ich versucht, laut zu bezweifeln, daß ich auf Abteilung sieben in der Nervenklinik Treecroft lag. Vielleicht war ich ja auch in einem Taubenschlag. Aber ich starrte nur sprachlos auf Dr. Talls Goldzahn. »Sie bekommt morgen Elektroschocks«, sagte er zu Schwester Creed.

Ich war außerstande, noch weitere Schreckensmöglichkeiten aufzunehmen; ich war so müde; wenn es regnete, würde die Harfe, die in der Trauerweide hing, naß werden, und sogar das war mir egal. Mrs. Ogden hustete unentwegt, griff nach dem Glas für das Sputum und prüfte sorgfältig, was sie ausgespuckt hatte. Sie war heiß und rot im Gesicht, als hätte sie sich mit irgend etwas oder irgendeinem, den niemand sonst sehen konnte, sexuell vergnügt, und zog erregt den Atem ein, als sie die Schwester mit Fiebertabelle und Thermometer kommen sah.

»Erhöhte Temperatur«, sagte sie triumphierend, als hätte sie gegenüber dem unsichtbar Anwesenden recht behalten.

Am nächsten Morgen wurde ich mit anderen Patientinnen in Nachthemd und Morgenrock in den Garten und hinüber zu einer anderen Station geführt, die auch auf den Garten hinausging. Ich wurde in einem der Einzelzimmer an einem Korridor zu Bett gebracht, und man sagte mir, ich solle ruhig liegenbleiben und warten. Ich lag da und verfolgte das Muster auf der roten Matte am Boden und überlegte, daß ich in Cliffhaven niemals Matten auf den Fußböden der Zimmer gesehen hatte, und fragte mich schläfrig, was wohl mit mir geschehen würde, so als wäre ich eine bedrohte Person in einer Episode einer nicht besonders spannenden Fernsehserie. Plötzlich hörte ich den vertrauten unheilvollen, verzweifelten Schrei einer Patientin, die die Schocktherapie erleidet, prustende Laute von nebenan und dann das Geräusch von etwas, das auf mein Zimmer zufuhr.

Die Tür öffnete sich. Ein fremder Arzt stand da mit einem Elektroschockgerät auf einem kleinen Wagen. Er warf mir einen kurzen bösen Blick zu, näherte sich meinem Bett, preßte mir die Kopfhörer an die Schläfen, und plötzlich war ich bewußtlos und kämpfte allein mit Nachtgespenstern von Schmerz und Verzweiflung. Nachdem ich wieder zu mir gekommen war, wurde ich durch den trockenen Garten geführt, vorbei an der Trauerweide und dem Vogelbach, wo ein paar Spatzen im Staub badeten, zurück zur friedlichen Station sieben – die so friedlich war, daß ich mich hätte fragen können, ob die Schreie und der herankriechende Apparat wirklich existierten, wenn mir nicht dieser ganz besondere Geruch der anderen Station im Gedächtnis geblieben wäre – so als hätte er sich ohne meine Erlaubnis eingeschlichen –, eine Art spezifischer Krankenhaus-Körpergeruch, Bohnerwachs mit Urin und einem Extrakt aus Verzweiflung vermischt – so wie man Tabak oder Kräuter mischt –, und dieser Geruch verbreitete sich einmal stärker, einmal schwächer, je nachdem, was die überall herumlungernde, sich in die Ecken drückende Allgegenwart, die man ZEIT nennen könnte, daraus machte.

Nach ein paar Tagen war ich auf und angekleidet, wanderte auf der Station herum und saß im Garten unter der Weide und lernte – während ich versuchte, die immer noch wachsende Unruhe, den Schrecken und den quälenden Geruch der anderen Station zu vergessen, während ich allem Anschein nach zu einer der zufriedenen Patientinnen von Station sieben wurde –, daß der Elektroschock, der dreimal in der Woche verabreicht wurde, und die nicht abreißenden Schreie, die man hörte, während der Apparat durch den Korridor näher kam, ein Alptraum war, den man zu »seinem eigenen Besten« erlitt. »Zu

Ihrem eigenen Besten« ist ein sehr überzeugendes Argument, das den Menschen schließlich dazu bringt, seiner eigenen Vernichtung zuzustimmen. Ich versuchte mir Mut zu machen, indem ich mir ins Gedächtnis rief, daß auf Station sieben die »neue Methode« vorherrschte (»Geisteskranke sind Menschen wie du und ich«), die sich durch die fröhlichen Steppdecken, die pastellfarbenen Wände, die beruhigen sollten, durch abstrakte Bilder im Aufenthaltsraum zu erkennen gab. Im Speisesaal Vierertische mit lustigen Karodecken; alles um den Schein aufrechtzuerhalten, Treecroft sei ein Hotel und keine Nervenklinik; und überhaupt runzelte man nun bei der Bezeichnung »Nervenklinik« die Stirn; richtig hieß es jetzt »Psychiatrische Einrichtung«.

Die freundliche Schwester Creed aß mit uns zusammen. Wir bekamen Schlagsahne zu unserem Pudding, Schinken und Eier zum Frühstück – alles in der Stationsküche zubereitet von Hillsie, Mrs. Hill, eine von den treuen Langzeitpatientinnen, denen leben dienen bedeutet. Sie arbeitete vom frühen Morgen bis spät in die Nacht, obgleich sie immer blaß war, ihre Augen in dunklen Höhlen lagen und ihre Fußknöchel bei Nacht anschwollen.

»Sieh dir meine Knöchel an«, sagte sie immer wieder.

Irgend jemand meinte dann: »Hillsie, du solltest nicht so viel arbeiten.«

»Nein, sollte ich wohl nicht«, war die Antwort.

Aber am nächsten Morgen war sie wieder früh auf und bereitete das Frühstück in der Küche vor, verwöhnte die Schwestern mit einer Extratasse Tee (»Hillsie, du bist ein Engel«), schrubbte wienerte. An Sonntagen, ihren einzigen freien Tagen, fragten die Leute, wenn sie den ganzen Tag im Bett blieb, mit

Panik und Gereiztheit in der Stimme: »Wo ist Hillsie?« Und an diesen Tagen schien nichts zu klappen: Das Essen brannte an und verschmorte, Werkzeuge gingen verloren, niemand wußte, wo man etwas suchen oder wie man etwas anfangen sollte, und Hillsie wurde durch Leute, die in ihr Zimmer kamen und wissen wollten, wo, warum und wie, unentwegt in ihrer Ruhe gestört. Hillsies Zimmer war wie das von Mrs. Pilling mit Bildern und Kalendern ausgeschmückt. Sie hatte Rosen aus dem Garten in einer Glasschale auf ihrem Toilettentisch stehen und eine Fotografie ihres Sohnes in Marineuniform; ein junger Bursche, hübsch und blaß wie seine Mutter. Sie war nach Treecroft gekommen, als er geboren wurde, damals hatte es keine Möglichkeit einer anderen Behandlung für sie gegeben.

An Besuchstagen hatte fast jeder einen Gast. Eine Tante von mir beschloß, mich zu »adoptieren« und mich jede Woche zu besuchen, was vom Stadtrand her eine weite Reise mit der Straßenbahn bedeutete. Sie war eine Frau in mittleren Jahren, die – unbewußt oder mit voller Absicht – der gängigen Moderichtung folgte und nur Rosa und Grau trug, die »richtigen« Farben für Frauen mittleren Alters. Sie trug rosa Blusen und graue Kostüme und fließende Chiffonschals. Ihr Teint war eine bunte Landkarte aus roten Flecken und feinverzweigten Äderchen; ihre Augen waren von unbestimmter Farbe, das Weiße zeigte rosa Gerinsel wie blutgesprenkeltes Eiweiß. Sie war voller Güte, mit einem intuitiven Wissen, wie ein guter Krankenhausbesucher sich verhalten sollte, sie brachte Tröstliches zum Essen mit und ließ sich nach dem ersten ziemlich verlegenen »Wie geht es dir«, das keine ausführliche Antwort verlangte, im Garten nieder, saß träumerisch gefaßt ohne zudringliche Fragen da und bot hin und wieder Pfefferminzcremeschokolade und feine Kuchen an. Sie gab ihrem Entzücken über das Krankenhaus Ausdruck, über die Freundlichkeit des Personals, die Annehmlichkeiten der Station und die Tatsache, daß an den Patientinnen »nichts auszusetzen« sei. Man hörte andere Besucher ähnliche Bemerkungen machen.

»Du hast Glück, daß du hier bist, wo alle so nett sind. Mir kommt das vor wie ein teures Hotel. Ich werd' mir auch mal einen Nervenzusammenbruch leisten. Ich mache natürlich nur Spaß. Ich weiß, was du durchgemacht hast.«

Die meisten Patientinnen der Station sieben sprachen gern mit ihren Besuchern über ihre »Nervenzusammenbrüche«, über deren besondere Art und Einzelheiten, so als wären sie ein Besitz, der ihnen überraschend zugefallen war. Sie erzählten ihren Nächsten gern, was sie alles »durchgemacht« hatten. Und ihre Besucher trösteten sie, indem sie ihnen voller Überzeugung sagten: »Du wirst bald zu Hause sein, noch ein paar Wochen, und du bist wieder zu Hause.«

Und viele kamen auch wirklich wieder nach Hause. Es gab Abschiede und Dankeschöns, Adressen wurden ausgetauscht und Versprechen abgegeben zu schreiben, auch das Versprechen, die Nachricht zu verbreiten, daß Nervenkliniken überhaupt nicht so waren, wie die Leute anscheinend glaubten, daß die Briefe voller schockierender Einzelheiten, die in den Zeitungen abgedruckt waren, von Spinnern und Lügnern geschrieben worden seien.

Hatten die Patientinnen von Station sieben denn nicht die neue Methode am eigenen Leib erfahren, waren sie nicht als menschliche Wesen betrachtet und freundlich umsorgt worden? Gewiß, die Schocktherapie war unangenehm, aber sie wurde schließlich »zu ihrem eigenen Besten« durchgeführt, außerdem fand sie in einem anderen Raum statt, und man war, wenn man hinging und zurückkam, so benommen, daß man ohnehin nicht viel davon im Gedächtnis behielt. Das Entscheidende war, daß es einem besser ging und man nach Hause kam und keine Angst haben würde, wenn man irgendwann einmal wieder in die Treecroft-Klinik zurückmüßte.

Und eines Tages sagte Dr. Tall auch zu mir: »Bald haben wir es geschafft, und Sie sind wieder gesund und munter.« Wir sahen ihn nicht oft. Er hatte immer zu tun und fand nur selten Zeit zu einer Bemerkung wie: »Was stricken Sie denn da?« »Das machen Sie aber hübsch.« »Heiß heute, nicht wahr?« und ähnliche abgedroschene Redensarten. Er kümmerte sich um mehr als tausend Frauen – oder versuchte es zumindest.

Ich fühlte mich nicht krank; aber ich hatte Angst. Dr. Tall hinkte. Schwester Creed hinkte. Das Metzgergesicht von Oberschwester Borough schwoll bedrohlich vor mir an. Dennoch verfügte ich mich gehorsam zum Elektroschock in die andere, als Vier-fünf-eins bekannte Station und versuchte, meine Unruhe zu unterdrücken, die, sobald mir der spezifische Geruch der Station in die Nase stieg oder bei der bloßen Erwähnung ihres Namens, in Panik umschlug. Vier-fünf-eins – zweifellos ein unheilvolles Schlüsselwort; und ebenso ging es mir beim Anblick des Tb-Flügels der Station, der von der Küche abging und wie eine Baracke aussah mit nackten Holzfußböden und gußeisernem Dach, das, wenn die Sonne den ganzen Tag darauf schien, eine unerträgliche

Hitze in den Zimmern erzeugt haben mußte, ein pochender Kopfschmerz im Himmel. Die nackten Böden, die zu der Würde und der heiteren Atmosphäre von Station sieben in so scharfem Kontrast standen, deprimierten mich; ich versuchte, sie zu vergessen, und spürte, daß ich ihre Existenz nicht für wahr halten durfte. Ich wage es nicht, die beiden Bilder gleichzeitig im Gedächtnis zu behalten: Station sieben und den Tb-Flügel der Station vier-fünf-eins.

Mit nahezu hysterischer Freude kehrte ich aus dem Geruch der Trostlosigkeit und vom Anblick des kahlen Behelfsraums zur angeblichen Wirklichkeit von Station sieben zurück – zu Betty Ogdens vertrauensseligem Geplapper und zum gereizten Stumpfsinn der Frauen, die mit matten Stimmen über ihr Zuhause, ihre Familien, ihre Symptome redeten und über die angenehmen Verhältnisse, die sie hier in der Klinik vorgefunden hatten. Und dennoch fühlte ich mich zunehmend wie ein Gast, der in einem Landhaus die vollkommenste Gastfreundschaft genießt, aber in ganz unerwarteten Augenblicken Spuren eines geheimnisvollen Treibens feststellt – weggleitende Wandverkleidungen, geheime Klopfzeichen – und zuletzt den Gastgeber und die Gastgeberin bei heimlichem Gespräch und Ränkeschmieden überrascht, wobei von Gift, Folter und Tod die Rede ist. Oder bewohnte ich, gleichsam als Wochenendgast, mein eigenes Bewußtsein, verstörte mich das Böse, das sich dort manifestierte?

Aber eines Abends gab es im Bad plötzlich einen Streit zwischen Elizabeth und Mrs. Dean.

»Ich gehe zuerst in die Badewanne.«

»Nein, ich.«

Ein harmloser Streit über die Benutzung der Wanne, würde man sagen. Was ist daran so wichtig, so ungewöhnlich oder so schreckenerregend? Nur wenige Leute auf Station sieben zankten sich; eine Patientin, die in dieser Hinsicht nicht mehr »kooperativ« war, wurde rasch auf eine »andere Station« überführt, wie es vage hieß. Vielleicht wäre die Auseinandersetzung im Sande verlaufen oder friedlich beigelegt worden, hätte Oberschwester Borough sie nicht auf ihrem abendlichen Rundgang mitangehört, hätte sie nicht die Tür zum Badezimmer geöffnet und mit gereizter Stimme gefragt: »Was geht hier eigentlich vor?«, wobei ihr wütender Blick auf die halbentkleidete Mrs. Dean fiel, eine Frau mittleren Alters, die eben an dieser Tatsache litt, Körper und Geist nicht in Einklang brachte, nervös war, besorgt über ihr Aussehen und ihre Fettmassen, und die immer wieder versuchte, das Warnschild umzureißen, das ihr ihr eigenes Alter signalisierte. Der Blick der Oberschwester löste einen Wutausbruch aus. Sie beschimpfte die Schwester unflätig und verwünschte sie: »Du dicke fette Kuh – starr mich nicht so an!«

Gesicht und Nacken der Oberschwester liefen rot an; auch sie war empfindlich, was ihr Äußeres anging.

»Raus hier«, sagte sie, »Sie sollten sich schämen. Nehmen Sie sich zusammen. Es gibt keine Entschuldigung für Ihr Benehmen.«

Mrs. Dean weigerte sich, das Badezimmer zu verlassen. Elizabeth stand ergeben da, ein Bild der Unterwürfigkeit. »Nun gut«, fuhr die Oberschwester Mrs. Dean an und gab einer Schwester ein Zeichen; und dann bewegte sie sich auf die stets verschlossene Tür im Badezimmer zu, die, wie ich glaubte, nie von jemandem benutzt wurde, öffnete sie und zerrte zusammen mit drei weiteren Schwestern, die herbeigeeilt waren, die widerstrebende Mrs. Dean hindurch.

Sie kehrte nie mehr auf die Station zurück.

Ich grübelte ihrem geheimnisvollen Verschwinden nach. Wo war sie? Auf einer »anderen Station«?

Eines Tages bat mich eine Schwester – angesichts der Tatsache, daß es mir ja besser ging und ich bald nach Hause durfte –, sie zur »großen Küche« zu begleiten, um einen Porridge-Topf zurückzubringen. Porridge war die einzige Speise, die nicht von Hillsie zubereitet wurde. Ich hatte mich noch nie auf dem Gelände jenseits des Gartens von Station sieben aufgehalten, und ich schaute mich um und stellte Fragen und brachte mein Erstaunen über die Weitläufigkeit der Klinik zum Ausdruck. Von außen, von jenseits der vornehmen Eingangsfront gesehen, wo es sich ausnahm wie ein efeuüberwachsenes Herrenhaus, war es eine Ansammlung weit auseinandergezogener verfallener Gebäude; die große Küche, die niedrig und schmutzig wirkte, befand sich gegenüber einer Station, deren Zustand des fortgeschrittenen Verfalls mir so außergewöhnlich schien, daß ich nach dem Namen fragte.

»Was ist das da?«

»Ach, das? Lawn Lodge.«

Wir betraten die schwach beleuchtete, schlecht belüftete Küche, und sofort umgab uns der Geruch von gekochtem Kohl. Wir gingen an einem großen Bottich vorüber, in dem fettes Fleisch blubberte, und an einem anderen, in dem eine dicke Mehlmasse kochte, über die ein Mann mit behaarter Brust in einem offenen karierten Hemd wachte. Plötzlich stieß er seinen haarigen Arm in den Mehlbottich und rührte heftig darin. Ich war verblüfft und beeindruckt und wollte unbedingt zurück auf Station sieben, um mich zu vergewissern, daß unsere Mahlzeiten von Hillsie zubereitet wurden, ja, daß es Station sieben überhaupt noch gab. Als wir auf dem Rückweg wieder an den alten Gebäuden vorbeikamen, die so unwirklich schienen in ihrer Beziehungslosigkeit zu unserer fröhlichen Empfangsstation, trafen wir auf zwei Pfleger, die aus dem Hintereingang von Vier-fünf-eins eine Leiche hinaustrugen, die aufgebläht wirkte unter der Plane.

»Das ist Mrs. Dean«, verkündete die Schwester ohne jedes Feingefühl. »Sie ist gestorben.«

Ich war froh, als ich wieder zurück war auf Station sieben und mich davon überzeugen konnte, daß der Garten, der Rasen, die Trauerweide, die weit geöffneten Fenster und Türen kein Traum waren, daß Treecroft – auch wenn einige seiner Gebäude überaltert schienen – eine Klinik war, in der Nervenkrankheiten auf moderne Weise behandelt wurden. Dennoch wuchs meine Unruhe; ich hatte Wände gesehen, die sich öffneten, hatte unheilvolle Gespräche belauscht.

— II —

Ich bekam weiter Elektroschocks, und immer mehr fürchtete ich das Geräusch des kleinen Wagens und die erstickten Schreie, wenn er von Zimmer zu Zimmer rollte, näher und näher kam. Und plötzlich zerstob die Fröhlichkeit von Station sieben im grellen Glanz einer chaotischen Pflanzenwelt, als existierte sie nur noch, um die Bewegungen tödlicher Reptilien und giftiger Insekten zu tarnen. Ich hörte das scharfe, bedrohliche Gerede der Schwestern. Bei den Mahlzeiten fingen die karierten Tischtücher an, mich aufzuregen, ihre Streifen schienen aus Blut und Unheil zu bestehen. Niemand ahnte die wachsende Gefahr. Ich entdeckte andere Türen außer der geheimnisvollen im Badezimmer; und es war mir nicht möglich, herauszufinden, wohin sie führten, obgleich einmal eine Tür zu einer anderen Station aufging und der saure Geruch feuchter Bettlaken heraussickerte und sich mit der schweren Süße von weißen Lilien vermischte, von Weihnachtslilien, die Hinterbliebene bei Beerdigungen verwenden, um den Geruch des Todes zu überdecken.

Es war inzwischen Spätsommer, mit explodierenden Donnerschlägen, die uns fast die Knochen zerbrachen, und bewegten Blitzkurven am Himmel. Das Vogelbad im Garten floß über von warmem, dampfendem Regen, die mit Nässe vollgesogenen schmalen Blätter der Trauerweide hingen herab, an den Kanten und Spitzen verbrannt wie kleine grüne Korkenzieher aus Papier, die man rasch durch eine Flamme gezogen hat. Und wir saßen drinnen in dem angeblich gemütlichen Zimmer. Langsam, mit zukkenden Muskeln, böse Blicke aussendend, bewegten sich die Insekten über den Teppich, und die Reptilien glitten mit hervorschießenden, gierigen Zungen durch den pastellfarbenen Schleim der Wände.

Und wenn mich jetzt Tante Rose besuchen kam, war ich noch schweigsamer, griff noch begieriger nach Pfefferminzcremeschokolade und feinen Kuchen. Unsere Holzbank unter der Weide war angeschlagen und blutbefleckt; die Leute hoben nachts Gräber im Rasen aus; winzige Eidechsen mit vertrockneten braunen Gesichtern kamen aus der Tür von Vier-fünf-eins, schnappten nach der Sonne und verschwanden wieder mit pochender Kehle.

»Es ist so friedlich hier«, sagte Tante Rose.

Es fing an zu schneien.

»Bald«, wiederholte der Doktor, »sind Sie wieder gesund und munter.«

Auch er schien die geheimnisvollen Lichtprozessionen nicht wahrzunehmen, die Krepp- und Kalikokreise das weiße Gewebe den Zahn des Kettenrads sitzend zur Rechten des aufrührerischen Throns die moosüberwachsenen Gesichter die Fingerabdrücke ach, Fingerabdrücke von flinkem Klick und Licht die geheime Kamera.

Meine Angst wuchs. Ich fing an, in der Nacht umherzuwandern und bei den Mahlzeiten in Panik auszubrechen über den Blutquadraten und dem Knochenporzellan – wieso Knochen? Ich versuchte zu begreifen, was vor sich ging. Wenn sich manchmal die Tür zur nächsten Station öffnete, versuchte ich mir das Nebeneinander von Station sieben und Station sechs klarzumachen, wo dicht gedrängt, Bett an Bett, die alten Frauen lagen, hohlwangig und mit herabgesunkenem Kiefer, unaufhörlich an den Bettüchern zupfend. Ich versuchte, den Geruch der Hoffnungslosigkeit auszuloten, der da heraussikkerte und unsere Möbel und Teppiche und Kissen verfärbte, und auch den Geruch, den ich aus Vier-fünf-eins mitbrachte, als hätte ich einen Tempel besucht, wo man statt mit Weihrauch mit einer Mischung aus Verlassenheit und Verzweiflung räucherte.

Eines Morgens stellte ich fest, daß die Schwester meine Kleider eingesammelt hatte und sie mit der amtlichen Liste verglich.

»Sie kommen auf eine andere Station«, sagte sie.

Mein Herzschlag setzte aus. Ich spürte, wie ich blaß wurde.

»Wohin?«

»Oh, nur nach nebenan. Vier-fünf-eins.«

— III —

Ich stand im Tagesraum von Vier-fünf-eins. Er war völlig verlassen bis auf eine Zwergin, die dasaß und nähte und ihre Beine von dem abgenutzten Ledersofa herunterbaumeln ließ, das mich mit der übrigen schäbigen Möblierung an das altmodische Wartezimmer von Dr. Peters, unserem Familienzahnarzt, erinnerte; und als ich an den Wänden hochsah, erwartete ich, dort die vertraute, ausgeblichene Fotografie des Fußballvereins First Eleven zu sehen, auf der alle Mitglieder mit gekreuzten Armen und Beinen dasaßen und der jugendliche, glattrasierte Mr. Peters den Fußball zwischen seinen Knien hielt und angriffslustig aus der Mitte der vorderen Reihe herausstarrte. Aber es gab weder Bilder noch Fotografien an den Wänden. Und nach und nach sickerte der spezifische Stationsgeruch heraus, als hätte er sich im Fußboden und in den Wänden und den Möbeln zusammengebraut, und füllte den Raum so atembeklemmend, daß man, wäre es Rauch gewesen, Feuer, Feuer! geschrien und versucht hätte, sich vor dem Ersticken zu retten. Aber was für einen Warnruf gibt man von sich bei einem solchen Geruch, der ebenso zerstörerisch wirken kann wie Feuer und Rauch?

Die Zwergin arbeitete fleißig an ihrer Tischdecke, und als ich die Kniffligkeit des Musters und die Sorgfalt sah, mit der sie es ausgefüllt hatte, erkannte ich, daß diese Frau schon lange in der Klinik war. Ich hatte schon vorher in Cliffhaven gesehen, wie Frauen ihr ganzes Leben in ein Stück feine Handarbeit hineinstichelten – in einen Läufer für einen Frisiertisch, ein Deckchen für eine Teedose, ein

Tischtuch; ohne jede Hoffnung, es je im eigenen Heim auf den eigenen Möbeln zu betrachten. Wie wahre Künstler waren sie losgelöst von allem und entfalteten sich ganz in ihrer Arbeit; man sah, wie sie sich um etwas mühten, das verkauft oder verschenkt und bis zur Unkenntlichkeit verschmutzt werden würde; wie sie es umsichtig zusammenfalteten und in den kleinen Sack verstauten, in dem sie ihre Schätze verwahrten. Die Zwergenfrau hatte auch so einen kleinen Sack neben sich. Er enthielt eine Illustrierte, Strickmuster, Wolle, Nadeln, vielleicht etwas zu essen oder – ganz zuunterst – ein zerdrücktes Stück Schokolade oder auch irgendeinen aufgelesenen Gegenstand, der anderen wertlos erscheinen mochte; für sie aber bedeutete es viel, ihn aufzuheben, und es machte sie unwillig, ja zornig, wenn man ihr sagte, sie solle ihn wegwerfen. Ich stand allein bei der Tür, neben dem Klavier mit seinem aufgeklappten Dekkel, der seine ungeputzten Zähne sehen ließ, die wakkelig im Gaumen aus verstaubtem grünen Flanell staken und den Eindruck des übrigen Mobiliars – etwas Obszönes aus Zahnverfall, Wartezimmern, Trostlosigkeit – noch verstärkten. Ich wartete darauf, daß noch jemand außer der Zwergin auftauchte. Mir fiel ein, daß ich bei all meinen Besuchen auf Station vier-fünf-eins immer nur wenige Patientinnen gesehen hatte, die hierher gehörten. Lebten sie in Erdlöchern, in den Wänden und verließen diese Verstecke nur zu den Mahlzeiten? Oder waren sie für immer eingemauert, und der Geruch, der dem Holz entströmte, war der ganz persönliche Geruch der Gefangenschaft, der ihre Haut und ihr Bewußtsein und ihren ganzen Körper durchtränkt hatte?

Die Tür zum Tagesraum war nicht verschlossen; dennoch hatte ich Angst, mich zu bewegen. Ich stand zitternd in der Ecke und versuchte zu verstehen, warum ich auf Vier-fünf-eins war. Ich wagte es nicht, in den Garten zu gehen und mich den neugierigen Fragen und Blicken der privilegierten Patienten von Station sieben auszusetzen, noch vermochte ich zu dem Zimmer am Ende des Korridors zu gehen, in dem ich jetzt schlafen sollte, da, wo die Elektroschocks stattfanden. Ich stand den ganzen Nachmittag über in dem sonnenlosen Tagesraum. Gelegentlich gab die Zwergenfrau ein erregtes Glucksen von sich, wenn sie eine Rose oder einen Zweig mit Blättern vollendet hatte und ihre Stickerei auf Armeslänge vor sich hielt, um einen Gesamteindruck zu gewinnen. Einmal überraschte ich sie dabei, daß sie nichts tat; ihre Arbeit war heruntergefallen, so als wäre sie ihr plötzlich ganz unwichtig geworden oder als überredete sie sich dazu, sie für unwichtig zu halten; mit einem wilden Ausdruck und gerunzelter Stirn starrte sie vor sich hin, ihr Gesicht war sommersprossig und wirkte alt, wie das bei Liliputanern ist, deren Gesichtszüge die doppelte Last der Zeit zu tragen scheinen, die bei normalem Wuchs ein sich verändernder und entwickelnder Körper mittragen würde.

Plötzlich ertönte irgendwo auf der Station ein tiefer Gong, immer wieder und wieder, und sofort schien die Station zum Leben zu erwachen, als hätte der Ton die Patienten wie Insekten oder Vögel, die nicht fliegen können, aus ihren Nestern gescheucht, und ich sah, wie die Leute – kleine große dicke dünne verkrüppelte mongoloide zwergenhafte –, ihre kleinen Säcke mit den Schätzen in der Hand, dem Gong gehorchend, aus Ecken und Verstecken wie aus dem Nichts herbeihasteten und -huschten. Ich folgte ihnen. Ich kam mit ihnen in den Speisesaal und reihte mich wie sie in die Schlange ein, die vor der Essensausgabe wartete. Jenseits der Küche konnte ich den Tb-Flügel sehen und die bedrückenden nackten Fußböden des Korridors, und ein Gefühl der Verzweiflung überkam mich. Schwestern riefen Befehle. Patienten wurden gerügt. Alle hasteten, mit dem Teller in der Hand, an ihren Tisch, triumphierend, weil sie wußten, wo sie hingehörten und was sie zu tun hatten.

Ich brach in Tränen aus und floh aus dem Raum. Eine Schwester schleppte mich mit Gewalt zurück und setzte mich an einen der Tische und stellte mir mein Essen hin. Die Verzweiflung umgab und durchdrang mich und setzte sich in meiner Kehle fest, so daß ich die Bewegungen, die zum Essen nötig sind, nicht ausführen konnte. Ich saß da und lauschte dem aufgeregten, wirren Geschwätz von Vier-fünf-eins. Ich hörte die Worte »Wäscherei« und »Nähzimmer« und den damit verbundenen Klatsch, und ich erriet, daß die Patientinnen von Vier-fünf-eins die Arbeiter der Klinik waren; sie unterhielten sich wie Menschen, die seit vielen Jahren auf die gleiche Weise leben und die erwarten, ja, tatsächlich darauf hoffen, daß es so weitergeht. Ich hörte keine von ihnen wie auf Station sieben von ihrer Familie sprechen oder von ihrem »Nervenzusammenbruch« und dessen Symptomen; es war offenkundig, daß ein exzentrisches Verhalten hier nicht zur Kenntnis genommen oder als normal akzeptiert, jedenfalls nicht erörtert wurde.

Alles wurde hastig, in drängender Unruhe verrichtet. Der Tee wurde rasch beendet, die Messer wurden gezählt, und es lag ein Gefühl in der Luft, als sollten gleich die allerwichtigsten Ereignisse des Tages stattfinden. Rasch leerte sich der Eßsaal. Ich beobachtete, wie eine der Patientinnen, die ihren Sack vergessen hatte, zurückgelaufen kam, um ihn zu holen, Panik in den Augen, bis sie feststellte, daß er nicht gestohlen war. Ein angebissener Apfel rollte heraus; schnell hob sie ihn auf und stopfte ihn wieder hinein. Dann ging sie die Treppe hinauf in Richtung der großen Schlafsäle, in denen anscheinend die meisten Patientinnen schliefen; vielleicht würde sie noch in ihrem Schließfach herumkramen, um etwas zu ordnen, oder, wie es die Gewohnheit vieler von uns war, ein paar Augenblicke lang neben ihrem Bett stehen bleiben, so als wollte sie ihren Anspruch darauf bekräftigen. Ich versuchte, den Korridor entlangzugehen, um mein Zimmer zu besichtigen, das Bett zu berühren und von einer Ecke in die andere zu gehen, aber mir wurde befohlen: »Tagesraum. Niemand darf sich im Korridor aufhalten bis zur Schlafenszeit.«

Ich kehrte also zum Aufenthaltsraum zurück, der bald voll war von Menschen, die erwartungsvoll und geschäftig hereindrängten, so als wollten sie an einer wichtigen Versammlung teilnehmen. Die Patientinnen saßen da und nähten strickten redeten emsig zankten sich blickten gelegentlich auf und starrten mit begieriger Erwartung auf die Tür. Das Radio auf einem hohen vergitterten Regal dudelte das Programm des Lokalsenders, es gab schrille Werbespots für Zahnpaste Rasierklingen Seife; eine Schwester schloß das Regal auf und drehte das Radio ab, und sofort wurden Klagen und Protestschreie laut.

Ab und zu fiel eine Patientin in einem Anfall zu Boden.

»Wieder Marjorie«, sagte irgend jemand. Oder Nancy. Oder Pamela. Und man hütete ihren Sack für sie, bis sie wieder zu sich kam und danach griff, um verwirrt nachzuprüfen, ob auch niemand sich daran zu schaffen gemacht hatte oder etwas gestohlen war.

Abend für Abend diese Atmosphäre der Erwartung; und worauf auch immer diese Menschen warteten, sie waren es zufrieden zu warten, nur ab und zu gab es einen kleinen Ausbruch von Erregung, wenn man glaubte, daß das ersehnte Ereignis gleich stattfinden würde. Dann kam die Schlafenszeit. Wieder gab es Wirbel und Durcheinander und eifriges, erwartungsvolles Geschiebe durch die Korridore und das Treppenhaus hinauf, schrille Stimmen schienen die aufregende Gewißheit kaum zu ertragen, daß, was immer es war, bald, ganz bald geschehen würde. Und wenn nicht heute abend, warum dann nicht morgen? Oder übermorgen? Ich wurde durch den Korridor geführt und in meinem Zimmer eingeschlossen, meine Kleider, mit den Ärmeln meiner Strickjacke zusammengebunden, blieben draußen; und der Schlaf trat ein, ohne anzuklopfen.

Die Tage vergingen. Bei den Mahlzeiten saß ich auf meinem Platz am Tisch, ohne zu essen, denn der Stationsgeruch und die Fremdheit durchtränkten und überwältigten mich derart, daß die Luft und das Essen und die Menschen danach schmeckten. Ja, die Menschen: Ich wußte jetzt, daß sie Automaten waren, deren Laufwerk auf die höchste Geschwindigkeitsstufe geschaltet war, die ihre eigene Erregung nicht begriffen, aber immer Angst hatten, daß, wer oder was auch immer sie unter Kontrolle hielt und für ihre Zerstreuung sorgte, es leid werden und sie verrotten lassen könnte wie kaputtes Spielzeug; und dann müßten sie aus sich selbst heraus eine Möglichkeit finden, die Verzweiflung, in der sie lebten, zu überwinden. Und nach einem Monat mit sehr wenig Essen war ich so dünn geworden, daß ich auf unbestimmte Zeit im Bett bleiben mußte, um mich auszuruhen; und ich lag apathisch da und wurde mit Reis und Rührei ernährt.

Sie glaubten, ich wäre krank. Was würden sie gesagt haben, wenn ich ihnen mitgeteilt hätte, daß man durch einen Geruch krank werden kann und daß es der Geruch von Vier-fünf-eins war, der alle Energie und den Wunsch zu leben aus mir heraussog? Ich konnte ihm nicht entfliehen; ich war davon umgeben. Und es konnte doch nicht möglich sein, daß Menschen so lebten wie die Patienten von Vier-fünf-eins, zusammengedrängt und zugleich einsam, ohne Besuche – nur manchmal gab es eine Busfahrt oder als Privileg der Arbeitenden ein Picknick; eingeschlossen in ihre Lebensweise, die einzige, die sie seit Jahren kannten und von nun an bis zu ihrem Tode beibehalten würden. Es konnte doch nicht wahr sein, daß Station vier-fünf-eins auf den gleichen Garten hinausging und Vogelbad und Trauerweide und Rosenranken mit den sanften Patientinnen von Station sieben teilte, die in dem modernen hellen Wohnzimmer bequem in fröhlich bezogenen Sesseln saßen und köstliche, sorgfältig zubereitete Mahlzeiten mit Schlagsahne erhielten und sich zweimal davon nehmen durften.

Ich war nicht überrascht, als eine der Patientinnen von Vier-fünf-eins, Mrs. Jopson, die sich offensichtlich abgelöst hatte von der allgemeinen hilfreichen Betriebsamkeit der Station, von der Feuerleiter in den Tod sprang.

Eines Morgens erhielt ich ohne jede Vorwarnung einen Elektroschock. Und als ich wieder zu mir kam, einen weiteren. Als ich den Apparat zum zweiten Mal auf mich zukommen sah, verlor ich alle Selbstbeherrschung und fing in äußerster Panik an zu schreien, und als ich danach wieder zu Bewußtsein kam, sah ich, daß die Schwester meine Kleider auf der Kommode neben meinem Bett ordentlich zusammenlegte.

»Sie kommen auf eine andere Station«, sagte sie.

Ich war erschöpft und auch nicht mehr sehr neugierig, aber ich fragte: »Wohin?«

»Lawn Lodge.«

— IV —

Als eine Schwester mich an der Tür von Lawn Lodge ablieferte, warnte sie die andere, die mich in Empfang nahm: »Paß auf. Die springt dir gleich ins Gesicht.«

Ich hatte noch nie Aggression gezeigt; ich war noch nie irgend jemandem »ins Gesicht gesprungen«. Ich war nur verschreckt, verwirrt und deprimiert gewesen, und mein Appetit war mir vergangen, als ich auf Gnade und Ungnade diesem heftigen Stationsgeruch ausgeliefert war, wie Fleisch, das der Sonne und den Fliegen ausgesetzt ist. Wirklich – der Geruch war wie die Sonne gewesen, weil die Welt von Vier-fünf-eins um ihn rotierte und daraus ihr verzweifeltes Leben bezog; und der Geruch war wie die Fliegen gewesen, indem er an der Luft saugte und an unserem Atem und an unseren Kleidern und an der unsichtbaren Ausstattung unseres Bewußtseins. Und jetzt war ich also in Lawn Lodge, der Abteilung für die Widerspenstigen, in einem Raum voller tobender schreiender rangelnder Menschen, etwa hundert an der Zahl, viele von ihnen in weichen Zwangsjacken, andere in langen Jacken aus hartem Segeltuch, die zwischen den Schenkeln festgemacht waren, die Arme kreuzweise mit einem festen Strick auf dem Rücken zusammengebunden, so daß sie die Hände nicht bewegen konnten. An einem Ende des langen unordentlichen Raumes stand ein schwerer Tisch, zerhackt und von Schmutz übersät, an dem etwa sechzehn Patientinnen mit einer Schwester saßen: Das war der »Sondertisch«, und den Patientinnen, die daran saßen, war es den ganzen Tag nicht erlaubt, sich vom Platz zu rühren, bis man sie über den Korridor in die Betten trieb. Ich wurde an den Sondertisch neben Piona gesetzt, ein Mädchen aus einem Heim für schwererziehbare Jugendliche, die eine Hirnoperation hinter sich hatte und eine Drillichjacke trug.

»Was tenkst du?« sagte sie – sie konnte kein d aussprechen –; »Was tenkst du? Wenn man erstmal hier trin ist, kommt man nie mehr raus.«

Vom Sondertisch aus beobachtete ich wie von einem Platz im Konzertsaal die tobende Menschenmenge, wie sie ihr gewalttätiges Orchesterkonzert der Unvernunft aufführte, eine Art neuer Musik aus Fluchen und Schreien mit dem Generalbaß des Schweigens, das aus den Stilleren hervorströmte, den In-sich-Versunkenen, Unbeweglichen und Namenlosen; und die Bewegung war ein Ballett, und der Choreograph hieß Wahnsinn; und der ganze Raum erschien wie ein Mikrofilm von Atomen in Gefängniskleidung, die umeinander rotierten und sich – sofern dies möglich gewesen wäre – auf der Suche nach ihrem verlorenen Kern befanden.

Zwei Patientinnen schlugen mörderisch aufeinander ein. Entsetzt merkte ich, daß die allgemeine Erregung mich angesteckt hatte, die bei der Aussicht auf einen Kampf bis aufs Blut von den Patientinnen auch auf die drei Schwestern übergegriffen hatte. Noch entsetzter stellte ich fest, daß die Schwestern von Zeit zu Zeit versuchten, die Patientinnen zu gewalttätigen Äußerungen zu provozieren. Das machten sie zum Beispiel mit Helen, die steif wie ein Zinnsoldat dahermarschierte, die Arme weit ausgebreitet, als wollte sie jeden, der ihr in den Weg kam, umarmen, und »Liebe, Liebe« flüsterte, was in einem Hollywoodfilm banal erschienen wäre, hier aber mitleiderregend und echt wirkte.

»Lieb mich doch, Helen«, rief eine der Schwestern, und Helen, voller Vorfreude lächelnd, bewegte sich behutsam auf sie zu – um mit einer verächtlichen Bemerkung abgewiesen zu werden, wenn ihre Arme das ersehnte Objekt aus Fleisch und Blut fast schon umschlungen hatten. Ihre Liebe kippte augenblicklich in Haß um; sie ging auf die Schwester los, und die ließ ihre Pfeife schrillen, worauf andere Schwestern ihr zu Hilfe kamen. Helen wurde in eine Zwangsjacke gesteckt, tobte für den Rest des Tages im Raum herum und drückte mit den Füßen – die Schuhe hatte man ihr ausgezogen – ihren Zorn und ihre Frustration aus.

Tag für Tag beobachtete ich vom Sondertisch aus, wie Helen gepeinigt wurde.

Bald fingen einzelne innerhalb dieser brodelnden Masse an, Gestalt anzunehmen. Da gab es die Königin von Norwegen, eine reizende Frau mittleren Alters mit einem klaren, heiteren Gesicht und schönem bronzefarbenem Haar, das in Flechten wie eine Krone um ihren Kopf gewunden war. Wenn sie von den entzückten Schwestern – die sie mochten und sich gern mit ihr unterhielten – nach ihrem Palast, ihren Bediensteten, ihrem Fürstentum befragt wurde, lächelte sie ihr süßes Grübchenlächeln, sprach mit »norwegischem« Akzent und ließ ihrer Phantasie freien Lauf. Und dann gab es Milty, eine weitere Favoritin, eine großgewachsene, athletische Frau von gewinnendem Wesen und einer unglaublichen Fertigkeit, Zigarettenstummel zu finden und sie in rauchbare Zigaretten zu verwandeln. Sie verbrachte den Tag damit, Walzer zu tanzen, wobei sie liebevoll einen der Geister in den Armen hielt, die für die Kranken so leicht zu beschwören sind. Und mit würdevollen Bewegungen, aber wie in sich eingesperrt und rastlos, schritt ein weißhaariger weiblicher Christus durch den Raum – erteilte den immer willkommenen Segen und blickte mit Prophetenblick auf den Schmutz und das Durcheinander ringsum. Sie betete. Und sie weinte. Und sie stürzte sich auf diejenigen, die Milty den Zigarettenstummel zurückgeben wollten, den sie ihr weggeschnappt hatte, während sie ihren priesterlichen Pflichten nachging.

Aber neben denen mit interessanten Wahnvorstellungen und denen, auf die die Schwestern voll Ehrfurcht wiesen, weil sie einen Mord begangen hatten (die Klinik war als eine der »sichersten« im Land bekannt), gab es die Mehrzahl derer, die einzig durch ihren Namen einen Anspruch auf Persönlichkeit erhoben, und selbst der geriet oft in Vergessenheit und wurde durch einen Spitznamen ersetzt; da gab es die aufreizend selbstbezogenen Epileptiker, die mit allen stritten und niemandem sympathisch waren; die stolzen mißtrauischen Patienten, die sich in ihrem Größenwahn den anderen überlegen dünkten und – wenn sie nur bereit waren, sich den Schwestern mitzuteilen – damit interessierte Aufmerksamkeit, vielleicht sogar eine Extrazigarette oder eine Süßigkeit errangen, weil sie doch »so drollig waren, so lieb«. Und dann waren da die Patientinnen, die schon lange alle Versuche aufgegeben hatten zu sprechen und nur noch Laute hervorbrachten, die ihrer Umgebung angemessener waren: tierische Laute, Gewimmer; manchmal bellten sie oder heulten wie verlassene Hunde den Mond an. Wieder andere waren stumpf und verkrochen sich zusammengekrümmt und bewegungslos den ganzen Tag unter den langen Tischen, die für die Mahlzeiten benutzt und danach wieder an die Wand geschoben wurden.

Vier-fünf-eins hatte mich durch seine Verlassenheit bedrückt; hier in Lawn Lodge war ich so schokkiert, daß ich lange Zeit wie betäubt war. Ich versuchte, meinen Weg zu finden in der Verwirrung meiner Empfindungen, aber die früheren vertrauten Marksteine gab es nun nicht mehr, ihre vermummte Gestalt schien dazu bestimmt, mich in noch größere Verwirrung zu stürzen.

Ich konnte Lawn Lodge nicht für wirklich halten. Ich wollte, daß die sichtbaren Schichten der menschlichen Würde sich wiederherstellten – wie in einem Trickfilm, wo die Bewegung rückwärts läuft –, so daß ich nicht mehr sehen mußte, was sich unter der Oberfläche verbarg.

Ich saß einige Wochen lang am Sondertisch. Die »Zwangsjacken«, vierundzwanzig an der Zahl, hatten einen Tisch für sich; alle mußten gefüttert werden. Auch die Sprachlosen wurden gefüttert, und es wurde ihnen der Hals massiert, damit sie schluckten. Für uns übrige waren die Mahlzeiten ein wahres Tohuwabohu, es wurde gegrapscht und geschmissen, und es herrschte eine an Delirium grenzende Aufgeregtheit, besonders wenn Würstchen oder Zervelatwurst ausgegangen waren, ehe der letzte Tisch etwas bekommen hatte; ein meuternder hungriger Mob mußte mit Phrasen wie »Morgen bekommt ihr als erste« oder »Nächstes Mal kriegt ihr zwei Würste« vertröstet werden, denn es kam nie genügend zu essen für uns aus der großen Küche.

Da wir am Sondertisch saßen, genossen wir den Luxus, daß uns immer zuerst serviert wurde, und so machte es uns nichts aus, wenn sich bei der Bemessung der »Nachschläge« irgendwelche Fehler einschlichen oder wenn die »große Küche« (man sprach von ihr wie von einem schuldigen Wesen) zu wenige Tabletts schickte.

Manchmal, wenn wir so dasaßen, den pappigen Apfelkuchen vor uns, überkam uns eine völlig unwirkliche Ausgelassenheit, ein Übermut, so daß wir plötzlich unser Essen in die Luft oder an die Wand hinter uns feuerten, wo es klebenblieb und einen Schmutzfleck hinterließ. Diese verzweifelte Zurückweisung von etwas, das uns doch so viel bedeutete, war ansteckend wie Selbstopferung im Krieg. Ich beteiligte mich; Piona, Sheila, auch ein ehemaliger Heimzögling, und ich waren vorzügliche Scharfschützen: Wir brachen kostbare Krümel aus unseren ohnehin zu kleinen Brotscheiben und schossen sie über den Tisch auf die Schwestern und die anderen Patientinnen. Wir hätten auch auf den Arzt gezielt, aber der kam nicht in den Tagesraum von Lawn Lodge. Wir schnellten unsere Brotkrumen ab, wir knallten das Tongeschirr auf den Tisch; wir sangen unanständige Lieder wie »Ich nahm mein Mädel ins Kino mit und setzte sie vorn ins Parkett, und immer, wenn das Licht ausging …«.

Und in jedem Augenblick eines jeden Tages erinnerte ich mich daran, was Piona gesagt hatte: »Was tenkst tu? Aus Lawn Lodge kommst tu nie mehr raus.«

Unsere Schlafräume bestanden aus zwei Schlafsälen im Untergeschoß, die beide verschlossen waren; die Betten standen dicht an dicht, Kopfende gegen Fußende, so daß kaum Platz blieb zum Ausziehen. Es gab keine Schließfächer oder sonst irgendeinen Ort, um seine Habseligkeiten unterzubringen, wenn man uns welche gelassen hätte. Für solche, denen man welche zugestand, gab es unten Einzelzimmer, entlang dem Flur, und auch oben waren zwei offene Schlafsäle für die Patientinnen, auf die man sich verlassen konnte. Zuerst schlief ich in den verschlossenen Schlafsälen, wo das Fußende meines Bettes an das Kopfende von Barbaras Bett stieß. Barbara schlief nie die Nacht durch. Sie saß aufrecht im Bett, rieb sich die Hände und kicherte.

Sehr bald wurde ich wegen meiner Gewohnheit, nachts umherzuwandern, in ein Einzelzimmer im Korridor verlegt. Morgens drängten sich alle Patientinnen aus den Schlafsälen und Einzelzimmern in dem winzigen Waschraum, um sich anzuziehen. Kaum Hoffnung darauf, sich zu waschen; und so warf einen der schale, abgestandene Geruch schmutziger Körper geradezu um, sobald man den Waschraum betrat. Da standen wir, nackt, zusammengepfercht wie Vieh in den Marktboxen, und warteten auf die ziemlich wahllos betriebene Verteilung unserer Kleidung, die gewöhnlich damit endete, daß bei jeder ein oder zwei Sachen fehlten. Einmal stellte ich mit Schrecken fest, daß ich keinen Schlüpfer hatte. Ich machte Rabatz. Ich lernte es allmählich, Rabatz zu machen, zu streiten und für mein Recht und das der anderen, für die ich mich verantwortlich fühlte, einzustehen. Laut beschwerte ich mich: »Ich hab' keinen Schlüpfer!«

»Schlüpfer?« rief Schwester Wolf, die klein, geschmeidig und scharfzüngig war. Sie hatte ein nacktes, hartes Gesicht, das sie Tag für Tag mit einer dicken Schicht Make-up bedeckte, was aussah, als würde auf ihrer Haut eine Flechte wachsen, wie ich fand. »Wozu brauchst du einen Schlüpfer? Hier gibt es keine Männer.«

Das stimmte. Die einzigen Männer, die wir zu sehen bekamen, waren die stoppelbärtigen Küchenhilfen, die uns die rußigen Tabletts mit Würsten oder Eintopf an die Tür brachten.

So lief ich also ohne Schlüpfer herum und manchmal auch ohne Strümpfe, und ich fürchtete mich jedesmal, wenn ich um Monatsbinden bitten mußte, die von der Klinik ausgeteilt wurden; und ein- oder zweimal wurden sie mir verweigert. »Nimm doch dein Arschloch!« So fertigte uns das überarbeitete, stets von Patienten umlagerte Personal ab. Es machte mir schließlich nichts mehr aus; und wenn ich zur Toilette gehen wollte, und das wollte ich häufig, und es mir verweigert wurde, ließ ich mich einfach von meinem Stuhl unter den Tisch gleiten und pißte auf den Boden wie ein Tier.

Jetzt war es Winter und kalt, denn das Gebäude hatte keine Heizung; und manchmal regnete es den ganzen Tag, und wir hörten das Wasser in die Pfützen plätschern und in den Abflüssen gurgeln, aber wir konnten es nicht sehen, denn der untere Teil der Fenster war mit Brettern vernagelt wie in einem Haus, wo die Pest herrscht. Ich dachte an Station sieben, an die Fröhlichkeit und Freundlichkeit dort und die sanften melancholischen Patientinnen, die von ihren Schmerzen und Leiden sprachen und nicht schlafen konnten und an all den süßen Beunruhigungen des Bewußtseins litten; und die auch von Zuhause und von Verwandten und Zukunftsplänen redeten; und wo alles so ordentlich und zuversichtlich und sicher schien. Ich erinnerte mich an die Trauerweide und an die Harfe, die inzwischen vom Frost und von der Feuchtigkeit zerstört sein würde; und an Schwester Creed, die durch die pastellfarbenen Zimmer hinkte und die fröhlichen Tischtücher auflegte und die behaglichen Steppdecken zurechtzog. Und die Tage vergingen, schichteten und stapelten sich aufeinander wie Bögen von Löschpapier, das die Geräusche unseres Lebens dämpfte, unhörbar machte, so daß ein Morgen, käme er jemals wieder, nichts von uns hören würde; seine neuen Tage würden uns in seinem eigenen Namen begraben; wir würden wie lebendig Eingeschlossene sein, und die Retter, die draußen mit schwingenden Laternen herumgehen und nach uns rufen, würden aufgeben, weil niemand antwortete. So legte sich die Zeit auf uns wie Schnee und erstickte unsere Schreie und unser Leben; wer würde den Schnee für uns zum Schmelzen bringen?

Der weiße Vogel Federlos
dereinst dem Paradies entflog,
hoch droben auf dem Schloß.
Da kam vorbei Lord Ohne-Land,
ergriff den Vogel ohne Hand
und ritt mit ihm ganz ohne Pferd
Zu des Königs Weißem Schloß.

Würde es helfen, wenn wir die Hände über der Brust kreuzten und uns Rätsel aufgaben?

— V —

Eines Tages wurde ich vom Sondertisch entlassen und gehörte nun zu denen, die im Aufenthaltsraum herumtobten. Ich hatte Angst. Ich setzte mich auf eine der langen Holzbänke und drehte mich um zu Betty, um sie anzusehen. Ich lächelte sie an. Ich hoffte, daß mein Lächeln ihr meine Zuneigung vermittelte und meinen Wunsch, ihr zu helfen. Plötzlich bekam ich von ihr einen heftigen Faustschlag, direkt auf die Nase, und meine Augen füllten sich mit Tränen, zuerst Tränen des Schmerzes, am Ende Tränen der Hoffnungslosigkeit und des Verlassenseins: Wie konnte ich ihnen helfen, wenn sie mich schlugen? Eine Schwester kam auf mich zu.

»Das ist Bettys Platz. Niemand sitzt auf dieser Bank außer Betty. Sie ist eine potentielle Mörderin.«

»Warum haben Sie mir das nicht gesagt?« fragte ich.

»Ach, ich wollte mal sehen, was passiert«, war die freimütige Antwort. »Nimm's nicht zu schwer. Es gehört alles zum Spaß des Tages. Komm, mach mit bei der Bonbonschlacht.«

Die Bonbonschlacht fand an bestimmten Tagen statt und diente sowohl der Belustigung des Personals – das öfter bemerkte: »Man schnappt selbst bald über, so den ganzen Tag im Dienst« – als auch dem Vergnügen der Patientinnen. Die Schwestern, die sich langweilten, weil seit langem keine solche Schlacht mehr stattgefunden hatte, holten eine Tüte Bonbons aus der großen Dose, die alle vierzehn Tage vom Geld des Sozialfonds angeschafft wurde. Die in Papier eingewickelten Bonbons wurden dann in der Mitte des Aufenthaltsraums ausgeschüttet, und nach dem Prinzip »Wer zuerst kommt, mahlt zuerst« entwickelten sich dann die Kämpfe, in deren Verlauf Pfeifen schrillten und Zwangsjacken angelegt wurden. Die Spannung steigerte sich und erreichte von Zeit zu Zeit ihren Höhepunkt, sowohl bei den Patientinnen wie bei den Schwestern, die längst schon den Wunsch zu »pflegen« hatten unterdrücken müssen und nun nur noch überarbeitete, unterbezahlte, in vielen Fällen sadistische Wärterinnen waren.

Wenn nach einer Bonbonschlacht die Kämpfe aufhörten, die Spannung sich löste, herrschte eine ungewöhnliche Ruhe, eine Art verträumter Stimmung, und manchmal wurde sogar gelacht; und diejenigen, die gewonnen hatten, hielten ihre süße, klebrige Beute eisern fest. Die Toffees hatten immer den gleichen Geschmack nach dunklem, muffigem Sirup; es wurde einem übel davon, und zugleich waren sie ein Trost. Obwohl ich es nur zu gern getan hätte, beteiligte ich mich niemals an der Schlacht; und es erfüllte mich mit Abscheu, wenn ich mitansah, was da passierte: Die Schwestern hatten offenbar vergessen, daß wir menschliche Wesen waren und nicht zusammengepferchte wilde Tiere im Zoo.

Mein Appetit auf Bonbons regte sich abends, wenn man uns durch den Korridor ins Bett jagte. Mein Hunger war so schlimm, daß ich außerordentlich geschickt darin wurde, unbeobachtet in die Speisekammer zu flitzen und mir manchmal eine Handvoll Bonbons aus der großen, frisch geöffneten Dose zu greifen. Aber das glückte selten. Häufiger erwischte ich mit einer Hand eine Scheibe Brot aus der Büchse und fuhr mit der anderen in einen großen Behälter mit Honig, schmierte den Honig – mit Ameisen und allem, was sonst noch darin war – auf das Brot, klemmte es in die verschwitzte haarige Höhle unter meinem Arm, holte es in der Stille meines Zimmers hervor und aß es – samt Salz und Schweiß und Dreck.

Mein Zimmer hatte keine Läden vor den Fenstern. Ich konnte bei Nacht den Himmel sehen und hinunter bis zu einer mit Pfützen bedeckten Einfriedung bei einem Ziegelbau; von da kam das Geräusch einer Maschine, die etwas wegschob, und von der Flut, die über einen Strand wusch, so als wäre eine private Fähre damit beschäftigt, die Leichen von einer Küste zur anderen zu bringen. Aber der Aufenthalt in diesem Zimmer (wenn auch nicht mein heimliches Verschlingen von Brot und Honig) fand ganz plötzlich ein Ende, als ich eines Abends im Bett ein böses Geflüster vor meiner Tür mitanhörte. Ich war an diesem Tag ungewöhnlich schwierig gewesen, ich hatte den Schwestern »Widerworte gegeben«, hatte aus Hoffnungslosigkeit geschrien; und jetzt war ich besorgt und fragte mich, was wohl meine Strafe sein würde. Die Stimmen setzten ihr Geflüster fort.

»Wir werden ihr morgen eine Schocktherapie verpassen«, sagte die eine. »Den schlimmsten Schock ihres Lebens; und da kann sie nicht entwischen. Du hast doch die Tür fest abgeschlossen?«

»Ja, sie ist dran mit dem Schock«, erwiderte die andere. »Das wird ihr zeigen, wo sie hingehört, das sage ich dir. Sie verdient eine Lektion. Kein Frühstück für sie morgen früh.«

»Kein Frühstück«, erwiderte die andere. »Sie kriegt Elektroschocks.«

Mein Herz schlug wild, ich konnte kaum atmen; Panik erfüllte mich, und ich schlug – obgleich es mir vorkam, als zerbräche und verzerrte ich damit das einzige Bild vom Himmel, das mir noch geblieben war – mit der Faust das Fenster ein. Ich wollte hinaus oder mich in das Glas werfen, um mich selbst zu zerstören und so dem Morgen und der gefürchteten Schocktherapie zu entrinnen.

Denn längst waren sie dahin, die alten, tapferen Tage von Cliffhaven, als ich noch genug Ruhe bewahren konnte, um Schlange zu stehen für die Behandlung, und als ich die Betten mit den bewußtlosen Patienten darin beobachtete, die aus dem Behandlungsraum herausgerollt wurden. Seit jenem Morgen auf Vier-fünf-eins, als sie mich überrascht und mir kurz nacheinander zwei Behandlungen verabreicht hatten, lebte ich immer noch in der Furcht vor dem Morgen, wenn die Tür aufgeschlossen und eine Schwester mich mit dem Satz begrüßen würde: »Kein Frühstück heute. Du bist dran zur Behandlung.« Und das, obgleich ich seitdem niemals mehr Elektroschocks bekommen hatte und, wie ich erfuhr, nach Lawn Lodge überführt worden war, weil man »nichts mehr für mich tun konnte«.

Das Glas splitterte, eine Schwester stürzte ins Zimmer, und ich wurde in das Zimmer gegenüber gelegt, das dunkel und mit Läden verschlossen war. Ich kroch zitternd zwischen die kalten, steifen Laken, die noch kälter waren durch die Gummiunterlage darunter, und man konnte sich nicht ausstrecken wegen der Strohhalme, die aus der Matratze stachen. Ich bekam Paraldehyd und schlief.

Am nächsten Morgen war die Angst wieder da; aber ich fand heraus, daß ich doch nicht zur Behandlung dran war. Ich hatte mich geirrt.

Ich konnte meine Angst nicht länger beherrschen; sie blieb beharrlich in mir und wuchs, und Tag für Tag belästigte ich alle mit Fragen, Fragen, Fragen, ob sie vorhätten, mir Elektroschocks zu verpassen oder mir sonst etwas Schreckliches anzutun; mich in einem Tunnel unter der Erde lebendig zu begraben, so daß mich niemand hören würde, so lange ich auch um Hilfe riefe; mir einen Teil meines Gehirns herauszuoperieren, um mich zu einem seltsamen Tier zu machen, das einen gestreiften Anzug trug und ein Lederhalsband und das man an einer Lederleine führen mußte.

Und immer, wenn ich jetzt die Oberschwester mit Schwester Wolf reden sah, litt ich Todesängste. Ich wußte, daß sie über mich sprachen; sie planten, mich mit Elektrizität zu töten, mich ins Mount-Eden-Gefängnis zu schicken, wo ich im Morgengrauen gehängt werden würde. Manchmal schrie ich die Oberschwester und die Schwester an, sie sollten aufhören, sich zu unterhalten; manchmal griff ich die Schwestern tätlich an, weil ich wußte, daß sie die Wahrheit vor mir verbargen, sich weigerten, mir die furchtbaren Pläne mitzuteilen, die sie ausheckten. Und ich mußte es wissen, ich mußte es wissen. Wie sonst sollte ich in der Lage sein, Maßnahmen zu ergreifen, um mich zu schützen, Dinge zu sammeln, die in äußerster Gefahr irgendwie von Nutzen sein konnten, wie sonst sollte ich meine Ruhe bewahren, damit ich im Ernstfall wußte, was zu tun sei? Wenn es nur irgend jemanden gegeben hätte, der mir etwas sagte!

Ich wollte mir Gewißheit verschaffen, indem ich den Arzt fragte, aber wo war er? Es war allgemein bekannt, daß Patienten auf Lawn Lodge soweit »hinüber« waren, daß es kaum Sinn gehabt hätte, einen Arzt kommen zu lassen, der seine kostbare Zeit mit ihnen verschwendete. Man hielt es für klüger, daß er sich um die anderen kümmerte, Station sieben und die Leute im Stadium der Besserung, die »gerettet« werden konnten. Nur einmal sah ich den Doktor im Tagesraum von Lawn Lodge. Er hinkte rasch von einer Tür zur anderen. Auf seinem Gesicht war ein

Ausdruck von Angst und Entsetzen, der sich in Ungläubigkeit verwandelte, so als sagte er zu sich selbst: »Es ist nicht so. Ich bin ein begeisterter junger Arzt, habe mein Medizinstudium erst ein paar Jahre hinter mir. Ich lebe mit Frau und Kind auf der anderen Straßenseite in dem Haus, das man mir zur Verfügung gestellt hat. Mein Gott, was bedeutet Aufgeschlossenheit der Seele?«

— VI —

Nur wenige Besucher kamen, eine treue kleine Schar mit Thermosflaschen und Netzen voll von Köstlichkeiten, und sie brachten über Kuchen, Keks und Süßigkeiten eine zärtlich-resignierte Kommunikation in Gang, wo die Gewohnheit, miteinander zu reden, sich längst verloren hatte. An den Besuchsnachmittagen, wenn die Tische nach dem Mittagessen an die Wand geschoben waren und wir wieder einmal in den abgenutzten Fluren herumlungerten oder uns mit angezogenen Knien hinhockten, um unglaubliche Puppenspiele auf den Tischen aufzuführen, wurde eine Art Gehege aus Holzbänken neben der Tür, die zum Korridor und zum Besuchsraum führte, errichtet.

Nach einer demütigenden Prüfung (mit Kommentaren wie »Jane? Ach, die doch nicht. Niemand besucht die. Dora? Da könnte jemand kommen, aber im allgemeinen kümmern sie sich nicht um sie. Mary? Sie hat in der ganzen Zeit, die ich hier bin, noch nicht einen einzigen Besucher gehabt. Franky? Vielleicht ...«) wurden diejenigen, die vermutlich Besuch bekommen würden, wie Vieh auf einer Ausstellung in die Einfriedung gebracht, wo sie auf die Vorbereitungen zum Ankleiden warten mußten. Zwei Schwestern kamen herein und zogen ein in ein Laken gehülltes Bündel hinter sich her. Das Bündel wurde aufgeknotet; »Sonntagskleider« für jede, der sie nur einigermaßen paßten, lagen bereit. Inzwischen hatte man den Patientinnen ihre geblümten Kittel mit hoher Taille abgestreift und sie einer Wasch- und Kämmprozedur unterworfen. Feuchte Lappen und Stationskämme traten in Aktion, Schuhe wurden angezogen – Stationsschuhe, schwarze Schnürschuhe, von einer leichten Staubschicht bedeckt –, und es gab ein lebhaftes Hin und Her und Versuche zu schlittern und Fußball zu spielen. Eine Medikamentenschachtel voller Strumpfbänder wurde auf dem Boden ausgeleert, und sie wurden mit der ernsten Ermahnung ausgeteilt, sie nicht als Schießgummi zu benutzen, sondern um die Strümpfe damit festzuhalten.

Einige der Patientinnen trugen graue Stationssokken; andere, deren Verwandte sich erinnert hatten, daß auch Geisteskranke vielleicht manchmal, zumindest bei besonderen Gelegenheiten wie dem Besuchstag, Kleidung trugen, wie sie draußen in der Welt getragen wurde, hatten ihre eigenen Nylonstrümpfe, die sie vorsichtig aus den Hüllen zogen und in der Luft baumeln ließen. Was macht es schon, daß diese Nylons nach dem Besuchstag kaputt sein würden? Während der Ankleidevorgang der wenigen Patientinnen bald abgeschlossen war, benahm sich die Mehrheit jenseits der heiligen Schranke fast wie immer; keinerlei Anzeichen ließ erkennen, ob sie wußten oder sich dafür interessierten, daß ihre Kameradinnen für eine Stunde einen kurzen Kontakt mit der äußeren Welt herstellen und dann, erhitzt verwirrt aggressiv rot im Gesicht mit einer Handvoll zerbrechlicher Trophäen, die sie auf ihrer aufregenden Safari in dem lange schon verlassenen Dickicht menschlicher Kommunikation errungen hatten, zurückkehren würden. Es gab auch Ärger, weil man durch die andere Anordnung der Bänke gezwungen war, seinen gewohnten Weg immer im Raum herum zu ändern; einige Patientinnen gerieten in Panik, wie Ameisen, die den Geruch ihrer Spur verloren haben; andere schenkten all dem überhaupt keine Aufmerksamkeit.

Jedenfalls hatte es den Anschein; bis man merkte, daß die eindeutige Verrücktheit ihres Verhaltens – zumindest am Anfang – das Ergebnis einer primitiven Sehnsucht war, die man aus ihren Herzen gerissen hatte.

Tante Rose war meine ständige Besucherin. Sie brachte eine gewisse Puderquasten-Wohnzimmeratmosphäre mit, und ich konnte mir nur schwer vorstellen, daß sie meine Tante war; sie schien eher zu anderen Kindern zu gehören als zu mir; ich fühlte mich ja wie ein Kind. Ich war so glücklich, sie zu sehen. Wir setzten uns in einen Speisesaal, der zu einer angrenzenden Station gehörte, während Schwester Wolf, die das Kommando führte, an einem besonderen Tisch Wache hielt und von Zeit zu Zeit ein gebieterisches »Ruhe bitte!« hören ließ. Das malte Furcht in die Gesichter der Besucher, die einem schließlich doch leid tun konnten: Gefühle brachten bei ihnen immer noch einen entsprechenden Ausdruck hervor, sie hatten noch nicht gelernt, sich die Maske des Nichtseins aufzusetzen. Ihre Gesichter zeigten Furcht, Einsamkeit, Erbitterung, Mitgefühl; blickte man zwischen Besucher und Patientin hin und her, konnte man nicht gleich sagen, wer wer war – bis man einem gewissen Ausdruck in Gesicht und Körper der Patientin auf die Spur kam; es war, als wäre ihr ganzes Wesen wie eine menschliche Geliermasse in die Gußform von Lawn Lodge gefüllt worden.

Tante Rose blieb immer schüchtern auf ihrem Stuhl sitzen, möglichst weit weg von der Stationsschwester. Obgleich ich angestrengt versuchte, höflich zu sein, starrte ich doch, sobald sie mir einen feuchten, nach Erdbeeren schmeckenden Kuß gegeben hatte, auf ihre Tasche, konnte meine Augen nicht von ihr lassen und überlegte, was sie mir wohl mitgebracht hatte. Sie verstand und packte sofort alles Eßbare für uns beide aus – wie aus einem Nikolausstrumpf quollen die Sachen heraus –, und während sie sich Zeit ließ und nur ein wenig an allem knabberte, schlang ich alles hungrig hinunter und schämte mich heimlich meiner Gier.

Eines Tages brachte sie mir einen Beutel mit, den sie für mich genäht hatte. »Für deine Sachen«, sagte sie. Er war aus rosa Kretonne mit einer Schnur zum Zusammenziehen, einer Rosenbordüre oben am Abschluß und einem kreisrunden Boden aus Pappe; und wenn ich mit meiner Hand da hineintauchte, war es, als schlüpfte eine Biene in einen Blumenkelch. Ich war so stolz darauf. Ich wußte, ich würde ihn sorgsam hüten müssen. Ich hatte nicht den Mut, Tante Rose zu sagen, daß er mir vielleicht weggenommen, mit einem Etikett versehen in die Kofferkammer getan würde, und ich ihn erst abholen könnte, wenn ich die Klinik verließ, oder daß er, da Lawn Lodge ja allgemein als »lebenslänglich« galt, von meiner Schwester oder Tante Rose abgeholt werden müßte, wenn ich starb und sie meine Sachen holten. Dennoch gab ich die Hoffnung nicht auf, ihn behalten zu können, denn ich hatte gesehen, wie ein paar Patientinnen, die oben wohnten, kleine Beutel fest in der Hand hielten, aber keiner hatte wie meiner Rosen am Rand und eine Schnur zum Zusammenziehen.

Der Beutel war so etwas wie mein letztes Zulassungsformular zum Land der Verlorenen. Ich blickte nicht mehr von außen auf die Leute von Vier-fünfeins und ihre beängstigende Sorge um ihren leichtgewichtigen Besitz; ich war jetzt eine niedergelassene Bürgerin mit wenig Hoffnung, die Grenze noch einmal zu überschreiten; ich befand mich jetzt in der Welt des Wahns, ich war durch mehr als verschlossene Türen und vergitterte Fenster von den Menschen getrennt, die sich »normal« nannten.

Ich hatte einen rosafarbenen Kretonnebeutel für meine Schätze.

Es regnete wochenlang. Wenn die Männer mit den Tabletts aus der großen Küche an die Tür kamen, standen sie in Pfützen, und der Regen tropfte von ihren Ölzeug-Umhängen. Wir froren, wir waren hungrig, langweilten uns und stritten immer wieder miteinander, um uns selbst zu beleben; das heißt, ich stritt mich niemals mit den Patientinnen, denn ich betrachtete es als meine Pflicht, sie vor Unfreundlichkeit zu schützen, und es betrübte mich tief, wenn die Schwester Äußerungen, die für jeden gewöhnlichen Menschen verletzend und grausam klangen, damit entschuldigte, daß ihr Gegenüber sie sowieso nicht verstand. »Sie versteht nicht, was ich sage. Kannst du nicht begreifen, daß diese Leute in jeder Hinsicht gestorben sind?«

Es ist vielleicht sonderbar zu erfahren, daß die Schwestern kaum je Mitleid empfanden – bis man sich klarmacht, daß alle, die guten Willens waren, ihren einsamen Kampf aufgeben mußten unter den Bedingungen ständiger Personalkürzungen und einer Arbeitszeit von zwölf Stunden am Tag; sie wurden zu gehetzten, lustlosen Heuchlerinnen, die andere mißhandeln; auf Station sieben schmeichelten sie, und auf Lawn Lodge schikanierten sie.

Nach einigen Tagen Regen klarte das Wetter auf, und wir wurden aus dem stinkenden Tagesraum in den kleinen Hof abgeschoben, und da standen wir denn zitternd in der gewaschenen blauen Luft oder setzten uns auf das Geländer der baufälligen Veranda und blickten auf den mit Yachten gefüllten Hafen und auf die dunkelblauen Stellen tiefen Wassers und die perlmuttfarbenen Untiefen und die wie Schlangen geringelten Muster der Sandbänke im stehenden flachen Wasser. Ich mußte an die idyllischen Lieder denken, die meine Mutter immer über diesen nördlichen Hafen komponierte, den sie nie zu Gesicht bekommen hatte. »Den Waitemata hinunter, die Segel gerafft...« Der Anblick der Sandbänke machte mich immer heimwehkrank, weil ich an die Zeit dachte, als ich am Strand entlangging und Ebbe war und die Schatten der Wolken über das Fischgrätmuster im Sand glitten und ich mit den Zehen nach Muscheln angelte.

Manchmal sahen wir von unserem Platz aus männliche Patienten, und wir – ich und Piona und Sheila – begrüßten sie schamlos mit unflätigem Gerede und Bemerkungen über unsere schönen Beine; oder wir waren still – eben Leute von Lawn Lodge, die wußten, daß es für sie keine Hoffnung gab. Und es war kalt. Manchmal hatte ich keinen Schlüpfer an oder keine Schuhe und Strümpfe, weil sie fehlten, wenn morgens die Kleider ausgeteilt wurden, und man keine Zeit gehabt hatte, sich um die Wünsche von denen zu kümmern, die sich wie ich allein anziehen konnten, wenn hundert Leute in aller Eile angezogen werden mußten.

Ich saß auf der Veranda oder hoppelte auf dem Hof herum, denn ich hatte einen entzündeten Fuß; viele hatten entzündete Gliedmaßen, und es gab ein ständiges Kommen und Gehen auf der ausgetretenen Holztreppe, weil die Verbände erneuert werden mußten, und man sich seine Penicillinspritze abholen mußte. Ich gehörte jetzt zu der tobenden Masse oder zu denen, die wie tot auf dem Boden lagen, gleich Pausen in der Musik. Ich wußte, daß die Sprache der Irren, die etwas mit Worten hervorbringt, ohne den Verstand zu benutzen, eine neue Form von Vernunft besitzt; so wie die Blinden durch Tasten sich eine eindrucksvolle Form von dem Anblick erschaffen, der ihnen versagt ist. Ich wußte, daß die Menschen um mich herum den Mut hatten, etwas für wahr zu halten, was nur wenige andere halbherzig zu vermuten wagten: daß nämlich die Dinge nicht sind, was sie zu sein scheinen. Ich wußte, daß die dunkelhaarige stille Frau, die durch eine lockere Planke im Zaun auf die Männer starrte, wie sie tiefe Lehmgräben aushoben, um die Abflüsse zu reparieren, in Wahrheit zusah, wie man ihr eigenes Grab grub. Und daß, wenn eine Schwester Maria holte, weil sie unerwartet Besuch bekommen hatte, für sie kein Besuch existierte. Ihre Arme waren voller Narben, man hatte sie in einem Konzentrationslager in Europa gefoltert; und ihr Geist hatte noch viel mehr Narben. Sie verstand nur wenig Englisch. Und obgleich ich lernte, auf jugoslawisch »Guten Tag« zu sagen, was hieß: Wir sind Freunde, du hast ein hübsches Lächeln; und die Schwestern, durch ihre ungewohnte Fremdheit und das unbestreitbar entsetzliche Zeugnis ihrer Körpernarben zunächst milde gestimmt, freundlich mit ihr sprachen und sie zu beruhigen versuchten, schien nichts ihr zu helfen; nicht, solange jede Aufforderung, nach oben zu gehen, für sie den Weg zur Folter oder in die Gaskammer bedeutete.

Obgleich ich, glaube ich, fähig war, so etwas wie eine »vernünftige« Unterhaltung zu führen, gab es nur wenige, mit denen ich sprechen konnte, und wenn man sich jemandem nähern wollte, mußte man eine entsprechende geistige Tarnung anlegen; so wie

Soldaten Zweige auf ihren Helmen tragen, um sich der Umgebung anzugleichen und den Feind zu täuschen. Aber sind das nicht Taktiken, die alle Menschen benutzen, wenn sie versuchen, aus sich herauszugehen und sich den Gefahren der menschlichen Kommunikation auszusetzen? Ich sprach mit Piona, die weder lesen noch schreiben konnte und der es schwerfiel, Worte mit ihren Vorstellungen in Einklang zu bringen; und jedes Mal, wenn sie etwas sagen, aus sich herausgehen wollte, war es, als ob sie versuchte, eine Tür zu öffnen, und durch Massen von Stumpfsinn, der wie Schutt zusammenstürzender Gebäude auf sie fiel und sie begrub, daran gehindert wurde. Also gab sie es auf, mit Hilfe von Sprache herauszukommen, und zog sich in sich selbst zurück. Sie fand es einfacher, mit Gegenständen zu werfen, Flüche herauszuschreien oder Laute und Gekicher von sich zu geben, die keinen erkennbaren Sinn hatten und dennoch voller Bedeutung waren; so hatte sie eine Möglichkeit gefunden, aus den Trümmern, unter denen sie lag, Signale auszusenden.

Und ich unterhielt mich mit Sheila, dem anderen Mädchen aus dem Heim für Schwererziehbare, einer zweimal verheirateten, einmal geschiedenen Matrone von zwanzig mit einem raschen Verstand. Sheila hatte geheimnisvolle Kontakte zu den männlichen Patienten. Eines Tages bekannte sie mir stolz, daß sie in ihrer Schuhspitze Geld und einen Schlüssel versteckt hatte, den einer der Männer in der Maschinenwerkstatt für sie hergestellt und den der Küchenhelfer ihr bei der Lieferung des Essens übergeben hatte. Ich wünschte ihr alles Gute für ihre Flucht. An diesem Abend gelang ihr der alte Gefangenentrick, ihrer Bettdecke eine menschliche Form zu geben, und am nächsten Morgen war sie fort. Die Zeitungen brachten die übliche Schlagzeile – das heißt, ich vermute, daß es so war, ich bekam sie nicht zu sehen –, GEISTESKRANKE ENTKOMMEN!, und die Leute draußen in der Welt verschlossen ihre Haustüren bei Nacht und versammelten sich am Tag, um sich über die Nachlässigkeit der Behörden zu beklagen und über den Mangel an Sicherheitsmaßnahmen in der größten Nervenheilanstalt des Landes, wo, »wie allgemein bekannt ist, die allerschlimmsten Schwerverbrecher untergebracht sind«; und es erschienen Leserbriefe in den Zeitungen, in denen stand, daß es Zeit sei, »daß etwas geschieht«, und: »Wie soll ein ganz normaler Bürger nachts heil durch die Stadt kommen, wenn die Straßen voll von Irren sind?«

Sheila wurde aufgegriffen, zusammen mit dem »gemeingefährlichen männlichen Patienten«, der mit ihr entflohen war. Sie kam in die geschlossene Abteilung, wo sie fröhlich »Süße Veilchen, süßer als Rosen« und »Po kare kare ana« (ein Maori-Lied) sang und mit Piona in Verbindung stand, die nach Sheilas Verschwinden gänzlich außer Kontrolle geraten war und den Zapfenstreich auf ihr Bettgestell trommelte. Der Arzt kam zu Sheila – ein seltenes Privileg. Sie bezauberte ihn, schmeichelte ihm eine Schachtel Zigaretten ab, und er ging lächelnd davon und sagte zur Schwester: »Geben Sie der lieben Kleinen eine Dosis Paraldehyd. Sie liebt das Zeug.«

Eine Woche später hatte Sheila eine Nierenblutung, und nach weiteren vierzehn Tagen war sie tot, und die Männer kamen mitten in der Nacht, um ihre Leiche mit einer Bahre auf Rollen abzuholen.

Man hielt sich nur einen Augenblick mit dem Tod auf; genau so lange, wie die kleine panikerfüllte Pause zwischen den Herzschlägen dauert.

Ich erzählte Louise nichts; ich hörte ihr zu. »Weißt

du« – und sie machte entsprechende Bewegungen mit den Händen –, »wir haben kilometerlange Eingeweide.«

»Dreihundert Kilometer, genauer gesagt.«

Ich hatte plötzlich die Darstellungen prall gefüllter Röhren vor Augen, wie sie in Anzeigen für Leberpräparate und gegen Verdauungsstörungen erscheinen, und es erstaunte mich nicht, daß das Leitungssystem des menschlichen Körpers Louise beängstigte, ihre Gedanken bis zum Irresein beschäftigte. Nachts konnte sie nicht schlafen, weil sie an das Gewirr der Eingeweide denken mußte und an die Hartnäckigkeit, mit der sich der Unrat seinen Weg nach draußen bahnt. Es machte ihr auch Sorgen, daß, wie sie mir sagte, ein einziger Tropfen Säure genügte, »um die Innenseite des Magens zu verbrennen und die Magenwand zu durchlöchern«. Ich schauderte bei dem Gedanken an die Lötlampe und den autogenen Schneidbrenner, die sich anscheinend in unseren Mägen befanden; ich stellte mir vor, daß Louise in einer Horrorstory lebte, die erschrekkender war als alles, was man in Schauerromanen las; sie hatte das unentrinnbare Subjekt und Objekt allen Horrors entdeckt – den Menschen.

Louise tat mir leid; sie hatte etwas zu sagen, und niemand wollte ihr zuhören, und sie fiel allen auf die Nerven, weil sie – wie der alte Seefahrer von Coleridge die Welt – unseren Tagesraum umschiffte und jeden, der vorbeikam, anhielt. Eines Abends, als ich mit der Herde durch den Korridor hastete, warf ich einen Blick in eins der Seitenzimmer und sah Louise aufrecht im Bett sitzen; ihr schönes lockiges schwarzes Haar war abgeschnitten und der Kopf glattrasiert und halb mit einer Baumwollhaube bedeckt. Panik ergriff mich. Ich *wußte* es. Es passierte auch anderen – Mrs. Lee, Mrs. Morton, Plattie. Am Morgen waren sie hinausgerollt und in die Klinik in der Stadt gebracht worden und abends waren sie, ein Pflaster auf dem kahlen Kopf, zurückgekommen. Sie lagen mit bleichen, feuchten Gesichtern in den Seitenzimmern, und die Pupillen ihrer Augen waren groß und schwarz wie mit Tinte gefüllt. Es handelte sich um eine kürzlich entwickelte Operation, von der es hieß, sie verändere die Persönlichkeit.

Nach der Operation wurde Louise fügsamer, bekam nicht sofort einen Wutanfall, wenn jemand sich weigerte, ihre Geschichte anzuhören; sie näßte ihren Schlüpfer und kicherte entzückt, und doch schien sie jetzt mehr Wert auf ihr Äußeres zu legen; aber es ist nicht sicher, ob dies auf die Operation zurückging oder auf das veränderte Verhalten, das man ihr gegenüber an den Tag legte. Sie erhielt viel Zuwendung und wurde mit neugierigen morbiden Fragen von den Schwestern überhäuft. Beim Anblick von Louise und den anderen Kahlköpfen schauderten sie; und untereinander bekannten sie: »Ich bin nur froh, daß ich nicht drankomme. Da kriegt man ja eine Gänsehaut.«

Immer noch redete Louise von kilometerlangen Därmen, aber man setzte allgemein voraus, daß es nun, nach der Operation, wieder Hoffnung für sie gab, so wie umgekehrt nur sehr wenig oder gar keine Hoffnung für die übrigen unter uns blieb, die wir immer noch mit unserer alten, offenbar inakzeptablen Persönlichkeit herumliefen.

Louise besserte sich. Der Doktor kam zweimal in der Woche zu ihr! Und dann, als die Zeit in Lawn Lodge fortschritt und kein Mensch mehr ihre Operation als etwas Besonderes betrachtete und der Doktor keine Zeit mehr hatte, sie zweimal in der Woche zu besuchen, blieb sie zwar fügsam, wurde aber immer nachlässiger mit ihrem Äußeren, es schien ihr nichts auszumachen, wenn ihr Schlüpfer naß war; und die Schwestern, die sich betrogen vorkamen, so wie es Leuten geht, wenn eine Veränderung sich nicht, wie erwartet, in dramatischen Formen vollzieht, gaben, da es doch immer wieder die alte Louise war, die es sich hinter der neuen bequem machte, ihre Umerziehungsversuche auf. Und sehr bald war Louise wieder nur eine der herumspringenden, schreienden Patientinnen im Tagesraum.

Manchmal sah ich sie von meinem Platz in der Ecke des Raums aus geistesabwesend lächeln. Kilometer, viele Kilometer von Eingeweiden!

— VII —

Es gibt einen Aspekt des Wahnsinns, der selten in der Literatur vorkommt, weil er nämlich die romantische und volkstümliche Vorstellung von der poetischen Redeweise der Verrückten beschädigen würde; wenn Ophelia redete, als ob sie die Seiten eines Samenkatalogs herunterleiern würde, hätte es ein Dichter schwer mit ihr. Nur wenige von denen, die durch den Tagesraum tobten, hätten sich als publikumswirksame Heldinnen geeignet; nur wenige waren reizend in ihrer hemmungslosen Exzentrik. Die meisten riefen bei anderen Ärger Feindseligkeit und Ungeduld hervor. Ihr Verhalten forderte heraus, provozierte Unbehagen; sie weinten und stöhnten; sie stritten und klagten. Sie waren lästig, störend, und so wurden sie behandelt. Man vergaß, daß auch sie Menschenwürde besaßen und mit Achtsamkeit und Liebe behandelt werden wollten, daß sich aus der verkommenen Wahrheit, von der sie überflossen, eine winzige poetische Essenz destillieren ließ.

Der Frühling kam, sofern überhaupt ein Frühling im Norden Neuseelands stattfindet, wo der Sommer schon ungeduldig darauf wartet, den Himmel freizuräumen und hinter schimmernden Wärmeschleiern strahlende Tage zu enthüllen – wie im Film, wenn eine Person sich erinnert und die Bilder verschwimmen; wo sich auch der Winter aufdringlich verhält und nicht bereit ist, die vorangegangene sanfte Melancholie wechselnder Farben und herbstlichen Dunstes zu dulden, die zu derselben Jahreszeit im Süden gehört. Der abrupte Frühling trug die schwellenden Gezeiten von Weichheit und Wärme und von Blütenduft in die trockene, kalte Luft, den schweren Honigduft der Buschblumen, die feurigen Blüten des Ratabaums und die Fuchsien mit ihren purpurroten Blüten, die aussehen wie geheime Falten von verletztem Fleisch. Die Pastorvögel und die Glockenvögel kehrten aus dem tiefen Busch zurück und sangen Seite an Seite mit der englischen Drossel und der Amsel. Und Honigfresser taumelten, trunken von Honig, um den Gartenzaun und den Fuchsienbaum dahinter. Wir unten im Hof sogen die Luft ein, stapften durch die alten Pfützen und beobachteten, wie die feuchten Ecken und die Schattenstellen wieder trocken wurden; und wir sahen hinüber zur schieferkalten See mit ihren Kratzern und Mustern, die Tiefe anzeigten.

Die Sonne schien. Die Fliegen kamen schon fett an und gedachten, noch fetter zu werden. Wir bekamen unsere Typhusspritze. Wir saßen auf alten Stühlen mitten im Hof, während uns das Haar, wie jede Woche einmal, mit Petroleum durchgekämmt wurde, um die Läuse in Schach zu halten.

Es gab immer mehr Gezänk und Schlägereien, und immer mehr von uns wurden einzeln eingesperrt; und einige der Patientinnen tanzten – mit gutem Grund, was heißt: ohne jeden Verstand; und die Ruhigen gaben kein Zeichen von sich, außer dem Zucken ihrer Lippen über zahnlosen Kiefern, und ihre Augen starrten dumpf aus ihren verrunzelten laubbraunen Gesichtern – die meisten von uns waren so braun, zuerst hatte ich geglaubt, es rührte von Sonne und Wind her, aber dann wurde mir klar, daß es etwas anderes war, es war die Farbe der Stagnation, die sich im Innern ausbreitete und allmählich an die Oberfläche stieg.

Man hatte mir erlaubt, meinen rosa Kretonnesack

zu behalten. Ich trug ihn immer mit mir herum, wohin ich auch ging, und inzwischen war er schmutzig von alten Kekskrumen unter dem Pappboden und klebrigem Honig im Innern. Ich besaß eine Shakespeareausgabe mit Seiten so dünn wie Seidenpapier, und der Druck war dicht und schwarz und schien feucht, wie frische Spuren am Strand, die von dem besessenen Wechsel der Gezeiten verschont bleiben. Ich las selten in meinem Buch, dennoch zerfiel es mehr und mehr; Bilder fielen heraus und Seiten lösten sich, so als widmete eine unbekannte Person ihre Zeit dem Studium dieser Texte. Dieses Zeugnis heimlicher Lektüre gab mir ein Gefühl der Dankbarkeit. Es schien, als ob das Buch meine Wirklichkeit verstünde und als ob es sich bereiterklärt hätte, mir Gesellschaft zu leisten, als entströmte ihm, sogar wenn ich es nicht aufschlug, die überwältigende Würde seiner Reichtümer; da es aber natürlich die größte Leidenschaft der Bücher ist, gelesen zu werden, hatte es beschlossen, sich selbst zu lesen, was das zunehmende Herausfallen der Seiten erklärte. Bei Nacht, in dem mit Läden versehenen und verschlossenen Zimmer, in dem ich jetzt schlief, wo es kein Licht gab, bei dem man hätte lesen können, erinnerte ich mich jedoch und sprach zu mir selbst, während ich an die Patientinnen von Lawn Lodge und an die verzweifelte Zeit ihres Lebens dachte –

Ihr armen Nackten, wo ihr immer seid,
Die ihr des tück'schen Wetters Schläge duldet,
Wie soll eur schirmlos Haupt, hungernder Leib,
Der Lumpen offne Blöß euch Schutz verleihn
Vor Stürmen, so wie dem?

Und ich dachte an die Verwirrung von Menschen

wie Gloucester, der an die Klippen geführt wird und sagt:

> Mich dünkt, der Grund ist eben.
> Furchtbar steil!
> Horcht! Hört ihr nicht die See?

Und immer und immer wieder sah ich König Lear, wie er über das Moor irrt, und ich dachte an die alten Männer in Cliffhaven, die vor ihrer öden Station saßen, und nirgendwo ein Zuhause, nicht in ihnen selbst noch anderswo.

— VIII —

Würstchentag, Apfelkuchentag, Besuchstag, Operationstag.

Alltag.

Und es gab den Filmabend.

Zuerst wurden die Filme montagabends auf eine Wand des stinkenden verschlossenen Schlafsaals projiziert, und wir saßen auf den Betten von Patientinnen, die uns ob der erzwungenen Okkupation ihres angestammten Platzes, des einzigen in der Klinik, der ihnen allein gehörte, eifersüchtig beobachteten. In dieser von Mißtrauen erfüllten Atmosphäre kam es gewöhnlich zu Streitereien, und in der Aufregung wurden die Betten durchtränkt von einem Geruch, der nahezu sichtbar von ihnen aufstieg wie Dunst über Wiesen. Schließlich wurde beschlossen, die Filme im Aufenthaltsraum zu zeigen, sie wurden an die Wand hinter dem Sondertisch geworfen.

Der Sommer hatte lange Tage, die plötzlich in lakritzenschwarze Dunkelheit umkippten. Wie konnten wir im hellen Tageslicht Filme auf einer cremefarbenen verputzten würstchenverschmierten apfelkuchenbefleckten Wand sehen? Wir konnten es natürlich nicht, besonders, weil die Fenster im Aufenthaltsraum keine Läden hatten, aber die Filme wurden gezeigt, die seidenpapierdünnen Bilder schossen über die Würstchenkleckse und Apfelkuchenflecken, während aus dem Hintergrund des Raums – wo inzwischen ein schüchterner Filmvorführer, einer der Wärter, mit seinem flachen Silberkoffer mit der Aufschrift »FEUERGEFÄHRLICH!« behutsam hereingekommen war und sich aus Tischen und Bänken ein Gestell zusammengebaut hatte – der

Ton als heftiges Gewimmer hervordrang, knatternd wie ein Feuer und dann wieder scharrend, wie wenn Wasser aus einer Pfütze gekehrt wird. Die rauhen Stimmen dröhnten grimmig und voller Zorn oder erstarben in einem klagenden Gewimmer; manchmal knallten Schüsse, die Abscheu, aber auch Zustimmung erregten, und Klein-Gracie lief nach vorn und schüttelte die Faust gegen den schattenhaften Bösewicht, der da auf der Wand vorüberglitt.

Wir sahen *Scotts letzte Fahrt.* John Mills kämpfte sich mit seinen Phantomkameraden durch apfelkuchenfleckigen Schnee und schien sich – durch eine merkwürdige Verzerrung der Optik – um die Ecke der Wand und durch die Tür des Tagesraums zu bewegen. Ich blickte von ihren vom Frost zerbissenen Händen auf die entzündeten Hände und Füße der Patientinnen um mich herum, roch getrockneten Urin und hatte den schmutzigen Geschmack auf der Zunge, den Schnee – wie rein er auch am Anfang gewesen sein mag – annimmt, wenn er auf die bewohnte Erde fällt, sich mit Gras und Asphalt und Zäunen und Häusern und Gefängnissen und freiem Gelände, mit Kirchturmspitzen und mit Menschen in der Wildnis einläßt. Es war merkwürdig, die Männer, die vielleicht meine ersten Helden gewesen sind, in den »brillanten Farben« von Technicolor über die Wand des Tagesraums gehen zu sehen und ihre Stimmen von hinten zu vernehmen, und ich erinnerte mich, daß ich als Kind ein rotgesprenkeltes Tagebuch geführt hatte, in das ich Gedichte eintrug, und das allererste Gedicht hieß »Kapitän Scott«.

Kapitän Scott, Sand, Eine Sehnsucht, Die Kiefern; so daß sich Kapitän Scott in meinem Bewußtsein nicht mit antarktischen Eiswüsten vermischt, sondern mit meinen eigenen drei Kiefernpflanzungen, der ersten harmlosen, von rotem Sonnenlicht erfüllten, der abweisend düsteren zweiten, die eine Panik-Höhle enthielt, der kümmerlichen dritten, deren Bäume, wie junge Tiere, die nicht wachsen dürfen, von den Verwaltern immer wieder entwurzelt und verstümmelt wurden.

Schrieb man *Scotts letzter Fahrt* therapeutische Wirkung zu, wurde dieser Film deshalb mindestens dreimal während meines Aufenthalts in Treecroft und Cliffhaven gezeigt? Aber als eines Tages die *Marx Brothers in der Oper* angekündigt waren, surrten meine Erinnerungen herum wie jene kleinen Spielzeugboote im Wasser, wenn man ihr Heck mit einer brennenden Kerze beschwert. Jahrelang hatte ich die Erinnerung an diesen Film gehütet: Wie wir als Kinder kaum nach Hause kamen vor Lachen, wie wir Arm in Arm wie Betrunkene am Samstag abend durch die Reed Street und die Eden Street hinauftorkelten und voller Vergnügen »Ach, diese Stelle, wo er ... die Stelle, wo sie ...« schrien. Andere Filme – *Die Rache der Cheyenne* (in dem der Sheriff mit einem Steinbrecher getötet wird), *Vermißte Patrouille* (wo der Zug über die brennende Brücke in einen Gebirgsfluß stürzt und die Zugbesatzung und die Goldbarren im nächsten Abschnitt des Films unversehrt wieder auftauchen; *Der Unsichtbare* (der Mann, der sich unsichtbar machen kann, indem er einen Knopf auf einem komplizierten Apparat drückt, den er wie eine altmodische Bauchbinde an seiner Taille befestigt hat) – verloren all ihre Kraft neben der reinen Freude der *Marx Brothers in der Oper* mit den verrückten fliegengleichen Brüdern, die auf der Bühne herumflitzen, hochgeschnellt und heruntergelassen werden wie Teile von Bühnenwäldern und Schornsteinen oder auf Kerzenleuchtern reiten, die mit ihren glänzenden Hörnern die vollbusige Primadonna zur Weißglut bringen.

Wer mochte wohl *Die Marx Brothers in der Oper* für eine Vorführung auf den fleckigen Wänden des Aufenthaltsraums von Lawn Lodge ausgewählt haben?

An diesem Abend kam der Filmvorführer, baute sein Gestell auf und fing sofort mit dem Film an, der unter schlüpfrigen Schreien und Quieksen rückwärts ablief.

»Ich werde ihn zurückspulen«, sagte der Vorführer.

Er tat es.

Ich saß verschüchtert da, wie ein Buchhalter, der das Hauptbuch der Vergangenheit mit dem gegenwärtigen vergleicht und eine Verbindung zwischen beiden herzustellen versucht, indem er etwas in die Spalte »Übertrag« einträgt; aber die Spalte blieb nahezu leer. Der Film fing an, die Bilder waren von Licht durchlöchert, das wie Regen in senkrechten Strichen und Pfeilen über die Wand lief. Ich sah Harpo mit seinem Wust von krausem Haar und seinen runden traurigen Augen, die wie Sumpflöcher waren, und seine Harfe, gestohlen von der Trauerweide vor Station sieben; und die Saiten waren zerrissen.

Und da schleicht Groucho, die Zigarre im Mund, in das Ankleidezimmer der Dame; sogar auf der Wand des Tagesraums leuchten seine Augen vor gewinnender Bosheit.

Aber der Film bricht ab. Ich habe einen Geschmack nach feuchtem Kleiderstoff im Mund und puhle an der Wunde auf meiner Hand, die jeden Tag wieder Schorf ansetzt, einen Deckel bildet für einen Brunnen, aus dem ich selbst heraussickere.

Wo ist der Doktor mit der Wünschelrute, der herausfindet, ob überhaupt noch etwas von meinem Selbst übrig ist? Wo sind die Fremden in Kapuzen mit den großen schwarzen Hüten und Stäben, die das leuchtende Blut beschwören? Alles, was die Sonne liebt.

Hell scheint die Sonne auf sterbliche Wesen.
Menschen werden sich ihrer Nachbarn bewußt
In der Einsamkeit empfänglich für Gesellschaft.

Jetzt hat Milly eine Pfütze auf den Fußboden gemacht, und Evelyn kneift Nancy, und Piona, die sich langweilt, singt lauthals. Eine andere Frau stürzt fluchend auf die Wand zu und schlägt mit den Fäusten dagegen, so als klopfe sie, wie im Märchen, an die Türen geheimer Räume, die sich öffnen und bis oben hin mit Schätzen gefüllt sind. Der Ton ist verzerrt und klagend, Unruhe und Gereiztheit breiten sich aus; könnten diese zweifelhaften Figuren nicht womöglich im Triumph plötzlicher Veränderungen oder in plötzlicher Überzeugung aus ihrer Blässe in ein entschiedenes Schwarz-Weiß ausbrechen und sich so zu Herren aller Bereiche der Unordnung, des Schwankens und der Verwirrung machen?

Denn der Heiland wird sicherlich nicht am Himmel oder unter einem Baum in der Wildnis erscheinen, sondern über Station IZB oder auf der Kinoleinwand!

Und in der Zwischenzeit machten die bläßlichen Brüder immer wieder ihre Luftsprünge, ohne Gelächter hervorzurufen, jedenfalls nicht bei den In-sich-Versunkenen, die wahnsinnig sind, weil sie so tief in ihrer eigenen Haut und deren vielzelligen Gewölben leben, die der große Mond mit seinem vielfachen Widerhall bedrängt.

Wir weinen jetzt.

»Gut, zu Bett. Es hat sowieso keinen Sinn ohne Verdunkelung.«

Der Vorführer baut seine Barrikade aus Tischen ab und verschwindet, und wir werden ins Bett getrieben, und die karge Szenerie des Tages fällt zusammen und enthüllt denen, die schlafen können, die gemalten Stützen des Schlafs. Die übrigen liegen im Dunkeln und warten auf den Morgen und auf die Hoffnung, die dem sicheren Glauben entgegentritt, daß die Stimmen recht haben.

— IX —

»Der Generalinspekteur aller Nervenkliniken des Landes«, so hieß es, »kommt uns besuchen.«

Panik. Er war bekannt dafür, daß er ganz in seiner Arbeit aufging (hoffentlich kein ungewöhnliches Merkmal für Generalinspekteure) und eine beunruhigende Neigung zeigte, den besonders für ihn zubereiteten lockenden Köder der Beobachtungsstationen zu übersehen und darauf zu bestehen, die Bedingungen in den schäbigeren »rückwärtigen« Stationen zu überprüfen. Am Tag, als seine Visite erwartet wurde, waren wir alle frisch gewaschen, das Haar war mit Petroleum gekämmt worden, um sicher zu sein, daß dort keine Läuse lauerten, und alle, die rasiert werden mußten, wurden in einer Schlange vor dem Badezimmer aufgestellt und von einer Schwester mit einem Rasierapparat bearbeitet. Alle bekamen saubere Kittel, und da es hieß, der Direktor schätze und befürworte die persönliche Note im Umgang mit den Geisteskranken, band man einigen Patientinnen die Haare mit einem Seidenband zusammen, fuhr ihnen mit einem Stückchen Lippenstift über ihre faltigen Lippen. Und weil wir alle den Tag mit frischen Kleidern begonnen hatten und Schlüpfer trugen, gab es ein ungewöhnlich lebhaftes Gerenne zu und von den Toiletten, die vom Tagesraum abgingen: schmuddelige Orte ohne Türen, mit Zementböden und Kloschüsseln, in die mit Vorliebe unkonventionelle Schätze wie zerrissene Zeitschriften, schadhafte Kleider und Holzstücke gestopft wurden, so daß die Schüsseln meistens überquollen und immer wieder Männer mit Gummisaugern kommen mußten, um die Rohre leerzupumpen.

An diesem Tag waren die Toiletten gründlich mit einem Desinfektionsmittel ausgespült worden.

Aber die Fliegen. Da es Hochsommer war und man die Fliegen nicht darauf hinweisen konnte, daß der Generalinspekteur uns einen Besuch machte (und sie ja den Hinweis ohnehin nicht beherzigt hätten), mußte es zu einem Massenmord kommen. Ich bot an, dabei zu helfen, denn so konnte ich immerhin für ein paar Minuten aus dem Tagesraum entkommen; ich lernte allmählich, schlau zu sein und jede Gelegenheit für mich zu nutzen; daher bot ich mich nicht zu eifrig an, damit kein Verdacht aufkam und mein Angebot nicht abgelehnt wurde. Beiläufig sagte ich: »Ich werde mitmachen – wenn Sie wollen.«

Zu meinem Entzücken erhielt ich eine DDT-Sprühdose, und es wurde mir gesagt, ich solle damit den Korridor auf- und abgehen, wo die Fliegen sich in Schwärmen an Uringeruch, muffigen Bettlaken und ungewaschenen Körpern labten.

Ich ging auf und ab und versprühte Wolken von DDT. Ich ging auch in eines der Seitenzimmer, wo Mrs. Holloway, die kürzlich eine Lobotomie gehabt hatte, im Bett lag; ich wußte, daß sie sterben würde. Ihre Augen waren geschlossen und mit einer zähen gelben Kruste verklebt, und ihr Gesicht wimmelte von Fliegen. Als ein unerläßliches letztes Ritual, sprühte ich das DDT über ihr Gesicht und verließ das Zimmer.

Ich weiß nicht, ob der Generalinspekteur sie je zu Gesicht bekam; sie starb ein paar Tage später.

Wir sahen den Generalinspekteur jedenfalls nicht. Was wurde ihm wohl bei seinem Besuch der Nervenklinik Treecroft gezeigt? Lernte er Station sieben kennen mit ihrer behaglichen Atmosphäre, den fröhlichen Karotischdecken, den attraktiven Bettdecken, den pastellenen Wänden, den Blumen?

Hatte man ihm erklärt, daß einer der jungen Ärzte als Beitrag zu der neuen, aufgeklärten Haltung gegenüber Geisteskrankheiten einen Theaterklub gegründet hatte und selbst das Vorderteil des Löwen in *Androklus und der Löwe* spielte? Hatte man ihm erzählt, daß es Tanzabende gab und Filme in der großen Halle gezeigt wurden, und daß auch viele Patienten aus den anderen Stationen kommen durften? Aber was war mit Lawn Lodge? War ihm klargeworden, daß dort das Essen knapp war? Daß man meinte, die hoffnungslosen Fälle, die den Rest ihres Lebens in Kliniken zubringen würden, bräuchten keinerlei Anteil an der gelegentlichen Freundlichkeit, die man nach der neuen Vorschrift Station sieben und den Rekonvaleszentenstationen zukommen ließ?

Ich vergaß, die Monate und Jahre zu zählen. Ich glaube, es gab ein oder zwei Weihnachten, wo Sterne die Wände und den Türrahmen überzogen wie ein plötzlicher Ausschlag, sich fortsetzen und die ansteckende Krankheit eines vorweggenommenen Friedens zwölf Tage lang verbreiten durften, bis sie dann mit Wasser und Seife beseitigt wurden. Und in der Mitte der Decke blähte sich wie eine große Blase ein vielfarbiges Papiergebilde, und Oberschwester Borough, die zusammen mit Schwester Wolf den Tagesraum betrat und das schwingende Papiersymptom erblickte, rief voller Entzücken: »Oh, Oh!« wie ein Arzt, der der Ursache einer Krankheit auf die Spur gekommen ist, und dann laut: »Fröhliche Weihnachten euch allen!«, was gefühlvoll klingen sollte, aber nach unseren Erfahrungen mit ihr leider nur wie eine schlecht getarnte Abwandlung von »Sie sind dran zur Behandlung!« klang.

Ich erinnere mich, daß mehr Besucher kamen als

sonst; sie kamen mit den jährlichen Bußgeschenken wie Parfüm und Badeöl und Frisiersets, die hinterher eingesammelt und noch in ihrer Verpakkung in der Kofferkammer verstaut wurden. Denn all diese Dinge waren ja nur der bemitleidenswerte Ausdruck der Hoffnung all dieser Verwandten, die niemals aufhörten zu glauben, daß Betty oder Maggie oder Minnie eines Tages die Dunkelheit, die sich ihres Geistes bemächtigt hatte, abwerfen würden wie eine alte Haut und wieder sein würden, wie sie gewesen waren, ehe »es« geschah; ehe die Familie sich von dem ersten Schock und vielleicht auch der Schande des »Nervenzusammenbruchs« eines geliebten Menschen erholt hatte und ihr Leben angepaßt hatte an das Diktat von Bus- und Bahnfahrplänen, sich gewöhnt hatte an die langen Fahrten zur Klinik und zurück, an Besuchsstunden und Gespräche mit Ärzten, ernsten Männern in weißen Kitteln mit Brillen – sie sahen aus wie die Leute in der Filmwerbung für medizinisch geprüfte Waren, in denen Bakterien durch die Luft schwärmen und mit einem Blick getötet werden –, Männern, die entschlossen blickten wie Bakterientöter, um an Familiengeheimnisse heranzukommen. Im Laufe der Jahre reagierten die Angehörigen dann nur noch auf den alljährlichen Stachel des Weihnachtsfestes. Zahllose Weihnachtsmänner, rot vor Schuld, bevölkerten die grün verhangenen Höhlen der Läden, in die man hineinging, um »der armen Betty« oder Maggi oder Minnie etwas zu kaufen.

Schwestern wie Patienten waren erleichtert, wenn der Weihnachtstag zu Ende war, denn an diesem Tag schien jeder von Erinnerungen gepeinigt zu sein, die wie Wespen angriffen und angeführt wurden von einer besonders rachsüchtigen, brutalen, die wiederholt zum tödlichen Stich ansetzte.

Aber ob die Zeit festlich gefärbt oder gesichtslos und gleichgültig war, immer erschien sie merkwürdig statisch; und sie zu erfahren war wie einen Kreisel zu beobachten und an seine kaum wahrnehmbare Bewegung zu glauben und sich vielleicht zu fragen, welche Hand die Peitsche führte, die ihn in den Schlaf gepeitscht hatte.

Ich weiß es nicht, ich kann mich nicht erinnern, wann es geschah, daß die Schwester mich abholen kam und sagte: »Sie werden nach Station sieben verlegt«; jedenfalls fand ich mich wieder, wie ich durch den Garten wanderte; und meine Erfahrungen in Lawn Lodge waren – wie Banknoten, die man in kleine Lederbeutel packen und unter seinem Kleid befestigen soll, wenn man in einem fremden Land reist – in meinem Bewußtsein eingenäht, und ich benutzte sie, wie man alle Erfahrungen benutzt: als Währung für meine privaten Transaktionen mit der Zeit in ihrer neuen Umgebung, der fremdartigen Heiterkeit von Station sieben. Ich war jetzt ständig verängstigt und voller Zweifel. Es war die Rede von einer Gehirnoperation, die an mir durchgeführt werden sollte; und kurze Mitteilungen wurden, wie diplomatische Noten zwischen fremden Mächten, zwischen den Ärzten und meinen Eltern ausgetauscht, die dagegen waren, daß an meinem Gehirn »herumgedoktert« wurde. Und so blieb ich, scheint mir, tagtäglich den ganzen Tag lang in der Nähe der Weide, umkreiste sie und versuchte, sie mit Rätseln zu becircen. Tante Rose kam mich immer noch besuchen und bewirtete mich mit Kuchen und Obst und Süßigkeiten; und mein Vater reiste nach Norden, um mir das erste

Mal, seit ich in der Klinik war, einen Besuch zu machen.

Am Tag seines Besuchs saß ich unter dem Baum und hoffte, daß ich ruhig und klar wirkte. Ich wußte, daß er sich fürchtete und sich fragen würde, wie wohl seine Tochter aussah und wie sie sich benahm, wenn sie doch augenscheinlich so krank war, daß die Ärzte eine Lobotomie vorgeschlagen hatten. Ich wußte, daß Tante Rose mit ihm kam und ihre praktische Art, das Mitgebrachte anzuordnen und zu verteilen, würde der Sache eine zeremonielle Ordnung geben und dadurch die Verlegenheit dämpfen, die meinen Vater, einen schweigsamen Mann, in Augenblicken tiefen Empfindens immer befiel.

Die Besuchszeit kam. Mein Vater erschien allein. Er setzte sich auf den Stuhl neben mir. Seine Lippen zitterten, was seinem Mund einen schmollenden Ausdruck gab, ein Familienmerkmal, von Generation zu Generation weitervererbt. Er fing an, von Tante Rose zu sprechen, wie lieb es von ihr gewesen sei, immer diese lange Strecke mit der Bahn zu fahren, um mich einmal wöchentlich zu besuchen.

»Du mußt wissen«, sagte mein Vater plötzlich, »Tante Rose ist tot, Istina. Sie hat am Donnerstag einen Schlaganfall gehabt.«

— III —
CLIFFHAVEN

— I —

Gegen den Rat der Ärzte unterschrieb meine Schwester den Schein für meine Entlassung aus der Klinik und fuhr zusammen mit ihren beiden kleinen Söhnen mit mir nach Süden, nach Hause. Ihr Mann würde sie später treffen, sie wollten Urlaub machen.

In der Familie wurde scherzend erwähnt, daß ich in der »Klapsmühle« gewesen sei, und ich gab ihnen, was sie offenbar haben wollten – amüsante Beschreibungen von Patienten, deren Symptome mit den landläufigen Vorstellungen von Geisteskranken übereinstimmen; und mich selbst beschrieb ich, als hätte ich nur durch einen unglücklichen Zufall unter Menschen gelebt, die – im Gegensatz zu mir – wirklich krank waren. Dieses Bild von mir selbst als einer vernünftigen Person, die gegen ihren Willen in die Drehtüren des Wahnsinns geraten war – obgleich es keinerlei Erklärung dafür gab, warum ich mich überhaupt in der Nähe jenes Gebäudes aufgehalten hatte –, trug dazu bei, mein etwas mitgenommenes Selbstgefühl, meine reichlich zerzauste Eitelkeit zu glätten und auch die durchaus vorhandene und störende Besorgnis meiner Familie zu mildern; diese hielt sich unter der Oberfläche und gab sich nur in sekundenschnellen Gesten und Äußerungen zu erkennen, die dennoch die intensive und anschauliche Wirkung von Zeitlupenbildern hatten.

Mein Zimmer zu Hause, dessen Fenster auf eine Stechpalme, den Fliederstrauch und die Fuchsie hinausging, hatte einen säuerlichen, abgestandenen Geruch, so als wäre es – wie eine versiegelte Kiste – jetzt nach vielen Jahren geöffnet worden. Meine Bücher im Bücherschrank und auf den Regalen an den Wänden rundum schienen in meiner Abwesenheit Feuchtigkeit und Verfall in sich aufgenommen zu haben, so als wäre der menschliche Kontakt mit ihnen ein Mittel gegen ihre Auflösung gewesen; kleine Würmer mit schwarzen Augen hatten sich am Ende der Seiten angesiedelt und mit einer Marathon-Mahlzeit begonnen, wohl in der Annahme, sie würde niemals unterbrochen werden, als hätten die Bücher sie aufgefordert, um jeden Preis so viel wie möglich zu verschlingen, da doch wer immer einmal einen geistigen Hunger auf sie verspürt hatte, längst schon fort oder gestorben war.

Ich mußte mich einfach ein wenig selbst inszenieren, wo es doch um eines der großen Lebensthemen ging, das in der Mythologie und Religion des Menschen eine bedeutende Rolle spielt – die Heimkehr. Wenn auch die Dauer nicht immer wichtig ist und es einen beschleunigten Wandel und Verfall während einer Abwesenheit von nur fünf Minuten geben kann – der Zeit, die man braucht, um einen Brief einzuwerfen oder ein paar Lebensmittel zu holen. Ich war mir bewußt, daß ich fünf Jahre fort gewesen war. Ich konnte mich an gewisse Menschen nicht erinnern, und wenn ich sie auf der Straße traf und sie mit mir redeten, als wären sie Freunde gewesen, lernte ich, mich mit ihnen zu unterhalten, ohne zu wissen, wer sie waren.

»Wer war das?« fragte ich meine Schwester, die mich bei solchen Ausgängen begleitete, hinterher. Und wir lachten und amüsierten uns, spöttelten über mein schlechtes Gedächtnis, unterhielten uns über den Aufenthalt in meinem »Landhaus« und fragten uns, was wohl der Grund dafür sei, daß ich so viel vergessen hatte. Bei dem Versuch, Kindheitserinnerungen auszutauschen, wurde ich nicht vom Ansturm erinnerter Ereignisse und Freuden überwältigt, sondern von einer ungeheuren Einsamkeit. Wieder konnte ich mich nicht erinnern, aber diesmal täuschte ich vor, es zu können – aus Angst, mich dieser Einsamkeit stellen zu müssen –, und niemand ahnte die Wahrheit.

Es war Herbst, die Bäume in den Stadtgärten färbten sich golden, der Morgendunst war seidendünn, und der kalte Schweiß des Taus hing in Ketten an den Grashalmen. Die herrenlosen Apfelbäume voller Mehltau und schorfiger Flechten befreiten sich mit Hilfe der Amseln von ihren letzten faulen und ausgehöhlten Äpfeln; und wenn ich unter den Bäumen im langen, feuchten Gras herumging, zerquetschte ich die Früchte und zerstörte die Behausungen winziger Würmer, die dort, im Innersten, dicht beim Kernhaus, hatten überwintern wollen. Die Samen des Sauerampfers waren ausgereift und heruntergefallen, auf den Stielen der Pflanzen türmten sich milchweiße »Spinnenhäuser«; die Distelwolle war über die hohen blauweißen Verkehrswege des Himmels davongeweht; die Blütenwatte der Silberpappeln lag wie Schneewehen unter den Bäumen.

Ich wanderte über die Koppeln und setzte mich zu den Schafen. Ich kletterte auf die Kuppe des Hügels, wo die Überlandleitungen wie dunkle Arterien zusammenliefen, und lauschte ihrem Summen und Stöhnen, das die Luft zittern ließ. Ich sammelte Hagebutten und setzte mich neben einen verwitterten Matagouribaum und las Zeichen am Himmel ab und beobachtete die Farmer in ihren starken Autos auf dem Weg zur Stadt, selten einmal einen müßig daherrollenden Zweispänner. Ich hörte die Schafe ihre klagenden Arpeggien blöken, wenn sie den Weg hinauf zu den Verkaufshallen getrieben wurden, den

Schrei des Viehhändlers, der seine Hunde rief, und ich lauschte dem fernen Laut der See. Ich sah den Sumpfhennen zu, wie sie in ihren eleganten marineblauen und roten Kleidern mit ihren übertriebenen Bewegungen wie auf Zehenspitzen durch den Sumpf am Rande des Baches huschten, und ich beobachtete Elstern, die sich in ihrer Morgenkleidung in Scharen auf den Gummibäumen niederließen und schwatzten, und auch die gefährlichen Falken, die sanft mit dem Wind segelten und am Himmel den richtigen Augenblick abwarteten.

Und manchmal saß ich auch unter der großen, schwingenden und seufzenden Kiefer, über die das Todesurteil verhängt worden war, weil sie die Überlandleitungen behinderte. Ihre Zweige waren beladen mit ganzen Familien von Zapfen. Längst hatte die Sonne sie reifen und aufspringen lassen, und aus ihren im Gras verstreuten Samen waren winzige Bäume geworden, die auf den Wink des Windes schon im Chor seufzten. Von meinem Platz auf dem Hügel sah ich den Postboten über den Talweg radeln und hörte seine Pfeife schrillen, wenn er an den Häusern hielt. Mein Herzschlag setzte nahezu aus, als ich ihn an unserem Briefkasten ankommen sah, der die Form eines Hauses hatte mit einem gemalten Ziegeldach und gemalten Gardinen, die, wie üblich, an den Vorfenstern gerafft waren, und einem Schlitz in der Scheintür, der die Post aufnahm. Ich schlich im Schutz der Hecke den Hügel hinunter, über den Bach, durch die Kiefernpflanzungen und zum Gartentor und dem Briefkasten. Ich sammelte rasch die Briefe ein und kehrte in den Schutz der Kiefern zurück.

Warum?

Die Erklärung ist nicht überraschend. Ich hatte einfach davon geträumt, daß ein an mich adressierter Brief dabei wäre, ein Liebesbrief, daß ich ihn auf mein Zimmer tragen und ihn immer wieder lesen und auswendig lernen würde; daß ich mich in die Handschrift vertiefen und versuchen würde, sie nachzuahmen, fortan selbst mit grüner Tinte schreiben würde, wenn die Schrift grün wäre. Aber wer würde mir schon einen Liebesbrief schreiben?

Meine Schwester war schwanger. Ich weinte nachts im Bett vor Selbstmitleid und dem Gefühl, von allem ausgeschlossen zu sein, vergrub mein Gesicht im Kopfkissen und stieß den großen Seufzer aus, den ich von der verurteilten Kiefer gehört hatte: »O Gott, warum bin ich leer?«

— II —

Ich blieb sechs Wochen zu Hause. Bis zu dem Abend, als sich die phosphoreszierenden Skelette auf der Pferdekoppel stapelten, um zermahlen und verbrannt zu werden, und der verständige Wind weit und breit seinen eigenen Kultur-Dünger verteilte und das Meer in seinem unwiderstehlichen Drang kam und ging und ewige Nachrichten von sich selbst und menschliche Hinterlassenschaften des vergangenen Sommers übermittelte, Eiscremeschachteln und Orangenschalen, und die Bäume und die Leute im Himmel aussahen wie aufgeklebt, wie aus Papiermaché, das sich mit Licht vollgesogen hat; und mein Vater stöhnte und meine Mutter dasaß und das Blut aus ihren riesigen Schuhen schöpfte – da fand ich mich in Cliffhaven im Bett eines Beobachtungsschlafsaals wieder und starrte voller Schrecken auf den Behandlungsraum, denn es war vorbei mit meiner Tapferkeit, und ich konnte mich auch nicht mehr damit beruhigen, daß ich aus der Mode gekommene Verse aufsagte über Äpfel, die, frei von Fäulnis und vom Apfelwickler, wie Traumfrüchte dalagen, im schmeichelnden Mondlicht; und ebensowenig konnte ich mich damit trösten, daß die Zustände sich geändert hatten, daß die alten Drohungen nicht mehr angewandt wurden, um sofortigen Gehorsam und Fügsamkeit zu erreichen.

»Istina ist wieder da«, sagten sie.

Sie blickten mich voll Neugier und Mitgefühl an. Sie erzählten mir, daß Dr. Howell, genannt Scone, weggegangen sei, weil er eine Praxis als Allgemeinarzt in einem schicken Vorort am Meer aufmachen wollte. Und an jedem Sommersonntagnachmittag konnte man – wie diejenigen berichteten, die Kontakt zur Außenwelt hatten – Scone mit seiner jungen Familie, ausgerüstet mit Eimern und Spaten und dergleichen, beim Sonnenbad am Strand sehen. Dr. Steward, ein großer, zerbrechlich wirkender junger Mann Mitte Dreißig, schien ganz unter dem Kommando von Oberschwester Glass zu stehen. Wenn er es wagte, ein paar Minuten länger mit einer Patientin zu sprechen, redete die Oberschwester mit ihm wie mit einem ungezogenen Schuljungen, und später rügte sie die Patientin: »Warum haben Sie Dr. Stewards Zeit so lange in Anspruch genommen? Sie sahen doch, daß er zu tun hatte. Es gibt noch neunundsiebzig andere Frauen hier auf der Station, und er hat nicht den ganzen Tag Zeit, sich um solche wie Sie zu kümmern.«

»Solche wie Sie« war immer noch eine der Lieblingswendungen der Oberschwester. Eine andere begann mit den Worten: »Was sie braucht, ist...«, und dann folgte das jeweilige Spezialrezept der Oberschwester, das vom schüchternen Dr. Steward gewöhnlich übernommen wurde.

Ich blieb nicht lange auf der Beobachtungsstation. Während ich im Bett lag, brachten Mrs. Pilling und Mrs. Everett es fertig, mir, weil wir uns doch schon so lange kannten, kleine Leckereien mit dem Teewagen in den Schlafsaal zu schicken, und manchmal kamen sie auch selbst, um sich mit mir zu unterhalten, und bemerkten nachdenklich: »Niemand hat den Flur so gewienert wie du, Istina.« Sie berichteten mir, daß die alten Tage des Schrubbens vorbei seien, daß Dr. Portman die Klinik modernisieren wolle und bereits damit angefangen habe, wie man an der Anschaffung einer wunderbaren Maschine sehen könne, einer elektrischen Bohnermaschine, mit der man auch schrubben könne, wenn man daran denke, den richtigen Schalter zu drehen; aber keine der Patientinnen habe heutzutage auch nur eine Spur von Verantwortungsgefühl gegenüber der Station, niemand sorge richtig für den Apparat, und so sei er immer kaputt und in der Werkstatt, und die Schrubber müßten doch wieder benutzt werden; und das sage doch alles, oder? Und die täglichen Mahlzeiten wurden jetzt in geschlossenen Behältern in die Stationen geliefert, statt daß sie auf offenen Lastwagen herumratterten und das Essen überschwappte und Staub fing. Und die alten Männer mußten nicht mehr zu zweit, gebeugt und angestrengt wie alte Gäule rechts und links von der Deichsel die Kohlenkarren ziehen, während die sauberen Pfleger fröhlich hinter dem Karren herspazierten und Befehle schrien; die Kohle wurde jetzt von Lastautos angeliefert, und obenauf saßen stramme junge Männer, und die Alten blieben im Tagesraum eingeschlossen und waren aufgeregt darüber und verstanden nichts, sie machten sich jeden Morgen um acht Uhr fertig und warteten darauf, daß man sie rief, um die Karren zu ziehen, und einige weinten, wenn der Ruf: »Rasch! Kohle! Abladen!« nicht ertönte.

Mrs. Pilling und Mrs. Everett berichteten mir, wer nach Hause entlassen und wer noch in der Klinik war und wen man auf eine andere Station verlegt hatte; daß Norma einen Job in einem Heim in der Stadt bekommen habe und sich gut mache; und daß man Mary gesagt habe, sie könne nach Hause, wenn irgend jemand sie haben wolle, aber niemand wolle sie; daß eine neue Station für Patientinnen wie Mary und die anderen, eine »offene Station«, oben auf dem Hügel gebaut werde, mit einer wunderbaren Aussicht auf das Meer, und daß es die modernste

Station der ganzen Klinik sein werde. Aber keine der Patientinnen wolle dort hin, und alle würden darum bitten, weiterhin bleiben und essen und schlafen zu dürfen, wo sie zwanzig oder dreißig oder vierzig Jahre geschlafen und gegessen hatten, und nicht als »Chronische« abgestempelt zu werden, für die, wie es hieß, diese neue Station gedacht war. »Das bedeutet, daß wir niemals rauskommen«, sagten sie, denn ganz gleich, wie lange sie schon in der Klinik waren, sie hatten immer noch das Recht auf verstiegene heimliche Hoffnungen, und das Etikett »chronisch« schien – auch wenn sie wußten, daß es auf sie zutraf – alle Hoffnung auszuschließen und alle Tagträume, die immer so anfingen: »Wenn ich hier herauskomme ... Eines Tages, wenn ich wieder draußen in der Welt bin ...«

Trotz freundlicher Empfehlungen von Mrs. Everett, die sich um das Bohnern der Flure solche Sorgen machte, erhielt ich, als ich schließlich aufstehen durfte, den Job der Ober-Bohnerin nicht. Auch war mein Name nicht in den wichtigen Listen aufgeführt, die nun an der Wand des Speisesaals hingen, im Zuge der neuen »Beschäftigungstherapie«. Stationsarbeiterinnen, Wäschereiarbeiterinnen, Arbeiterinnen im Schwesternheim. Früher hatte es natürlich auch Arbeiterinnen gegeben, aber sie wurden nicht säuberlich aufgeführt und hatten keinen Ehrenplatz im Speisesaal.

Ich fürchtete mich vor allem und jedem. Man versicherte mir, daß ich keine Elektroschockbehandlung bekommen würde – aber wie konnte ich das glauben? Wie konnte ich irgend jemandem glauben? Ich fürchtete mich vor Oberschwester Glass und ihrem heftigen Sarkasmus, vor ihrem Spott über »schlechtes Benehmen« und »mangelnde Selbstdisziplin«, wenn mich Panik ergriff oder ich weglief, und vor ihrer Bemerkung, ich müsse doch an das Leben in der Klinik gewöhnt sein, ich sei doch lange genug dabeigewesen. Und ich fürchtete mich vor Schwester Honey, vor ihrer Gewohnheit, plötzlich beim Frühstück zu sagen: »Ich werde heute einmal Ihre Schließfächer durchsehen«, eine Ankündigung, die eine geheime Drohung zu enthalten schien und die in mir immer ein Gefühl der Panik hervorrief, so als hätte Schwester Honey, indem sie mein Schließfach »durchsah«, Gelegenheit, irgend etwas zu finden, was ich vergessen oder außer acht gelassen hatte, ein Beweisstück, das mich schließlich belasten würde. Andere Patientinnen schienen von der gleichen panischen Angst bedrängt zu werden, denn die verschließbaren Kästen, die neben jedem Bett standen, waren der einzige Platz, wo man alles unterbringen konnte, was einem gehörte; aber sie waren doch weit von einem entfernt und daher verletzbar, und es hatte fast den Anschein, als ließen wir Bruchstücke unserer selbst in den Schließfächern zurück.

An solchen Vormittagen standen wir, wenn das »Aufstehen, Ladies« ertönte, eiligst vom Frühstückstisch auf und versuchten, koste es, was es wolle, unsere Schließfächer zu erreichen. Für die in den unteren Schlafsälen war das ein leichtes; die in den Beobachtungsstationen, die hinter verschlossenen Türen auf ihre Behandlung warteten, baten flehentlich, hineingelassen zu werden, nur um an die Kästen zu kommen und die Sachen zu ordnen und alle Spuren heimlichen Hortens zu tilgen. Andernfalls wurde das Mittagessen zur Stunde der Rügen und der Schande, wenn nämlich Schwester Honey muffige, krümelige Kuchenstücke oder schmutzige Unterwäsche hochhielt und dazu die Namen verlas, und immer hatte es den Anschein, als hätte sie mehr als nur etwas Abfall gefunden, als wäre sie gegen unseren Willen und zu unserer anhaltenden Beschämung in unsere tiefsten Geheimnisse eingedrungen.

Meine Angstmomente wurden immer weniger beherrschbar, und eines Tages gab es eine gemeinsame Verordnung von Oberschwester Glass und Schwester Honey, die begann: »Was Ihnen not tut ist ...«

»Sie müssen endlich Vernunft annehmen«, sagte Oberschwester Glass. »Was Sie brauchen, ist ein Aufenthalt auf Station zwei.«

— III —

Also kam ich wieder mit jenen seltsamen Menschen zusammen, die ich schon von meinem vorigen Aufenthalt in Cliffhaven kannte; und am ersten Tag unter ihnen, als ich über den Zaun kletterte und nach Station vier zurückkehrte, wurde ich mit dem Satz begrüßt: »Reißen Sie sich zusammen, Sie waren doch schon vorher in solchen Kliniken. Tun Sie nicht so, als ob Sie nicht daran gewöhnt wären.« Und als mich die Oberschwester persönlich zurückbrachte und an Schwester Bridge übergab, meinte sie: »Sie ist an solche Stationen gewöhnt. Man muß ihr eine Lektion erteilen...«

Ein Teil von Station zwei war ein Neubau, der die alte Abteilung für die hartnäckigen Fälle ersetzte. Ein Jahr, bevor ich zum erstenmal nach Cliffhaven kam, war sie mit siebenunddreißig Patienten darin ausgebrannt. Im alten Backsteinbau befanden sich jetzt die Schlafsäle für die siebenundsechzig Frauen der Station.

Auf Station zwei wurde die »neue Methode« in den neuen Wohnbereichen praktiziert; sie bestanden aus einem Speisesaal, einem »schmutzigen« Tagesraum, wo man die chronisch Kranken einschloß und wo die Anfallskranken für die Dauer ihrer Anfälle gehalten wurden; einem »sauberen« Tagesraum, dessen Wände mit See- und Gebirgslandschaften behängt und dessen Möbel hell und neu waren (wie übrigens auch die im »schmutzigen« Tagesraum). Die Fensterwände erlaubten einen gelegentlichen Blick auf vorübergehende Leute, kleine eilige Hunde und Bäume, deren Laub sich mit den Jahreszeiten verfärbte, so daß man nicht mehr das Gefühl hatte, eingemauert an einem verlassenen Ort dahinzuvegetieren. Der Rest des Gebäudes bestand aus einem Baderaum mit drei Badewannen, drei Toiletten – eine war ohne Tür, die anderen hatten Türen in dreiviertel Höhe –, dem Stationszimmer, dem Behandlungsraum, Kleiderschränken, Garderoben und Vorratsraum, Speisesaal und Anrichte. Türen führten von der Station in den Hof und über die Straße in den Park und vom Hof aus in den Backsteinbau mit seinen verschlossenen Einzelzimmern und schmutzigen Schlafsälen und den offenen Schlafsälen oben. Die Klinik hatte aus dem Brand eine Lehre gezogen. Unter Dr. Portman waren in allen Gebäuden Sprinkleranlagen installiert, schon vorhandene Feuerleitern repariert und neue für alle oberen Geschosse angebracht worden.

Es gab keine Patienten in Zwangsjacken auf Station zwei. Zyniker meinten, sie würden ja auch nicht mehr gebraucht, da die schlimmsten Kranken im Feuer umgekommen seien. Aber je mehr Erfahrungen man mit Station zwei machte, desto klarer wurde es, daß Zwangsjacken als Behandlungsmethode oder Zähmungsmittel der Vergangenheit angehörten. Während sich in Treecroft die am besten zubereiteten und reichlichsten Mahlzeiten, die fröhlichsten Bilder und die freundlichsten Bettdecken auf Station sieben fanden, wo die sogenannten »vernünftigen« Patientinnen lebten, war in Cliffhaven Station zwei die heiterste – zumindest was die überall sich ausbreitende Farbigkeit anging. Und niemand soll sich einbilden, daß die gerahmten und verglasten Landschaftsbilder an den Wänden unter den Attacken der Gestörten zu leiden gehabt hätten! Auch wenn sie ihre Umgebung nicht wirklich wahrnahmen oder gar bewunderten, zerstörten sie doch nichts. Es kam im

Laufe eines Tages schon einmal vor, daß ein Fenster zu Bruch ging, aber die Bilder wurden nicht angerührt, und auch die Blumen blieben in ihren Vasen. Es war, als hätten die Patientinnen, die sich mitteilen konnten, einen Stolz entwickelt, der selbst in der Wüste, unter den ganz in sich gekehrten Patientinnen, gedieh und Früchte trug.

Kuchen zum Tee; Schokoladenkuchen, rosa glasierter Kuchen, Madeirakuchen; und wenn es nicht für alle reichte, wurden nicht etwa, wie man annehmen könnte, die »Vernünftigen« bevorzugt, die zu schätzen wußten, was sie bekamen, sondern die vom »schmutzigen« Tagesraum. Ihnen wurden die Mahlzeiten auch zuerst serviert – sofern sie am Tisch saßen und nicht herumstanden und nach dem Essen grapschten. Die wirklich Wahnsinnigen, die an sonnigen Tagen dalagen wie Tiere, die sich angesichts einer Gefahr totstellen, oder die herumrannten und tobten und auf den Hof oder in den Garten sprangen, gingen schon um vier Uhr nachmittags zu Bett. Wir sahen sie, wie sie in ihren schmutzigen Kitteln an der Tür des »sauberen« Tagesraums vorbeirasten, Reste von Eßbarem – eine Scheibe Biskuit oder Obstkuchen – fest in ihren Fäusten.

Sie waren in der Obhut von Schwester Bridge. In einem Augenblick des Vertrauens offenbarte sie mir einmal – was sie hinterher bedauerte und was sie dazu zwang, sich abweisend gegen mich zu verhalten, wie man es häufig denen gegenüber tut, mit denen man das Geheimnis seiner wirklichen oder eingebildeten Schwächen teilt –, daß sie ihre pflegerische Arbeit als schüchternes, junges Mädchen zu einer Zeit begonnen habe, wo alle geistig gestörten Patienten selbstverständlich Zwangsjacken trugen und Schuhe, die sie nicht öffnen konnten. Nach ihrem ersten Tag im Dienst habe sie fast die ganze Nacht geweint und den Entschluß gefaßt (den sie dann doch nicht wahrmachte), ihre Kündigung einzureichen, diesen abscheulichen Ort zu verlassen und Schwester in einem Allgemeinen Krankenhaus zu werden, wo die Patienten nicht gedemütigt und mißbraucht wurden, weil sie krank waren, und wo man zumindest erkennen konnte, was ihnen fehlte, einen ordentlichen Salbenverband und reinliche weiße Bandagen bereithalten konnte, um zu lindern und zu heilen, und wo man die Patienten ohne jede Schwierigkeit im Bett halten konnte. Aber hier in Cliffhaven und in jeder anderen Nervenklinik müsse man die Bandagen aus dem eigenen Inneren holen, um Wunden zu verbinden, die man weder sehen noch ermessen konnte, und gleichzeitig müsse man vergessen, daß die Patienten Menschen waren, denn es waren so viele, und es gab so viel zu tun. Man konnte nur noch schreien, schlagen und sie wie Tiere zusammentreiben.

Schwester Bridge war inzwischen sechsunddreißig und mit einem Pfleger verheiratet. Ihre Erscheinung – die eines weiblichen Metzgers, rothaarig, sommersprossig, dick, vollbusig – glich so sehr der anderer herrischer, unsensibler Schwestern in Nervenkliniken, daß man meinen konnte, sie habe sie eigens ausgewählt, sich ihr aufgedrängt und sich ihr als Maske angeheftet, um sie unter ihresgleichen zu schützen, ihr ein gewisses Ansehen zu verschaffen und ihre Sensibilität zu bewahren. Sie kannte viele der Patientinnen seit Jahren, und sie brachten ihr Liebe und Vertrauen entgegen; sie legte im allgemeinen einen fröhlichen Sarkasmus an den Tag – den sie sich vielleicht vor Jahren angewöhnt hatte, um die diktatorische Oberschwester zu beeindrucken und ihr zu gehorchen –, aber ihre Worte, die sarkastisch oder spöttisch klangen, veränderten sich in der Luft; sie füllten sich mit ihrem Überschuß an Vitalität und Mitgefühl, so daß sie, wenn sie ihr Objekt erreichten, nicht mehr verletzend wirkten. Sie war wie ein Zauberer, der das Feuer, das er ausgeatmet hat, in der Luft in Wein verwandelt. Die Patientinnen lächelten entzückt zu allem, was Schwester Bridge ihnen auch sagen mochte. Manchmal fragte ich mich, ob sie Worte als Mittel der Kommunikation nicht längst aufgegeben hatte und das, was sie eigentlich sagen wollte, auf irgendeine andere Weise übermittelte, während sie schimpfte und herumschrie (sie schrie meistens) wie jede andere Schwester in jeder anderen Nervenklinik.

Unglücklicherweise beobachtete ich Schwester Bridge zu genau. Aber diese Art, wie sie ihren Schutzbefohlenen etwas von sich selbst mitteilte, war ein Wunder und wert, beobachtet zu werden; und es machte mich sehr traurig, als sie eines Tages, während ich ganz ruhig dabeistand, auf mich aufmerksam wurde und auf der Stelle wußte, daß ich über ihr geradezu telepathisches Mitgefühl für die Patientinnen staunte. Sie errötete, als ob sie sich schämte, und wandte sich ärgerlich gegen mich.

»Aha«, sagte sie sarkastisch, »man beobachtet also – nicht wahr? Sie versuchen, mich auszuforschen, Fräulein Neunmalklug? Mach' ich vielleicht etwas falsch?«

»Das ist es nicht«, sagte ich. »Das ist es nicht.« Und dann schwieg ich.

Von da an zeigte mir Schwester Bridge, daß ich sie verstimmt hatte, und nutzte jede Gelegenheit, mich zu verletzen. Durch einen unbeabsichtigten Blick hatte ich sie überrascht, und sie war sich ihrer selbst auf eine unbehagliche Weise bewußt geworden, die an Angst grenzte.

Es machte ihr jetzt Vergnügen, mich leiden zu lassen, und ihr Beweggrund dafür wurde durch die Worte der Oberschwester noch verstärkt: »Man muß ihr eine Lektion erteilen.«

— IV —

Aber wie kann ich behaupten, daß Schwester Bridge die Leitung von Station zwei hatte, wo doch Mary-Margaret und Alice die wahren Befehlshaberinnen waren? Mary-Margaret hatte die Anrichte unter ihre Aufsicht gebracht, so wie ein General feindliches Land besetzt. Sie beaufsichtigte das Butterbrotschmieren, das Toasten, das Schneiden und Verteilen des Kuchens und das Spülen der Essensbehälter aus der großen Küche. Wenn diese nach jeder Mahlzeit gespült waren, öffnete Mary-Margaret die Küchentür und schleuderte mit munterem Kriegsgeschrei die Tabletts die Holzstufen hinunter, und da blieben sie übereinander liegen, bis der Küchenwagen sie aufsammeln kam. Ganz gleich, wie oft Schwester Bridge sie darauf hinwies, daß die Tabletts Schaden nehmen würden und daß Klagen aus der Küche kämen – Mary-Margaret weigerte sich, ihr Verhalten zu ändern. Dann zuckte Schwester Bridge die Achseln und lachte und sagte: »Also, Mary-Margaret, wir geben Ihnen noch eine letzte Chance!«

Mary-Margaret war eine kraftvolle, aufrechte Frau mit schneeweißem Haar, das sie meistens mit einem farbigen Band schmückte und zwar jeden Tag der Woche mit einem anderen; das gab ihr ein zigeunerhaftes Aussehen. Aber sie hatte die Augen einer Seherin, und man konnte fast sicher sein, daß niemand außer ihr wahrnehmen und begreifen konnte, worauf auch immer Mary-Margarets Blick fiel; es war, als hätten wir anderen alle gerade einmal die Grundbegriffe erlernt, während Mary-Margaret bereits seit vielen Jahren im Sehen den Doktorhut besaß.

Sie ließ sich am liebsten Dame Mary-Margaret nennen, und es gehörte zu ihrer Tagesordnung, sich abends auf die Steintreppe des Backsteinbaus zu stellen und eine lebhafte Ansprache an Ägypten zu halten, an deren Ende sie sich als Dame Mary-Margaret von der lauschenden Welt verabschiedete. »Dame Mary-Margaret verabschiedet sich jetzt. Gute Nacht, Ägypten! Gute Nacht, Welt! Gute Nacht allen überall!«

Und dann sang sie:

Ewiger Vater, der du Rettung bringst,
mit starkem Arm die wilden Wogen zwingst
der du befiehlst des tiefen Ozeans Macht,
daß er der zugeteilten Grenzen habe acht,
o hör mich, wenn ich zu dir fleh'
für die, so in Gefahr auf See!

und endete mit einem weiteren »Gute Nacht, Welt!«, wonach sie mit ihren vielen Habseligkeiten – sie füllten drei Beutel, die sie immer mit sich herumtrug – mühsam die Treppe hinaufstapfte zu ihrem Bett in dem speziellen offenen Schlafsaal.

Wie konnte Schwester Bridge anders, als Dame Mary-Margaret wie ihresgleichen zu behandeln und ihren Rat zu erbitten (wo doch ihr eigener so oft nicht angenommen wurde) und sich zerknirscht zu entschuldigen, wenn Mary-Margaret mit kraftvoller Stimme auf Mängel im täglichen Ablauf hinwies? Dame Mary-Margaret hatte das Bedürfnis, sich ihrer selbst auch anderen gegenüber zu versichern: »Hier ist Dame Mary-Margaret«, rief sie zum Beispiel, wenn sie das Fenster öffnete, um Brotkrusten für die Spatzen hinunterzuwerfen, die unten auf den Tabletts hockten und auf die verbotenen Leckerbissen warteten.

»Sie dürfen die Spatzen nicht füttern«, erinnerte Schwester Bridge sie.

Dame Mary-Margaret achtete nicht darauf. »Gottes Geschöpfe«, rief sie in militärischem Ton, wandte sich daraufhin feierlich an die Schwester und redete sie auf ihre gewöhnliche höfliche und zugleich theatralische Weise an. Ihre dringende Bitte lautete: »Schwester, wir brauchen mehr Kuchen zum Tee«, und es klang, als bäte sie um Lebensmittel für Leute, deren Leben von ihr abhing – etwa eine gestrandete Armee oder Überlebende einer nationalen Katastrophe.

In Dame Mary-Margarets Nähe hatte man das Gefühl, ein besonderes menschliches Wesen zu sein. Sie schien niemanden zu brauchen und das Vermögen zu haben – von dem sie natürlich keinen Gebrauch machte –, alles Überflüssige wie Leute und Gebäude verschwinden zu lassen, um ganz in ihrer eigenen Welt aufzugehen, die aus Ägypten und den nordafrikanischen Wüsten bestand.

Sie hatte einen Sohn, einen hübschen Studenten, der sie besuchen kam. Äußerlich zeigte sie keine besonderen Gefühle für ihn, aber ihr Weg zum vorderen Besuchssaal war ein wohlvorbereiteter Feldzug, dessen Sieg sie mit niemandem teilte. An solchen Tagen trug sie zwei Bänder im Haar und viel Makeup, wozu eine Extraschicht Puder gehörte, und sie kehrte beladen mit drei Körben voller Geschenke zurück: Eßbares, Kleidungsstücke und auch nur im Schließfach zu Verwahrendes, was sie zuweilen nachts, wenn der Mond durch den Maschendraht vor dem Fenster schien, eindringlich betrachtete.

Alice, die sich mit Mary-Margaret die Befehlsgewalt über die Haushaltsangelegenheiten der Station teilte, war ebenfalls mittleren Alters, aber bescheiden, hatte eine leise Stimme und trug die akkurate gestreifte Anstaltskleidung, graue Strümpfe und schwarze Stationsschnürschuhe; und wenn sie tagsüber ihren selbstauferlegten Pflichten nachging und in der Station saubermachte und die Böden polierte, war ihr silbergraues Haar von einer ordentlichen Haube bedeckt. Alice schien von Tag zu Tag dünner zu werden, und die ernsthafte, hingebungsvolle Art und Weise, wie sie ihre Arbeit verrichtete, ließ einen vermuten, daß ihre Dünnheit nicht das Ergebnis physischer Erschöpfung war, sondern daß sie sich geistig verzehrte. Ihr eigentlicher Platz wäre auf der Mayflower oder in einem Quäker-Haus gewesen. Jedenfalls hätte man das angenommen, bis man sie eines Nachts im Bett sitzen gesehen und beobachtet hätte, wie sie ihr taillenlanges silberweißes Haar kämmte; wenn sie es freischüttelte, öffneten sich wie durch einen magischen Akt ihre sonst fest geschlossenen Lippen, und sie redete und redete über all die Male in ihrem Leben, als sie bei hellem Tageslicht gekidnappt und an die Nordwestküste Südamerikas geschmuggelt und dann in tiefer Nacht von wilden Männern in den Himalaja verschleppt und in Höhlen versteckt worden war. Lösegeldforderungen. Folter. Drohungen. Und sie sagte die Wahrheit. Mit den Worten kam ein »geheimer Wirkstoff«, wie die Werbefachleute das nennen würden, über ihre Lippen und zwang uns, ihren Geschichten Glauben zu schenken. Wenn dann der Morgen kam und ihr Haar wieder mit der gestreiften Baumwollhaube bedeckt war und sie ihr Stationskleid wieder angezogen hatte, nahm sie wieder ihr sittsames Verhalten an und machte sich leise und ergeben an ihr Reinigungswerk.

Alice' teuerster Besitz waren ihre Putzlappen und

Staubtücher, die sie jeden Abend wusch und auf die Wäscheleine hängte, die draußen vom Fenster des »schmutzigen« Tagesraums bis zum Fenster des Speisesaals über einen kleinen Hinterhof mit Kiesboden und Gras gespannt war. Dame Mary-Margaret und Alice waren die einzigen, denen es erlaubt war, hinauszugehen und ihre Kleider dort aufzuhängen. Aber wenn sie hinausgingen, bewegten sie sich vorsichtig, blickten nach rechts und nach links und kamen schnell zurück, als würden sie verfolgt, und erst, wenn sie ganz sicher drinnen, hinter dem Glas der Fenster waren, gewannen sie ihr Selbstvertrauen wieder. Alice sprach – wenn sie während des Tages überhaupt sprach – vom Putzen, von Streifen, wo sich das Bohnerwachs nicht ins Linoleum reiben ließ, von glatten Flächen, die so gefährlich waren, daß »man sich das Bein brechen könnte«, oder von der Materialausgabe, einem persönlichen Festtag für Alice, wenn Schwester Bridge sie einlud, sich in ihrem Fach neue Putztücher aus alten Bettlaken auszusuchen. Und Alice strich leicht über den Stoff, tastete hier, glättete da und dachte ernsthaft nach über die Größe und Menge und Festigkeit des Materials. Dieser Beurteilung und Auswahl folgte gewöhnlich eine Tasse Tee mit Schwester Bridge und ein Stück Kuchen, den Dame Mary-Margaret beisteuerte, die – obgleich sie sich selten mit Alice unterhielt – die Bedeutung der Angelegenheit erkannte und zudem jeden zeremoniellen Vorgang gern unterstützte.

Alice erzählte uns oft eine Geschichte, die keinen geheimen Wirkstoff brauchte, damit wir sie ihr glaubten, denn sie war wahr. Man hatte ihr, als sie noch jung war, die Brüste abgenommen. Wir wußten das und wandten den Blick ab oder aber starrten sie wie besessen an, wenn sie ihr gestreiftes Flanellnachthemd über ihren ausgemergelten Körper zog, der – wenige ahnten es und Alice selbst schien es nicht zu merken – sich entschlossen hatte, einen Krebs zu nähren. Eine Woche vor ihrem Tod war sie immer noch mit Staubwischen und Wienern beschäftigt und weigerte sich, es aufzugeben, bis man sie schließlich zwang, sich ins Bett zu legen. Aber wer, fragte sie flehentlich, würde die Putzlappen waschen? Und wer wußte, welche Lappen man zu welchem Zweck zu benutzen hatte? Und wer sonst verstand soviel vom Bodenbelag der Station wie ein Gärtner vom Boden, ein Seemann vom Ozean und ein Maler von seinen Farben?

Alice starb in der Nacht unter großen Schmerzen. Es tröstete uns, daß die diensthabende Schwester bekannt dafür war, daß sie die Toten sorgsam herrichtete. Man hörte, daß sie Alice schönmachte; ein Tuff Watte hier und dort, die Wangen voll, leicht gerötet und zart geschminkt, in den Händen frische Blumen. Wenn man Alice nur bei Tag gekannt hätte, als sittsame, hart arbeitende Stationshilfe, hätte man denken müssen, daß es sie erschreckt hätte, sich selbst bei einem zufälligen Erwachen mit Lippenstift und Rouge im Gesicht vorzufinden. Aber wir hatten sie bei Nacht gesehen und ihre aufregenden, abenteuerlichen Geschichten gehört, und wir dachten anders. Ganz gewiß wäre niemand entzückter gewesen als sie selbst, daß man sie für die längste aller Nächte so dezent in eine Dirne verwandelt hatte.

— V —

Der Einbruch der Nacht schien wie auf Kommando noch mehr Kreischen und Schreien auszulösen, als schon während des Tages im Park und auf dem Hof zu hören war. Es gab keine Beruhigungsmittel, und ab vier Uhr, wenn die Leute aus dem »schmutzigen« Tagesraum zu Bett gingen, war der Backsteinbau eine einzige Lärmorgie. Und immer konnte man Brendas pedantisch-protestierende Stimme unter den anderen heraushören.

Ich kannte Brenda noch von Station vier. Ich erinnerte mich, daß sie eine der ersten war, die zum Zweck der Veränderung der Persönlichkeit operiert wurde. Ich erinnerte mich, daß Pawlowa ausführliche Gespräche mit ihr führte und ihr erklärte, daß sie wieder lernen müsse, sich an die normale Welt zu gewöhnen, und daß sie mit ihr und den drei oder vier weiteren Lobotomie-Patientinnen Extraspaziergänge unternahm, auf denen sie Blumen und Wolken und gelegentlich auch Leuten Namen gab und versuchte, die Kranken wieder für die Angelegenheiten der Welt zu interessieren, in der Annahme – irgend etwas mußte sogar nach einer Lobotomie angenommen werden –, die Angelegenheiten der Welt seien ihr Interesse wert. Brenda war, so erfuhr ich, ein begabtes Mädchen gewesen, eine Pianistin, die kurz davor gestanden hatte, einen Studienaufenthalt in Europa anzutreten. Und jetzt, fünf Jahre später, war sie auf Station zwei – nach einer zweiten Operation, die man, so schien es, in dem verzweifelten Versuch unternommen hatte, die allzu früh sichtbare und erschreckende Wirkung der ersten zu bessern. Sie erinnerte sich an mich. Ich versuchte, nicht zu weinen, als ich wahrnahm, in welchem Zustand sie sich befand.

Wenn sie ging, bewegte sie ihre Hände und formte kunstvolle Skulpturen aus der widerspenstigen Luft und sie trippelte vorsichtig wie ein Küken und stützte sich gelegentlich ab, indem sie die Hand über die Wände gleiten ließ. Wenn man sie zwang, von einer Seite des Raums zur anderen zu gehen, brach sie in Panik aus und hielt sich an der Wand fest, bis jemand sie beim Genick packte und sie vorwärts trieb. Manchmal, wenn sie allein mitten im Raum stand, geriet sie aus dem Gleichgewicht, lachte vergnügt und nervös zugleich und stieß atemlos hervor: »O du meine Güte, du meine Güte!« und wandte sich dann an ihren Bruder, der ihr immer folgte und den sie förmlich mit Mr. Frederick Barnes anredete. Wenn sie ärgerlich war, verwünschte sie ihn und sagte: »Hauen Sie bloß ab, Mr. Frederick Barnes.«

Mich nannte sie Miss Istina Mavet. Mit einem tiefen Seufzer sagte sie: »Ich beneide Sie, Miss Istina Mavet.« Und dann fuhr sie mit der Hand innen am Bein ihrer gestreiften Hose entlang und holte nach einigen Manipulationen einen Klumpen Kot heraus, wobei sie ausrief: »Sehen Sie, Miss Istina Mavet. Sehen Sie nur. Ich bin schrecklich, nicht wahr? Daran ist Mr. Frederick Barnes schuld.« Ihre Stimme wurde tief und furchterregend, und ihr Gesicht lief purpurrot an. Sie kreischte. Seit ihrer ersten Operation litt sie an Krämpfen; wir sahen sie oft während eines Anfalls am Boden liegen.

Brenda war meistens im »schmutzigen« Tagesraum eingeschlossen, aber Schwester Bridge ließ sie als besondere Vergünstigung in den »sauberen« Tagesraum kommen, damit sie Klavier spielen konnte. Sie schlich herein, die Hand glitt an der Wand entlang, näherte sich dem Klavier und setzte sich, nachdem sie den Klavierstuhl ihrem geheimen persönlichen Rhythmus entsprechend mehrmals hochgeschraubt hatte; sie zuckte vor Vergnügen mit den Achseln und fing gleichsam abwehrend an zu kichern, errötete und starrte das Klavier an, als würde es ihr Komplimente machen. Es glänzte ebenholzschwarz; sie konnte ihr Gesicht darin erkennen, sogar die schattenhafte Andeutung ihres dunklen Schnurrbarts. Sie fuhr fort zu kichern, faltete die Hände und öffnete sie wieder und nahm eine freudige Haltung ein, als hätte ihr das Klavier gute Nachrichten übermittelt; und dann plötzlich fiel ihr Mr. Frederick Barnes ein.

»Scheren Sie sich raus, Mr. Frederick Barnes«, tobte sie, und dann ließ sie ihre Hände rasch in den Schoß sinken, als hätte sie eine unanständige Bewegung gemacht, ohne zu wissen, daß man sie beobachtete. »Scheren Sie sich raus, Mr. Frederick Barnes.«

Und indem sie sich den Frauen zuwandte, die voller Vorfreude darauf warteten, daß sie zu spielen anfing – denn wir mochten es, wenn sie spielte –, entschuldigte sie sich: »Es ist Mr. Frederick Barnes. Ich hasse ihn. Ich hasse ihn. Ho, ho, Mr. Frederick Barnes. Und ich bin natürlich Miss Brenda Barnes von der Nervenklinik Cliffhaven.«

Sie lächelte nachdenklich, brach noch einmal in Gekicher aus und fing dann an, sanft und behutsam, ein paar Takte »Klassisches« zu spielen, wie es die Patientinnen nannten.

Carol unterbrach gewöhnlich. »Das ist klassisch. Spiel die Mondscheinsonate.«

Carol, eine Zwergin, und Big Betty, die über ein Meter achtzig maß, hatten durch eigenen Beschluß das Kommando über den »sauberen« Tagesraum übernommen.

Also paßte Brenda die Musik den Wünschen der blassen, sommersprossigen Carol an, die, wenn sie von ihrer Herkunft sprach, zu sagen pflegte: »Ich bin illitim. Meine Mutter hatte mich, ehe sie heiratete. Sie wollte nicht, daß ich wachse.«

»Spiel doch, Brenda. Spiel ›I'm always chasing Rainbows‹.« (Das war ein Lied nach einer Melodie von Chopin, die Cornel Wilde als Chopin in dem Film *Polonaise* populär gemacht hatte. Zwischen zärtlichen Blicken in Mademoiselle Dupins Augen hatte er noch Zeit gefunden, seine Finger über die Tasten eilen zu lassen und kurze, einschmeichelnde Fassungen seiner angeblich eigenen Kompositionen zu spielen.)

Zunächst spielte Brenda zärtlich, sich jeder Note erinnernd, wenn auch ihr Gefühl für den Rhythmus gelitten zu haben schien. Sie spielte immer weiter und weiter und überhörte nach einer Weile Carols Bitten, »nicht klassisch« zu spielen. Während man ihr zuhörte, überkam einen tiefes Unbehagen, man hatte das Gefühl, sich einer dringenden Verantwortung zu entziehen, kam sich vor wie jemand, der bei Nacht am Ufer eines Flusses entlanggeht und plötzlich im Wasser ein weißes Gesicht oder Gliedmaßen oder einen Arm erblickt und sich rasch abwendet, ohne zu helfen oder nach Hilfe zu rufen. Wir alle erblicken die Gesichter im Wasser. Wir verdrängen unsere Erinnerung daran und hören sogar auf, daran zu glauben, daß sie wirklich sind. Wir werden ruhige, weltläufige Leute; oder aber wir können weder vergessen noch helfen. Und manchmal erblicken wir durch besondere Umstände oder einen Traum oder ein fatales Licht in der Nähe unser eigenes Gesicht.

Mitten im Spiel hörte Brenda, wie von der Unwiderruflichkeit ihrer Lage getroffen, ganz plötzlich auf und fing an zu toben und zu kreischen, mit zerstörerischer Gewalt auf die Tasten zu schlagen, um die Musik zu verscheuchen. Die Musik war wie ein Tier, das von der Wärme und dem Licht eines falschen Frühlings aus seinem Winterschlaf geweckt und dann von der Sonne verlassen, der anhaltenden Verzweiflung des Winters ausgesetzt ist.

Unruhe machte sich im Tagesraum bemerkbar. Einige Patientinnen gingen zum Klavier und klimperten auf den Diskanttasten herum oder ließen den Baß laut dröhnen und schrien Brenda an, sie solle sich zum Teufel scheren.

Carol übernahm wieder das Kommando. »Wir haben genug von dir, Brenda. Wir wollen, daß das Radio eingeschaltet wird. Minnie Cleave soll etwas spielen.«

Brenda wurde in Ungnade entlassen und in den »schmutzigen« Tagesraum zurückgeführt, und man konnte hören, wie Schwester Bridge ihr drohte: »Nie wieder, Brenda. So endet es immer mit dir, immer fängst du an zu schreien und zu toben.«

So saßen wir also im »sauberen« Tagesraum frustriert und unbehaglich herum. Das Schauspiel von Brenda am Klavier gab einem das Gefühl, man habe eine Art Erdbeben miterlebt, das innerhalb von Augenblicken das verlorene Königreich freigelegt und wieder begraben hatte.

Aber Carol schrie: »Minnie Cleave, spiel für uns«, und Minnie blickte auf von ihrem Taschentuch, das sie den ganzen Tag wie eine Landkarte studierte. »Nein, nein«, meinte sie mit zitternder Stimme, gleichzeitig aber fand sie, daß ihr das Spielen wohl Spaß machen würde, und dann kroch die kleine gebeugte Gestalt, früher einmal die Mutter Oberin eines Klosters, mit dem Beutel in der Hand zum Klavier und klimperte, bis man sie zwang, aufzuhören, immer wieder das gleiche:

Die Campbells kommen, hurra, hurra,
die Campbells kommen, hurra.

— VI —

Seit dem Tag, als ich Schwester Bridge dazu verleitet hatte, sich ihrer selbst bewußt zu sein, hatte sie sich mir gegenüber feindlich verhalten, ja angstvoll. Manchmal schien es, als teilten wir ein furchtbares Geheimnis, dann wieder hatte ich die phantastische Vorstellung, wir seien zwei Falken am Himmel, so weit voneinander entfernt wie Ostwind und Westwind, und wir würden beide im gleichen Augenblick auf den gleichen Kadaver hinunterstoßen und anfangen, ihn auszuweiden, und dabei feststellen, daß er aus verwesenden Teilen unserer beider Ichs bestand. Hätte ich Schwester Bridge dieses Hirngespinst mitgeteilt, hätte sie nur höhnisch gelacht. Sie fertigte alles Phantastische mit Verachtung ab, um der Gefahr, die darin lag, zu entrinnen und so Macht über das Unheilvolle zu gewinnen, das sich bewegen und ausbreiten konnte. Sie verströmte Hohn, so wie ein Tintenfisch in ähnlichen Situationen Tintenwolken absondert.

Ich versuchte, ihr Verhalten mir gegenüber zu verstehen. Wenn ich von Panik ergriffen vom Eßtisch aufstand und wegrannte, gab sie einer Schwester die Weisung, mich an den Haaren zurückzuzerren und beschuldigte mich, »Wirbel« zu machen, »um Aufmerksamkeit zu erregen«.

»Es gibt nichts, wovor man Angst haben müßte. Denken Sie mal zur Abwechslung an andere Menschen, Fräulein Neunmalklug.«

Und dachte ich denn nicht an andere Menschen? War es nicht gerade der Gedanke an die Tragik all der Menschen um mich herum, besonders von Brenda, deren Zustand sich verschlimmerte, der mich nachts im Dunkeln, wenn ich in dem kleinen Zimmer lag, die tröstliche Allerweltsformel flüstern ließ, die in allen Katastrophen – bei Schiffbruch, Luftangriffen, Sturmflut und Giftgaswolken – von Nutzen ist: »Gott hilf uns, ach Gott, hilf uns«? Und ich erinnere mich auch, daß ich das Gebet gegen bösen Zauber betete, daß ich mich irgendwie gezwungen fühlte, es Nacht für Nacht herzusagen, seit ich es in der Schule gelernt und eine kleine Messingmedaille erhalten hatte, nicht größer als ein Halfpenny, auf der das Gebet eingeprägt war. Es war eigentlich mehr ein kleines Meisterwerk der Prägekunst als ein religiöses Andenken, und ich bewunderte es, wie man Schiffe in Flaschen bewundert oder die Encyclopaedia Britannica auf Mikrofilm. Dennoch hatte ich mich verpflichtet gefühlt, dieses Gebet immer und immer wieder zu sprechen und ihm Segenswünsche für jeden einzelnen in der Familie und die Hoffnung, daß ich »ein liebes Mädchen« sein würde, folgen zu lassen. Ich wollte auch Segenswünsche für mich sprechen, fühlte aber, daß dies nicht erlaubt sei; besser war es, Süßigkeiten herzugeben und zu warten, bis alle anderen sich bedient hatten, bevor man selbst zugriff. Also beschied ich mich mit der Hoffnung, »ein liebes Mädchen« zu sein. Was also meinten Schwester Bridge und Oberschwester Glass, wenn sie mich aufforderten, »zur Abwechslung mal an andere zu denken«? Und mir kam der beängstigende Gedanke, daß die Oberschwester und Schwester Bridge mich schon mein ganzes Leben lang kannten und mich bereits als Kind bespitzelt hatten.

Sie mußten gesehen haben, wie ich Geld stahl und das Baby in den Arm kniff und das Buch des Doktors oben aus der Garderobe stibitzte. Und sie hatten meinen Gebeten gelauscht und mitgekriegt, daß ich nur für meine Familie und mich selbst betete und nicht daran dachte, auch um Segen für die Nachbarn zu bitten, die uns immer die Abendzeitung liehen, ehe sie selbst sie gelesen hatten, oder für die ärmeren Kinder, deren Väter arbeitslos waren, oder für den Jungen, dessen Bein geschient war, oder für das kleine Mädchen, das so stank und niemals aufgefordert wurde, das Spiel »Mariechen saß weinend im Garten« mitzuspielen, bei dem Mariechen weinend auf einen Spielgefährten wartet und sich einen unter den sauber gekleideten kleinen Mädchen, die da herumhopsen, aussuchen darf?

Nach dem Frühstück (eine Schale Porridge, Brot und Butter oder Toast, Tee), das – ohne Nachschlag – in einer Schicht eingenommen wurde, rief die Schwester: »Zur Toilette, Ladies«, und alle standen Schlange, um sich unter Aufsicht einer Schwester in den türlosen Klos niederzulassen. Zu Beginn meines Aufenthalts auf dieser Station weigerte ich mich, aufs Klo zu gehen, wenn mich jemand beobachtete, aber die Schwester zog mir auf Befehl von Schwester Bridge die Hosen herunter und drückte mich auf den Sitz. »Du brauchst die Disziplin dieser Station«, war die ständige Redewendung von Schwester Bridge. Nachdem wir auf der Toilette waren, hieß es »Schmutziger Tagesraum« oder »Hof« oder »Park«, und diejenigen, die dorthin sollten, wurden herausgeführt, während wir übrigen auf den Befehl »Backstein, Ladies« warteten, woraufhin wir zu dem Backsteingebäude hinübertrotteten, um die Schäden des vorangegangenen Abends in Ordnung zu bringen, Betten neu zu beziehen, den Boden zu schrubben und zu bohnern und die Messinggriffe zu putzen, die immer nur außen an den Türen der Einzelzimmer angebracht waren.

Ich betreute den hinteren Flur und die Einzelzimmer dort. Verschmutzte Matratzen mußten hinausgetragen, ausgeleert, der Bezug in den Wäschekorb geworfen werden; dann wurden frische Bezüge mit frischem Stroh aus dem Matratzenschuppen gefüllt. Die nassen Matratzenbezüge wurden in der Nähe der Heizungsrohre im Schuppen zum Trocknen aufgehängt. Manchmal schlich ich mich hinaus und versteckte mich in dem warmen Matratzenschuppen, wo es stickig nach verdunstendem Urin und menschlichen Exkrementen und nach Stroh roch, wie in einem Stall, und hin und wieder begegnete ich einer der Schwestern, die »mal in Ruhe eine rauchen« wollten, und sie redeten mit mir, obgleich Schwester Bridge den Befehl erlassen hatte, daß niemand vom Personal mit mir reden dürfe.

»Warum haßt sie dich so?« fragten sie, »warum hat sie solche Angst vor dir? Was hast du getan?«

Nach der Arbeit kehrten wir in unseren Tagesraum zurück, wo wir die Zeit mit »Beschäftigungstherapie« verbrachten, die hin und wieder von irren Kreuz- und Querunterhaltungen, unterdrückten Streitereien und flüchtigem Nachdenken unterbrochen wurde. Wir waren froh, wenn die Mittagszeit kam und wir sahen, wie die Leute der ersten Schicht aus dem Park über die Straße in den Speisesaal getrieben wurden. Nur ein- oder zweimal während meines dreijährigen Aufenthalts wurde ich in den »schmutzigen« Tagesraum gesteckt und mußte also mit der ersten Schicht zum Essen gehen. Ja, es gab wie auf Schiffen einen gewissen Snobismus, was das Essen anging, nur fehlten die Auseinandersetzungen darüber, wer am Kapitänstisch essen durfte!

Die einzige Überlebende des Brandes in der alten Abteilung für hartnäckige Fälle war Big Betty, und es ging das Gerücht, sie selbst habe das Feuer, vielleicht sogar absichtlich, mit einem Zigarettenstummel verursacht. Die Anschuldigung drang immer wieder aus ihrem fernen Bewußtsein wie ein Radarsignal vom Mond. Big Betty war grandios und kompromißlos. Sie war über ein Meter achtzig und trug die zwei Beutel mit ihren Schätzen, die alte Zeitschriften und zwei oder drei Paar abgetragener Hausschuhe enthielten, überallhin mit sich. Sie weigerte sich, im Backsteinbau zu arbeiten, und ihre Weigerung wurde akzeptiert. Sie zog es vor, sich im »sauberen« Tagesraum aufzuhalten und dort auf ihrem besonderen Sofa zu liegen wie Madame Récamier, wobei ihre großen Füße wie die Flossen eines Froschmanns in die Luft ragten. Ihre Stimme, die nicht hinter ihrer Körpergröße zurückbleiben wollte, drang wie Donner aus ihr hervor.

»Istina!« bellte sie plötzlich los, so daß ich erschrocken aufsprang.

»Also ein junges Mädchen wie du, jemand wie du, ich kann verstehen, jemand wie ich, aber jemand wie du ...« Sie überlegte einen Augenblick und rieb sich ihre große purpurrote Nase, und dann donnerte sie los: »Was machst du auf dieser Station?« So als hätte man mich eines schweren Verbrechens angeklagt, versuchte ich, auf eine Entschuldigung zu kommen, die ich der Anklägerin Betty anbieten konnte, aber sie hatte ihre eigene Frage schon vergessen und dröhnte: »Istina, geh und sieh mal nach der armen Seele da drüben!«

Und ich schaute also nach der »armen Seele« – es war Minnie Cleave, die ständig ihr Taschentuch unter den übrigen Sachen in ihrem Beutel verlor und in eine derartige Panik geriet, wenn sie es nicht finden konnte, daß sie wimmerte und stöhnte und alles auf den Boden kippte und dann niederkniete und betete. Der ganze Sinn ihres Lebens lag in diesem Taschentuch. So wie ein Kind nach einem langen, verwirrenden Tag am Strand einen Schatz aus Muscheln und glänzenden Steinen – den Sinn dieses Tages – sorgfältig in einem Taschentuch verknotet nach Hause trägt.

Was immer ihr Taschentuch wirklich barg – es war kein Trost für Minnie. Sie war fast immer deprimiert. Manchmal bekam sie Elektroschocks und kehrte dann bleich und betäubt zurück, verlangte nach ihrem Beutel und ihrem Gebiß und war unfähig, sich zu erinnern, wo sie beides gelassen hatte. Big Betty aber wußte es. Big Betty sah alles. Sie blickte auf Minnie herab mit der mitfühlenden Verachtung der Unbesiegbaren für die Hinfälligen.

Ich fürchtete mich vor Betty.

»Istina«, donnerte sie. »Wann gehst du von hier fort? Antworte mir.«

Mit verängstigter Stimme murmelte ich irgend etwas, und dann kam Edith, Mrs. Everetts Schwägerin, die von sich immer in der dritten Person sprach, auf mich zu, nahm mich bei der Hand und wandte sich – indem sie versuchte, finster dreinzuschauen, dabei aber nur komisch aussah, denn sie war eine schüchterne kleine Person – mit piepsender Stimme an Big Betty: »Nu jag ihr doch keine Angst ein. Also Edith wird sich um dich kümmern, Istina. Nu hab mal keine Angst. Du kennst doch Edith, Mrs. Everetts Schwägerin, die ihr kleines Mädchen ertränkt hat, ja das hat sie.«

»Ach, hör auf, Edith Everett«, schrie Carol, »laß uns Radio hören, ›Wenn ich mit meiner Liebsten‹.«

Carol hatte die Aufsicht über das Radio. Sie war seit ihrem zwölften Lebensjahr in der Klinik, war jetzt einundzwanzig und hatte den Körper einer Zehnjährigen und ein blasses, gealtertes Gesicht mit dunklen Ringen unter den Augen. Sie sprach ständig davon, »rauszukommen aus dieser miesen Bude« und zu heiraten; sie und der Schweineknecht mit dem bindfadenfarbenen Haar tauschten Liebesgrüße durchs Fenster. Sie arbeitete am härtesten im Backsteingebäude und folgte Schwester Bridge immer wie ein kleiner Hund auf den Fersen, um irgend etwas für sie zu tun, Botschaften zu überbringen und Körbe zu tragen, besonders die leeren Körbe aus dem Verkaufskiosk.

Von der Sozialversicherung bekam jeder Patient wöchentlich vier Shilling Taschengeld. Für die Frauen, die in zu schlechter Verfassung waren, um ihr Geld selbst auszugeben, kaufte Schwester Bridge Kuchen und Süßigkeiten und sorgte dafür, daß sie gerecht verteilt wurden – ohne all die demütigenden Bonbonschlachten, die in Lawn Lodge üblich waren. Alle, denen es gut genug ging, um den Weg zum Verkaufsstand zurückzulegen, sahen mit steigender Erregung dem Freitagnachmittag entgegen. Vier Shilling! Was würden wir uns davon kaufen? Nur wenige der Patientinnen hatten Besucher, und da auch ich selten Besuch bekam, verwandte ich einen Teil meiner vier Shilling auf Eßbares. Es gab Zahnpasta zu kaufen, Seife – für solche, die von der Stationsseife genug hatten –, Süßigkeiten, Kekse und Make-up, Lippenstifte und Puder und Überraschungen wie Papierblumen, die sich im Wasser entfalten und aufblühen, und Halsketten und Ringe ...

Freitags um zwei Uhr nachmittags erschien Schwester Bridge mit dem leeren Wäschekorb im Eingang zum Tagesraum, und Carol schoß ihr entgegen, um ihr zu helfen.

»Also gut!« rief Schwester Bridge. »Verkaufsstand, Ladies!« So stolperten wir dann vorwärts, vorbei an der Wache, der Wäscherei und der großen Küche, vorbei an der Schusterwerkstatt, wo ein ältlicher Patient mit langen braunen Haaren, die ihm über die Schulter fielen, die Stationsschuhe reparierte, vorbei an der Tischlerwerkstatt mit ihren sirrenden Maschinen und dem von Hobelspänen übersäten Fußboden, hin zum Verkaufsstand. Der wunderbare Glanz all der aufgestapelten Waren erfüllte uns mit Ehrfurcht, was durchaus natürlich war, wenn man bedenkt, daß viele von uns seit zwanzig, dreißig oder mehr Jahren nicht mehr in einem richtigen Laden gewesen waren. Der Verkaufskiosk des Krankenhauses würde für den Rest ihres Lebens das sein, was den Erregungen eines farbenprächtigen Ladengeschäfts mit seinen Schachteln und Paketen verschiedener Formen und Größen und all dem Glanz und Glitter der Waren am nächsten kam.

Manchmal schien der Besitzer des Kiosks, dem ein Patient half (dieser Patient hatte die unrentable, aber bewundernswerte Gewohnheit, Süßigkeiten stets überreichlich zu bemessen), Sehnsucht nach dem Geschäftsgebaren »in der großen Welt« zu empfinden und stellte ein »Sonderangebot« direkt vor der Kasse aus – einen billigen Kugelschreiber, einen glänzenden Armreifen oder eine glitzernde Halskette, eine Anstecknadel, bei Cocktailpartys zu tragen, oder eine Krawattennadel für den Abendanzug der Männer; und Schwester Bridge stand dann, nachdem sie das Nötige für die Station eingekauft hatte, im Hintergrund und beobachtete und versuchte, den Überschwang der Patientinnen zu dämpfen, denen es nur schwer gelang, einem verführerischen, aber sinnlosen Kaufangebot zu widerstehen.

»Denken Sie daran, daß Sie kein Geld mehr für irgend etwas anderes haben werden.«

All dieser Glanz ließ mein Herz schneller schlagen und verwirrte mir den Kopf, und jeder Gedanke an das, was ich vorgehabt hatte zu kaufen, verschwand daraus; und wenn Schwester Bridge mich dann drängte, zögerte ich und sagte: »Ich will noch etwas warten und nachdenken«, worauf die prompte Antwort war: »Natürlich, wir haben ja den ganzen Tag Zeit, damit Sie wählen können, nicht wahr? Lassen Sie sich's gesagt sein, junge Dame, ich will rechtzeitig zum Tee zurück sein.«

Eines Tages kaufte Carol, die mehr als üblich vom Heiraten geredet hatte, einen Ring mit einem funkelnden Stein; sie behauptete, es sei ein »echter Zephyr« und zog ihn sorgfältig auf ihren »Lobungsfinger«.

»Ich bin jetzt gelobt«, verkündete sie. »Ich werde bald heiraten.«

Niemand widersprach ihr. Wenn man lang genug in einer Klinik war, verliert man allmählich das in der »Welt« als so selbstverständlich geltende Bedürfnis, gewisse Äußerungen in Zweifel zu ziehen; es erscheint sinnlos, ja, anmaßend, in den Schrei »Das ist nicht wahr!« auszubrechen, wenn einem klar wird, daß Wahrheit die unzerstörbare Grundlage von allem ist und jedenfalls nicht verteidigt zu werden braucht.

Carols Ring kostete drei Shilling und Sixpence, und mit den verbliebenen Sixpence kaufte sie Zierbonbons in Form von pastellfarbenen und parfümierten Herzen, die mit zärtlichen Sprüchen versehen waren; und Carol bat Hilary, sie ihr vorzulesen, denn sie hatte nie lesen und schreiben gelernt und brauchte sogar bei ihren Liebesbriefen an den Schweineknecht Hilfe. Auf den Herzen stand: »Ich liebe dich«, »Liebe mich«, »Goldschatz«, »Verrückter Kerl«, »Tip-Top« und »Willst du mich heiraten?«. Auf dem letzten waren die Buchstaben ziemlich klein und dicht zusammengedrängt, damit sie noch hinpaßten. Carol konnte an diesem Tag nichts mehr verdrießen, denn es hatte drei freudige Ereignisse hintereinander gegeben, und wäre sie imstande gewesen, Gedichte zu schreiben, hätte sie sie vielleicht in der Art des folgenden Gedichts gefeiert.

Ein Regenbogen und ein Kuckucksruf
treffen sich nie mehr,
nie mehr, ich und du,
bis zur Grabesruh.

Zuerst der »Lobungsring« mit einem »echten Zephyr«, der bedeutete, daß sie »praktisch verheiratet war«; dann die Tüte mit den Zierbonbons, die sie dem Schweineburschen durchs Fenster reichen oder vielleicht auch für einen »Hübschen« zum Tanz alle zwei Wochen im großen Saal aufheben konnte. Und zu guter Letzt kam am gleichen Abend Carols Lieblingssong im Radio, den sie mit tonloser Stimme mitsang; ab und zu fielen ihr ein paar Worte ein.

»Verzaubert ist die Nacht, wenn Freunde sich finden...«

Ich kaufte mir im Kiosk Süßigkeiten, die ich aber nicht allein für mich essen mochte und den anderen anbot. Sofort bekam ich einen Verweis von Big Betty: »Istina, iß sie selbst.«

Süßigkeiten und einen Schreibblock und einen

neuen Bleistift – und schon setzte ich mich hin, entschlossen, einen Brief zu schreiben.

Station zwei, Cliffhaven Nervenklinik, wollte ich oben über die Seite schreiben; dann aber, überwältigt von der Vergeblichkeit meines Tuns und auch, weil ich niemanden hatte, dem ich es hätte sagen können, klappte ich meinen Block wieder zu und steckte ihn in den Kunstlederbeutel, in dem ich meine Kostbarkeiten aufbewahrte – den Shakespeare, der ungelesen täglich schäbiger wurde, die *Sonette an Orpheus* in Deutsch und Englisch.

»Wolle die Wandlung«, las ich.

Nicht nur Rilke riet dazu. Die Ärzte hatten ihre Konsultationen, und Schwester Bridge machte Andeutungen, daß es unmöglich sei für mich, weiterzuleben als die, die ich war, daß ich verwandelt werden müsse.

Was sich ins Bleiben verschließt, schon *ist's* das
Erstarrte;
wähnt es sich sicher im Schutz des unscheinbaren
Grau's?

hätten sie mir zuflüstern können, aber für sie gab es nur einen Weg: den geschorenen Kopf und die Augen, die groß und dunkel der Dunkelheit begegneten.

»Wolle die Wandlung; o sei für die Flamme begeistert« – aber in zu vielen Fällen war die Flamme der eisige Hieb der Lobotomie.

— VII —

Jeden Monat besuchte uns eine Gruppe von Frauen, die wir die »Ladies« nannten. Die meisten waren in mittleren Jahren und trugen Filzhüte, solides Schuhwerk und große, einheitlich braune Handtaschen, deren Schnörkelverschluß aus mattem Messing sich – wie ein Wasserhahn – mit einer kräftigen Drehung öffnen ließ. Die Ladies rochen wie Schullehrerinnen im Ruhestand, eine Mischung aus Verlorenheit und Zuwendung, mit Pfeilen versehenen Graphiken und Sternchen, die auf Anmerkungen am Fuß der Seite verwiesen, die aber irgend jemand gelöscht hatte. Sie waren schüchtern und hielten sich wie eine Herde dicht beieinander, während sie ihre Runde durch den Tagesraum machten, und ehe sie mit jeder einzelnen von uns redeten, blickten sie scheu, heimlich und verlegen um sich. Sie wußten nicht recht, wie sie mit uns sprechen oder was sie sagen sollten; sie hatten gehört, daß man beständig lächeln müsse, also lächelten sie.

Wir spürten unsere Macht über sie und einige von uns verachteten sie gnadenlos, denn sie schienen außerstande, zu einem Schluß zu kommen, ob wir taub oder stumm oder geistig behindert oder alles drei zusammen waren, so daß sie, wenn sie sprachen, die Stimme erhoben, ihre Lippen mit besonderer Sorgfalt bewegten und sich auf äußerst schlichte Weise ausdrückten, damit wir sie verstanden. Manchmal gestikulierten sie, als ob wir Ausländer wären und sie als Besucher in unserem Land den Versuch unternehmen mußten, unsere Sprache zu sprechen. Sie wünschten es sich so sehr, mit uns vertraut, von uns angenommen zu werden, dazusitzen und freundschaftlich und gemütlich mit uns zu plaudern. Sie waren geradezu rührend auf Lächeln und freundliche Willkommensrufe aus. Es war nicht schwer sich vorzustellen, wie sie, sich an ihre Handtaschen klammernd, den ganzen Tag in der Nähstube der Klinik saßen oder im Park oder in den Höfen herumgingen; manchmal schien es fast, als gäbe es zwischen ihnen und uns eine gewisse Verwandtschaft.

»Hallo«, riefen sie voller Herzlichkeit, was ihre dunklen Ängste allerdings nicht verbergen konnte. »Möchten Sie etwas Süßes?« Und sie förderten eine große Tüte mit Bonbons zutage, hielten sie einem offen und vertrauensvoll entgegen und sahen dann erschrocken, etwas zittrig und immer mit dem unerläßlichen Lächeln zu, wie ihnen die ganze Tüte weggeschnappt wurde.

Eine seltene Belohnung für ihre Besuche erhielten sie, als sie sich Carol zuwandten. Wir übrigen verhielten uns mißtrauisch und feindselig – obgleich wir nach den Süßigkeiten gierten –, weil die Ladies zu häufig das Falsche sagten und zu viele Fragen stellten, auf die es keine Antworten gab, und weil sie immer wieder versuchten, Patientinnen, die seit zwanzig oder dreißig Jahren in der Klinik waren, mit Sätzen zu trösten wie: »Sie werden schon sehen, bald sind Sie wieder zu Hause.« Carol hingegen sprach rückhaltlos und ohne Mißtrauen mit ihnen, berichtete vom Stationsleben und vertraute ihnen ihre sehnlichsten Wünsche an: daß sie schon bald heiraten und dann »verdammt noch mal aus diesem Müllabladeplatz herauskommen« werde. Und sie zeigte ihnen auch ihren »Lobungsring«.

»Es ist ein Zephyr«, sagte sie stolz. »Wer einen Lobungsring hat, der heiratet.«

Die Ladies reagierten auf Carol wie ein Zoologe,

wenn er zum erstenmal einer Spezies begegnet, die mit allen Klischeevorstellungen von ihr übereinstimmt. Carol war die perfekte Geisteskranke. Seit Jahren machten die immer gleichen Ladies nun schon die ermüdende Reise in verrauchten, langsamen Zügen Richtung Norden nach Cliffhaven und kamen mit beunruhigenden Erinnerungen zurück: Sie hatten versucht, Menschen aufzuheitern, die nicht aufzuheitern waren. Mit überschwenglichem Eifer redeten sie nun auf Carol ein und lächelten und heiterten sie auf.

»Ja, ich würde gern zu Ihrer Hochzeit kommen.« »Ein wirklich hübscher Ring, Carol.« »Natürlich werden Sie lange vor Ihrer Hochzeit hier heraussein.« Mit glühenden Wangen und vom Erfolg (und der Anstrengung) ihres Besuches funkelnden Augen eilten sie dann zur Tür des Tagesraums, indem sie Carol ein dankbares Auf Wiedersehen zuriefen und uns allen das Versprechen gaben, im nächsten Monat mit noch mehr Süßigkeiten wiederzukommen, wenn wir artig wären und uns ruhig verhielten. Auf ihren Gesichtern lag ein Hauch von Panik, wenn sie darauf warteten, von der Schwester hinausgelassen zu werden, denn es ist unangenehm, eingesperrt zu sein und keinen eigenen Schlüssel zu haben. Und es geschehen ja manchmal merkwürdige Dinge in Nervenkliniken, unerklärliche Dinge, die nie in die Zeitungen kommen!

Ein erfahrenerer Besucher, der auch einmal im Monat zu uns kam, war ein Mann von der »Patienten- und Gefangenenbetreuung«, den wir den »Ein-Bonbon-Mann« nannten, weil er unsere stürmische Art und unsere Gier kannte und uns niemals die ganze Tüte hinhielt, sondern sorgsam ein einziges Bonbon herauszog, es bei seinem Papierschwänzchen in die Höhe hielt wie ein Angler seine Beute und uns ruhig und so »locker«, als wollte er über Sex reden, fragte: »Wollt ihr eins?«

Obgleich wir uns über seinen Geiz und seine listige Art lustig machten, nahmen wir seine Gaben doch immer an. Er war ein hochgewachsener, dünner, müde aussehender Mann mit einer schäbigen Aktentasche; man hätte ihn für einen Landvermesser oder Finanzbeamten halten können oder auch für einen schuldbewußten Schuldeneintreiber. Wir erfuhren nie, was er in seiner Aktentasche mit sich herumtrug, denn die Tüten mit den Bonbons waren immer in seinen Manteltaschen versteckt. Bei ihm gab es keine Seelenergüsse wie bei den Ladies; er stellte uns keine Fragen und versuchte auch nicht, uns in eine Unterhaltung zu verwickeln. Abgesehen davon, daß er uns Bonbons anbot, schien er uns kaum wahrzunehmen, und er leerte seine Tüten wie in einem Ritual, bei dem er und seine Süßigkeiten das eigentlich Wichtige und wir bloß zufällig dawaren. Ein Geheimnis umgab diese Bonbonspende; er war wie einer von den Leuten, die im Schutz der Dunkelheit kilometerweit fahren, um ihren privaten Abfall auf abgelegenen Müllhalden abzuladen. Er war ernst und ganz von etwas in Anspruch genommen.

Und er blieb – zu unserem großen Bedauern – konsequent der Ein-Bonbon-Mann. Gerüchteweise hörte man, daß er die Süßigkeiten für die ganze Klinik aus eigener Tasche bezahlte. Er besuchte auch die Gefängnisse. Aber noch als ich in der Klinik war, zog er sich von der »Patienten- und Gefangenenbetreuung« zurück und ging nach Norden, an die Ostküste, wo die Palmen wachsen, und das aus neunundvierzig Teilen bestehende Eßgeschirr, das man ihm geschenkt hatte, nahm er mit. Und vielleicht seine Aktentasche? Und – vielleicht – eine Tüte mit Bonbons für die Reise?

Und jedes Jahr zu Weihnachten, statt wie früher einmal im Monat, kam nun der neue Sekretär uns besuchen, um die Ein-Bonbon-Tradition fortzuführen. Seine Süßigkeiten waren prächtiger, dicker, üppiger; aber er war kein Mann, der einen Lebenstraum hatte.

— VIII —

Station zwei stand fast einen Meter über dem Boden auf Pfählen aus Holz und Stein – wie ein Bootshaus, das man außer Reichweite von Ebbe und Flut halten muß. Immer spürte ich, wie der Boden sich wellenförmig bewegte, das Haus schien eher ein Schiff zu sein, das sich aus seiner Vertäuung gerissen hatte und nun auf die offene See hinaustrieb. An dem Tag, als ich endlich glaubte, was man mir in den letzten Jahren immer wieder gesagt hatte – daß ich nämlich den Rest meines Lebens in der Klinik zubringen würde –, schien sich der Fußboden des Aufenthaltsraums in Schichten aus scharfzackigem Schiefer zu verwandeln, der durch die dicken Anstaltssocken in meine Füße schnitt. Bald waren sie durchtränkt von Blut, es sickerte auf die Schieferplatten durch und floß flink unter der Tür hindurch, und obendrauf schwammen die Gold- und Silbersterne, die man für gutes Benehmen bekam. Ich fand es mühsam, auf dem scharfen Schiefer zu gehen; als ich durch die Ritzen spähte, stellte ich fest, daß das Gebäude immer noch sicher auf seinem Fundament stand, das von Entenmuscheln ganz verkrustet und von den Strängen eines rostroten gummiartigen Seetangs umwunden war; die See rauschte heran und klatschte dagegen, und der scharfe Salzgeruch drang durch die Schieferplatten in den Aufenthaltsraum.

Niemand bemerkte es. Ich war verwirrt, aber niemand bemerkte es. Die Haie haben eine Nase für Blut, dachte ich, und sehr bald werden die Lebensretter mit ihrem goldenen Banner herbeieilen, um mich zu retten – aber würden sie es auch wirklich tun?

Die wirbligen Sternchen tanzen jetzt über Rabbit Island; der Glitzerschmuck ist hinter Glas ausgelegt, zu einem Preis, der unerschwinglich ist für mich.

Und ich wollte allein sein; weg von den lärmenden, kreischenden Leuten und dem traurigen Spektakel ihres Benehmens und ihrer immer mehr verschwimmenden und schließlich verschwindenden Identität. Zuletzt waren die Insassen des »schmutzigen« Tagesraums nur noch Spitznamen, so wie die Leute von Lawn Lodge. Da war Tilly, die sich immer geduckt bewegte, die niemals ein Wort sagte, voller Gier aß; ihre Augen flackerten von einem geheimen Feuer, und ihre Nase bog sich zum Kinn, was ihr das Aussehen einer Hexe gab. Wo war die Tilly von früher, Ehefrau und Mutter von drei Kindern? Wie können Menschen spurlos verschwinden und doch leibhaftig vor einem stehen? Und es konnte einen schon erschrecken, wenn man erfuhr, daß Lorna eine gebildete, intelligente Frau gewesen war. Welche nicht mehr fortzuräumenden Krankheitstrümmer waren da vom Himmel gefallen, um eine normale menschliche Landschaft zu verschütten und sie in diesen unaufhörlichen Winter zu verwandeln? Was für ein grausamer Schnee, der nicht schmelzen wollte und keine Ideen knospen ließ und verhinderte, daß trotz des von weit hergeholten Feuerholzes menschlicher Kontakt entstand? Und wo waren die Schneepflüge, die versuchten, einen Weg durch die begrabene Landschaft zu schaufeln?

O du freie, kitschige Klischee-Sonne, rotflanellene Erwärmerin der zugefrorenen Orte und der Knospen in ihrem Blütenbett, ich weiß, daß alle darum kämpfen, einen kleinen Teil von dir zu ergattern, komm endlich herunter durch den Schnee.

Manchmal entdeckte man einen menschlichen Ausdruck auf dem Gesicht von Lorna und Tilly und den anderen; aber er ließ sich nicht festhalten; man fühlte sich wie ein Angler, der sieht, wie ein Regenbogenfisch die Wasseroberfläche kräuselt, und weiß, daß er mit Sicherheit sterben wird, wenn er hier im fauligen Wasser bleibt. Wie kann man ihn fangen, ohne ihn zu verletzen? Aber die leichte Bewegung von Menschlichkeit an der Oberfläche kann die Form des Protests annehmen, der Depression, der Erheiterung oder der Gewalt; es ist leichter, den schönen Fisch mit Strom zu betäuben, als ihn mit Vorsicht zu behandeln und ihn in ein Becken zu bringen, wo er überleben kann. Und manchmal sitzt man viele Stunden und Jahre in so einem sicheren Boot mitten im stillen Teich und angelt nach etwas menschlicher Identität, und dann versucht man, nicht in Panik zu geraten, wenn die langersehnte Welle das Boot fast kentern läßt.

Ich lief davon.

Die Sonne schien warm durch den Filter der hohen Wolke, die anschwoll und sich teilte, sich Schicht um Schicht ablöste wie Rohbaumwolle auf den blauen Trockenbrettern, und ich lag auf dem Rasen im Park, starrte zum Himmel hinauf und versperrte meine Ohren gegen das Geschrei ringsum und meine Augen gegen die verwitterten und vertierten Menschen. Es gab viel Platz im Park. Die Patienten gingen oder liefen immer im Kreis auf einem Trampelpfad innerhalb des hohen Zauns, es war ihr Klinik-Stadion; oder sie lagen, so wie ich jetzt, ganz still auf dem verbrannten Gras. Von der Kuppe des leicht abfallenden Parks konnte man auf das Meer hinunterblicken. Es wehte ein frischer, klarer Wind. Ich glaube, es war ein Frühlingstag.

Ich bin so sehr von der Sonne abhängig; ich denke an die Sonnenblumen mit ihren ebenholzschwarzen Mitten und ihrer versengten, zerfetzten Krone und wie sie die Köpfe der Sonne entgegendrehen. Ich glaube, daß es der Entzug des Sonneneinflusses war, der uns alle verrückt gemacht hat; die Sonne, die uns vor Jahren den unwirklichen Schatten vom Gehirn geschabt hat, ist festgefahren. So mache ich mir immer ein Stück Boden zurecht und pflanze Sonnenblumen, und ihre Schatten bewegen sich sanft auf dem Schnee, und ich hebe Stücke langweiliger Steine auf, die einmal Gedanken waren und aus der Reibung mit dem Feuer in überstürzter Flucht wie Sternschnuppen über den Himmel schossen.

Ich lag im Park und berührte die kurzen Halme des Roggens und die Quecke und beobachtete, wie die Käfer und die leichtgläubigen Marienkäfer, denen man mitteilen mußte, daß ihr Haus brannte und ihre Kinder ganz allein waren, in diesem verbrannten Wald hinein- und herausschlüpften; und die blinden blauen und rosa Würmer, die feucht aus der Tiefe der Erde kamen. In der Ecke neben mir schaukelte Totty, die Hand zwischen ihre Schenkel gepreßt, glücklich auf und ab; mit einemmal fing sie an, lauthals zu kreischen: »Laß das, Totty, Totty, Totty«, und dann brach mit einem Schauder ein Stöhnen aus ihr heraus, und sie zog die Hand hervor, die voller Blut war, denn sie menstruierte und ließ sich nicht dazu bringen, eine Binde zu tragen; oder Hosen oder Schuhe; und manchmal riß sie sich die Kleider vom Leibe. Totty war fünfzehn.

Es gab keinen Platz, wo ich hingehen konnte, um das Unglück um mich herum loszuwerden. Manchmal zog ich in meiner Vorstellung den Menschen ganz gewöhnliche Kleider an, rieb die schrecklichen

Klinikflecken von ihrer Haut ab, setzte ihnen Zähne in den zahnlosen Mund, tat etwas Make-up auf ihre Gesichter, gab ihnen Taschen und Handschuhe und dachte dabei ganz naiv, daß ich sie wirklich in ganz gewöhnliche Menschen verwandelt hätte, Menschen, die man auf der Straße trifft, mit denen man sich unterhält und bei denen man nur den Hauch der Verzweiflung spürt, der bei jedem Versuch menschlicher Verständigung entsteht. Aber ich konnte nicht annehmen, auch die Gedanken und Gefühle meiner Mitpatientinnen verändern zu können, da sie nur ihnen selbst bekannt waren. Was geschah in ihren Köpfen? Auch wenn ich davon geträumt haben mochte, die Flecken von ihrer Haut abzuwaschen und ihnen Zähne in den zahnlosen Mund einzusetzen – was ich ihnen am Ende als Ersatz für ihre geheimen Gedanken und Gefühle hätte einsetzen können, die sogenannten gewöhnlichen, normalen Gedanken, wäre für die Wahrheit von geringerem Wert gewesen als die einsamen, in sich abgeschlossenen Welten, die sie sich selbst erschaffen hatten. Ihr Geist war wie ein Planet an ihrem eigenen, privaten Himmel, und ihr Verhalten gab wenig Auskunft über ihre wirklichen Tage und Nächte und den Sog ihrer geheimen Gezeiten; über ihre galaktischen Zusammenstöße Stürme Fluten Dürre und Jahreszeiten der Kraft.

Die Wolken jagten in großer Höhe im warmen Frühlingswind dahin. Ich zog meine Strickjacke aus und kroch zu jenem Teil des Zauns, der durch die Schutzhütte verdeckt war – einem verwahrlosten Ort mit khakibraunen Haufen in den Ecken, wo die Leute ihre Notdurft verrichtet hatten wie Hunde – dann zog ich mich am Zaun in die Höhe, kletterte rasch hinüber und ließ mich, mit wildem

Herzklopfen und atemlos, in die Büsche fallen, die man außerhalb des Parks gepflanzt hatte, um den Unrat, Schuhe Brotkrusten Exkremente Stoffetzen, zu verdecken und die traurige Szene vor den lauernden Blicken vorübergehender Fremder, Besucher oder Patienten aus der Rekonvaleszenten-Station, zu schützen, die manchmal das Verlangen spürten, zu sehen, »was die Patienten im Park so machen«.

Ich weiß es. Ich hatte diese krankhafte Neugier an mir selbst erfahren. Ich hatte einmal hindurchgeschaut und die Männer gesehen, die da unrasiert in der zerlumpten Kleidung der Asozialen herumschlichen, und ich konnte ihre Hoffnungslosigkeit nicht vergessen; sie schien noch tiefer zu gehen als bei den Frauen, denn die männliche Kraft und ihr Stolz waren dahin, und einige Männer weinten, und in unserer Zivilisation darf offenbar nur ein endgültiger, fürchterlicher Kummer einen Mann zu Tränen rühren.

Ich kroch aus dem Gebüsch und ging langsam den Weg an den Wirtschaftsgebäuden entlang, wo die Angestellten wohnten, weiter und weiter an der großen Küche vorbei und an der Leichenhalle und der Uhr und dem Kiosk. Ich zitterte und war den Tränen nahe. Ich traf Eric, meinen ständigen Partner bei Tanzabenden, und begrüßte ihn mit den Worten: »Ein so schöner Tag. Ich hab' Glück, daß ich Ausgang habe.«

Ich hoffte, er werde meine Pantoffeln nicht bemerken, denn er war ein zuverlässiger Patient, der wie die anderen der Überzeugung war, daß ich mich »zu meinem eigenen Besten« in der Klinik aufhielt. Und wenn er Verdacht schöpfte, würde er mich anzeigen.

Die Luft war gelb vom Blütenstaub der Weidenkätzchen und voll vom süßen Duft des Weißdorns, als ich das Klinikgelände verließ, am Eingangstor vorbei und an der Viehkoppel und dem Haus des Arztes. Jetzt konnte ich aufatmen und ging langsam an der Dorfschule vorbei, am Spielplatz mit seinem rissigen und buckligen Asphalt und den Büscheln hellgrünen Unkrauts, das die großen Jungen jeden Freitagnachmittag mit der schuleigenen Hacke wegschnitten. Ein kleiner Junge schlenderte vom Hauptgebäude zu den Toiletten, blieb stehen, scharrte am Boden, stampfte auf und untersuchte das ihm vertraute Gelände – jedenfalls holte er soviel wie möglich aus diesem einsamen Ausflug heraus, den er durch die uralte erpresserische Frage: »Herr Lehrer, darf ich bitte austreten?« erbeutet hatte. Die anderen Kinder waren im Klassenzimmer und sangen »Kommt, ihr Mädchen« und »Wie die Flut, die an der Küste kummervoll«, eine Elegie, die an einem Frühlingstag Sehnsucht nach dem wilden Busch und der Küste und nach ungebrochenem Schweigen auslöste. Ich ging und ging und kam an die Bahnstation. Wohin konnte ich fahren? Ich ging auf den Stationsvorsteher zu: »Darf ich bitte Ihr Telefon benutzen?«

Er warf einen neugierigen Blick auf mich. »Gewiß.«

Ich rief Station zwei in der Klinik an und fragte nach Schwester Bridge, und sie schnappte vor Verblüffung nach Luft, als ich sagte: »Hier ist Istina Mavet.« War ich nur geflohen, um mich bei Schwester Bridge zu melden in der Hoffnung, daß sie aus der Entfernung, wenn sie mich nicht sah, sich nicht länger genötigt fühlen würde, auf mir herumzuhakken wie auf einer kranken Henne, und sich vielleicht klar darüber würde, daß ich diese ständige »Lektion«, die sie zusammen mit Oberschwester Glass für mich ausgeheckt hatte, nicht brauchte, daß ich nicht durch Operationen »umgewandelt« zu werden brauchte, daß ich nicht mit einem Etikett geboren worden war, auf dem stand, daß »der Hersteller beanstandete Ware ersetzt«?

»Hier ist Istina Mavet«, wiederholte ich trotzig am Telefon.

Und dann bekam ich Angst, denn sie würden kommen und mich holen, und ich würde vielleicht mit Einschluß bestraft werden.

»Von wo aus sprechen Sie?«

»Sie stecken mich nicht in ein Einzelzimmer, wenn Sie mich kriegen?«

»Ich laß mich auf keinen Handel ein. Von wo aus sprechen Sie?«

Ich sagte es ihr. Sie legte ungeduldig auf, und noch fast ehe ich selbst den Hörer auflegen konnte, fuhr ein schwarzes Dienstauto mit Schwester Bridge vor dem Bahnhof vor. Sie stieg aus und sagte dem Fahrer, er solle wieder zur Klinik fahren, sie würde mit mir zu Fuß zurückgehen. »Und bitte keine Albernheiten, Lady.«

»Los, los, Sie Schlampe«, drängte sie.

»Sie werden mich doch nicht in ein Zimmer sperren?«

»Ich laß mich auf keinen Handel ein.«

Ich ging neben ihr her. Die Hitze bekam ihr offenbar nicht und die Eile, und ihre Wangen zeigten rote Flecken, und wo der Uniformkragen vorn geschlossen war, zeigten sich Schweißtröpfchen. Etwas tiefer wölbten sich ihre schweren Brüste wie Kürbisse in einem Netz. Ihr Hals war wie fleischfarbener Sand vom Salzwasser rot gestreift. Ich spürte sie neben mir, spürte ihr Unbehagen, und ich haßte sie, ich haßte sie, aber ich wollte ihre Fleischberge mit den

Fäusten traktieren, so wie der Mann in der Küche von Treecroft den blubbernden Eintopf traktiert hatte, und ich wollte, daß sie redete, wollte, daß ihre Stimme befreit wäre von allem Sarkasmus und aller Bitterkeit und Befangenheit und Angst, die stets mitschwangen, wenn sie mit mir sprach.

Wer war sie? War sie meine Mutter? Ich wollte sie schlagen und weinend auf ihren Schoß kriechen und um Verzeihung bitten. Wir gingen schweigend weiter. Vor dem Dorfladen blieb sie stehen, und ich folgte ihr in den staubigen Raum mit seinem gemischten Angebot von Mops Eimern Seife und Nahrungsmitteln, und der Mann hinter der Theke, der Schwester Bridge kannte und wohl erriet, daß ich eine Patientin war, setzte diese ganz besondere Miene auf, die Menschen aufsetzen, wenn sie sich »Geisteskranken« gegenübersehen; ein wachsamer, angstvoller Ausdruck, den sie hinter übertriebener Nettigkeit zu verstecken versuchen.

»Hallo, hallo, hallo«, wiederholte er dreimal und strahlte.

Mit ihrer ungezwungenen, lässigen Außer-Dienst-Stimme, die ich nur selten gehört hatte, verlangte Schwester Bridge zweimal Eis, reichte mir eins, sammelte das Wechselgeld ein und schob mich aus dem Laden hinaus.

An unserem Eis leckend, setzten wir den Weg zur Klinik fort.

»Sie müssen nicht glauben«, sagte sie warnend, »daß Sie jetzt straffrei ausgehen, nur weil ich Ihnen ein Eis spendiert habe.«

»Sie werden mich doch nicht in ein Zimmer sperren?«

»Wir werden sehen.«

Plötzlich machte sie eine Bewegung mit dem Arm

in Richtung eines kleinen Hauses, das mit der Rückseite zum Bahnübergang in einem verwilderten Garten stand.

»Da wohne ich«, sagte sie mit tonloser Stimme.

»Und ist das Ihr Wagen?«

»Ja, das ist unser Wagen. Können Sie fahren?«

»Ich hab' es nie lernen können.«

»Man möchte fahren können. Zuerst hatte ich Angst, wirklich Angst – Sie brauchen nicht zu denken, daß Sie ohne Strafen davonkommen, Lady.«

»Sie werden mich nicht in ein Zimmer sperren?«

»Wir werden sehen. Und was gibt's da an meinem Haus, daß Sie es so anstarrren?«

Das Haus gab mir ein Gefühl von Verlassenheit. Es erinnerte mich an das erste Haus, in dem ich gewohnt hatte, es lag in der Einöde einer Kleinstadt mit einer einzigen Straße. Das Wasser mußte aus dem Brunnen geholt werden, und im Toilettenhäuschen gab es schwarze Käfer und Läuse, aber dafür lauerte dort keine Gefahr auf dem Grund des Porzellangletschers und man wurde nicht, wenn man an der Kette zog, von der Flut fast hinweggespült. Nein, es war ein bequemes Toilettenhaus, in dem sich die Scheiße häufte, bis sie nachts abgeholt wurde; und in der Mitte der Decke flammte nicht mit erschreckender Plötzlichkeit das elektrische Licht auf, sondern es brannten Petroleumlampen mit schmutzigen Dochten, die sanfte blaue Schatten warfen.

Und ich saß mein ganzes Leben lang in einem Verschlag mit Benzinkanistern unter dem Walnußbaum vor Schwester Bridges Haus, neben mir die Kuh Beauty, die mir ihren grüngelben, nach wiedergekäutem Gras riechenden Atem ins Gesicht blies. Ihre Zähne waren abgenutzt wie viereckige, abgesessene weiße Hocker; ein Wassertropfen lief wie eine

Träne aus dem Winkel ihres einen Auges über ihr goldenes Gesicht. Manchmal öffnete sich ihr Hintern wie ein zusammengezogener Mund, und es quoll golden daraus hervor. Und manchmal schoß ein Strahl von schaumiger Pisse aus dem Schlitz in ihrem Hintern, und Blut tropfte heraus, vermischte sich mit etwas Schleimigem, das sich um ihren Schwanz wikkelte. Und als ich in der kleinen Hütte saß, war meine Mutter bei mir und zog ihre schlaffen Brüste heraus, um das Baby zu füttern, und ließ mich auch mal kosten oder preßte einen Strahl von Beautys Milch in meinen Mund. Wer also war Beauty und wer meine Mutter und wer war Schwester Bridge? Und was war mit meinem Vater, der, auf dem Kopf eine spitz zulaufende Mütze mit silbernem Dienstabzeichen, immer auf und ab ging?

Schwester Bridge war meine Mutter. Ich leckte an dem schmelzenden Eis und ging mit ihr weiter auf der Landstraße mit den überhängenden, süß duftenden Greifarmen des Weißdorns, über die Viehweide, um die Ecke herum bis zur Station zwei, und dann wurde mir klar, daß ich getäuscht worden war und man mich an den Ort zurückgebracht hatte, den ich doch so sehnlich zu verlassen wünschte. Es war ein Trick.

Als wir angekommen waren, sagte Schwester Bridge in ihrem gewohnten sarkastischen Ton: »Gehen Sie in den Tagesraum, Sie ungezogenes Mädchen, und versuchen Sie nicht, mich rumzukriegen. Sie mit Ihrer Erziehung, Sie sollten sich schämen.«

Sie klang grimmig, und mir sank das Herz; aber sie schloß mich nicht in ein Zimmer ein und sprach auch nicht mehr von gleich zu gleich mit mir, jedenfalls lange Zeit nicht; und sie schämte sich, daß sie mir ein Eis spendiert und mir das Haus gezeigt hatte, in dem sie lebte.

Sie hatte keine Kinder, wenn man von Dora Brenda Carol Totty Mary-Margaret und den vielen anderen absah, die statt auf Namen nur darauf reagierten, daß man sie am Ausschnitt ihrer verwaschenen Kittel festhielt und zog oder stieß.

Und so kam es, daß ich ihr weh tat.

Sie ging vor mir die Treppe zum Hof hinunter, und plötzlich stieß ich sie in den Rücken, und mit einem aus Wut und Schmerz gemischten Schrei fiel sie hin. Ich hatte sie endlich geschlagen – ihren fetten, ins Korsett gepreßten Körper auf den massigen Beinen in weißen Strümpfen, die am Schienbein glänzten. Ihre großen Füße quollen aus den Dienstschuhen, von denen das Weiß sich abschälte, wo die Schuhpaste schichtweise aufgetragen worden war. Ich hatte ihr einen Stoß versetzt, und jetzt wollte ich zu ihr laufen und meine Arme um sie schlingen, weil sie doch meine Mutter war und ich ihr Schmerz zugefügt hatte.

»Du kleines Mistding, das hast du absichtlich getan.«

Ich wurde kreideweiß und fing an zu weinen. Ich wußte, daß sie mir das nie vergeben würde, daß unser Feindschaftsvertrag unterschrieben und besiegelt war, erstaunlicherweise durch die Liebe, die ich bewiesen hatte, indem ich auf sie zugestürzt war und ihrem weichen Körper einen Schlag versetzt hatte, wie um anzuklopfen und aus der Dunkelheit da draußen eingelassen zu werden und Schutz zu finden vor der ganz besonderen Sturmwolke, die über mir hing und privaten Regen versprach.

Laß mich rein!

»Es tut mir leid«, sagte ich, etwas zögernd. »Das wollte ich nicht.«

»Du Miststück. Du hinterlistiges Miststück!«

— IX —

Und nun Hilary. Sie war sinnlos verliebt in Harry, obgleich sie Peter nicht ganz vergessen konnte, von dem sie ein Kind hatte, während sie mit Geoffrey verheiratet war.

Hilary war eine der wenigen Patientinnen, die »vernünftig« reden konnten, und wie bei Carol, die auch »vernünftig« reden konnte, ging es in den Gesprächen mit ihr meist um Männer; Carol sprach über den Mann, mit dem sie »gelobt« war, und Hilary über die Männer, die sie geliebt hatte. Hilary war Anfang Dreißig und hatte feines goldenes Haar, das sie selbst als »babyweich« bezeichnete, schmale Lippen, die winzige Bißstellen aufwiesen, rundliche, wie aus weichem Wachs geformte Hände und glatte, blasse Beine, die sie in einem bestimmten einstudierten Winkel kreuzte, wann immer Dr. Steward das Zimmer betrat. Sie war darauf gefaßt, daß jeder Mann, sogar Dr. Steward, es mit ihr treiben wollte. Sie hatte ein Kind von ihrem Mann Geoffrey und eins von ihrem Geliebten Peter und plante ein weiteres mit Harry, dem Patienten, mit dem sie sich in ihren Gedanken fast nur noch beschäftigte – Gedanken, die sich als ununterbrochener, an mich gerichteter Monolog ergossen, denn sie saß im Tagesraum und machte mir Tag für Tag Geständnisse, auf die ich mit: »Ja, ich verstehe, ich verstehe, ich weiß, wie dir zumute ist« antwortete. Ihr obsessives Gerede hatte eine solche Macht über mich, daß ich mich schließlich in einem Leben voller Liebesaffären in den fremdartigen Betten von Provinzhotels gefangen fand, mit doppelten Whiskys, Schlägen, Kummer und Verwahrlosung und dem ständigen – halb verblüfft, halb überzeugt klingenden – Refrain: »Aber damals liebte ich ihn.«

Nichts hatte Bedeutung in Hilarys Leben, außer der Suche nach *dem* Mann – wer immer er sein mochte.

Geoffrey? Ein betrunkener Bergmann von der Wild-West-Küste. Peter? Ein Handelsreisender der Strickjacken Sets Stickereien Wäsche verkaufte, dazu Neuheiten wie Miniaturschneestürme und japanische Papierblumen, die sich – gleich der Wahrheit – ohne Zwang entfalteten, wenn man sie in das ihnen angemessene Element tauchte. Harry? »Ganz das Gegenteil von Peter. Er ist dunkelhaarig und ruhig, und er will ein festes Verhältnis.« Harry, versicherte sie mir, war jetzt der einzige Mann in ihrem Leben. Sie hatte ihn auf einem der Tanzabende in der Klinik getroffen, an denen immer romantische Beziehungen geknüpft wurden, sogar mitten im Galopp von Songs.

Der tolle Herzog von York,
der hatte zehntausend Mann.
Sie marschierten bis auf den höchsten Berg
und wieder hinunter dann.

Harry würde sich von seiner Frau scheiden lassen und dann Hilary heiraten.

»Er kennt meine Vergangenheit und weiß von meiner Trinkerei, und er versteht es.«

In dem Augenblick schien sie vergessen zu haben, daß auch Peter ihre Vergangenheit gekannt und von ihrer Trinkerei gewußt hatte; auch er hatte es verstanden und versprochen, sich von seiner Frau zu trennen. Ich empfand Mitgefühl für Hilary. In ihrer hingebungsvollen verzweifelten Suche nach dem

»richtigen Mann« war sie von einer Zielstrebigkeit, die jedem Wissenschaftler bei seiner Laborarbeit gut angestanden hätte, doch ihre wahllosen Methoden und deren tragische Folgen ließen sie zur willkommenen Zielscheibe für Leute wie Schwester Bridge und Oberschwester Glass werden, deren Mission es war, Patienten, die »ihre Lektion nicht gelernt« hatten, um sich zu sammeln und sie ihnen beizubringen oder aufzuzwingen oder ihnen schließlich die Veränderung ihrer Persönlichkeit anzuraten.

Manchmal sang Hilary zum Zeitvertreib mit dunkler, rauher Stimme, was dem »sauberen« Tagesraum zeitweilig die Atmosphäre eines Nachtklubs verlieh. Sie sang

Heut nacht hat er im Traum mich angelacht
sie werden immer schöner, meine Träume
vor ein paar Nächten waren wir noch Fremde...

Und sie hatte allen Grund, von ihren süßen Träumen zu singen. Sie legte jetzt eine gedämpfte Unruhe an den Tag, was darauf hinwies, daß das Ende in Sicht war. Man konnte sich vorstellen, wie sie bei jeder ihrer Affären durch dieses Stadium hindurchgegangen war, man fühlte, daß alle Stadien mit den entsprechenden Ritualen notwendig waren – sie gaben das erlesene Gefäß für ihre Freude ab, die Gußform für das flüssige Silber; man wohnte einem ausgedehnten Liebesakt bei.

Eines Morgens war Hilary aus der Wäscherei, wo sie auf eigenen Wunsch arbeitete, verschwunden. Auch Harry fehlte in der Männerabteilung. Beide wurden zwei Tage später im dichten Gebüsch auf einem Hügel hinter der Klinik gefunden.

Es war eine kurze kalte hungrige Eskapade gewesen.

Hilary wurde eingesperrt und gezwungen, die post-prophetische Weisheit von Oberschwester Glass zu erdulden, die ihr immer wieder versicherte, daß »sie es sich selbst zuzuschreiben« habe. Man konnte Dr. Stewards hohe, gebeugte Gestalt beobachten, als er den Ziegelbau betrat, um das Seitenzimmer zu besuchen, wo sie direkt neben den ständig Eingeschlossenen Kathleen und Esme untergebracht worden war. Nachdem die Oberschwester die Tür aufgeschlossen hatte – eine solche feierliche Angelegenheit erforderte die Anwesenheit der Oberschwester –, ging Dr. Steward hinein und machte sich sofort auf eine prüde und wie bedauernde Art ans Fragen.

»Nun, Mrs. Thomas, ich möchte nicht, daß Sie denken, daß wir denken –«

»Schluß mit dem Gequatsche!« sagte Hilary. »Ich weiß, was Sie meinen. Wir wollten, aber wir haben nicht. Und wie auch immer, ich mußte ständig an Peter denken.«

»Den Handelsreisenden?« fragte Dr. Steward rasch nach, denn an Hilarys Geschichte erinnerte er sich ohne Mühe. Obgleich er versuchte, sich für seine Patienten zu interessieren – soweit Oberschwester Glass und seine Zeit es erlaubten –, entgingen ihm doch die persönlichen Einzelheiten der meisten Geschichten, wenn sie nicht von der Sorte waren, die sich besonders gut im Gedächtnis halten ließen – wie diese Plastikhaken, die ohne Nägel oder Schrauben an der Wand haften.

Dr. Steward hatte wie Dr. Howell vor ihm als begeisterter junger Assistenzarzt angefangen. Besonders gut kam er bei den verheirateten jungen Frauen an, denn er selbst war noch jung, war verheiratet und

Vater und hielt viel davon, den wenigen Augenblikken, in denen er sich beim gelegentlichen Durchgang durch die Station mit den Patientinnen unterhielt, eine Atmosphäre der Vertraulichkeit zu geben, indem er mit erkennbarem Stolz von seiner Frau und seiner Familie (ein einziger kleiner Sohn) sprach. »Meiner Frau geht es da ganz ähnlich«, bemerkte er zum Beispiel, »ja, meine Frau leidet auch darunter.«

Seine Hinweise auf seine Frau gingen von Menstruationsschmerzen über das Aufstehen am Morgen bis zu seltsamen Gesichtern, die vor dem Fenster erschienen, und wenn auch dahingestellt bleiben muß, ob seine Frau das alles billigte – zumindest war die Methode erfolgreich. Nachdem Dr. Steward eine seiner seltenen Visiten auf der Station hinter sich gebracht hatte, konnte man die Patientinnen – und sogar diejenigen, die nicht als »vernünftig« galten – voller Stolz darüber reden hören, daß Dr. Stewards Ehefrau genauso empfinde wie sie: »Er hat gesagt, seine Frau leidet auch; sie empfindet das genauso wie ich.« Oder mit dankbarem Staunen: »Er hat gesagt, daß er genauso denkt wie ich.«

Der Charakterzug, der Dr. Steward berühmt machte, war also sein Verständnis. Es gab Ärzte, die alles »erledigten«, und andere, die einem immer das Wort abschnitten, und wieder andere, die überlaut mit einem sprachen, so als hörte man nicht gut, oder sonderbare Fragen stellten, nur Dr. Steward wagte zuzugeben, daß er »ganz genauso empfand« wie man selbst. Und mit der Dankbarkeit für dieses Verständnis verband sich das Bedürfnis, ihn zu beschützen, ganz besonders vor seiner Frau, die ja offenbar an den verschiedensten Schmerzen und Krankheiten litt und nicht ganz richtig im Kopf zu sein schien.

»Ich weiß, daß er unter dem Pantoffel steht«, sagten die Patientinnen. »Seine Frau erlaubt ihm ja nichts.«

Außerdem war er blaß. Vielleicht litt er an einer geheimen Krankheit? War er nicht während des Krieges in einem Gefangenenlager in Deutschland gewesen?

Hilary hatte eine besondere Vorliebe für Dr. Steward. Sie nahm die Tatsache hin, daß er die Verordnung, sie einzuschließen, unterzeichnet hatte, denn sie wußte, daß er sich gegen Oberschwester Glass und Schwester Bridge nicht durchsetzen konnte und auch nicht gegen die starre Vorschrift, die verlangte, daß Patienten nach einem Ausbruch in ein Zimmer zu sperren waren und auf dem Boden schlafen mußten. Außerdem hatte Hilary das Verbrechen begangen, sich zwei Nächte lang mit einem Mann im Freien aufzuhalten!

Oberschwester Glass war sehr beredt in ihrer Verdammung. Sie konnte während der Nacht nirgendwohin gehen als in ihre kleine Wohnung, die man ihr gleich neben Station eins und den vorderen Büroräumen zugewiesen hatte. Und an ihren freien Tagen nahm sie den Bus oder fuhr in ihrem eigenen Wagen zur Stadt. Wenn man sie ohne Uniform sah, wußte man sofort, daß Uniform und Schleier ein verzweifelt gesuchter Schutz für sie waren – es konnte nicht anders sein, denn in ihrem braunen Kostüm, das ihr auf den riesigen Leib geschneidert worden war, und ihren superbequemen braunen Schuhen schien sie aller Macht beraubt zu sein, und etwas Hilfloses und Mitleiderregendes ging von ihr aus.

Sie war eine erfahrene Oberschwester. Sie lebte für ihren Beruf. Sie war streng und voller Eifer, den Leuten eine Lektion zu erteilen und sie immer wieder dazu anzuspornen, »sich zusammenzureißen«.

Nach einigen Wochen des Eingesperrtseins und nachdem man festgestellt hatte, daß sie nicht schwanger war, tauchte Hilary wieder auf und verkündete, sie habe sich geändert.

»Ich hatte Zeit, nachzudenken«, sagte sie. »Harry liebe ich wirklich. Er erinnert mich an meinen ersten Freund, als ich achtzehn war; den Mann hätte ich heiraten sollen. Ein sanfter Junge, der sonnabends in weißen Flanellhosen Kricket spielte; und unschuldig. Stellt euch vor, er konnte rot werden. Und wann hab' ich schon einen Mann aus dem richtigen Grund rot werden sehen? Ich hätte ihn heiraten sollen.«

Einen Augenblick lang schien es, als hätte durch die unvermittelt aufgetretene Erinnerung der erste Freund in Hilarys Vorstellung die Oberhand über Harry gewonnen. Dann aber: »Harry ist der gleiche Typ. Harry hat versprochen, sich von seiner Frau scheiden zu lassen und mich zu heiraten.«

Aber ach, während ihres Eingeschlossenseins hatte Harry Carol und ihren »Lobungsring« mit dem »echten Zephyr« entdeckt und warf bereits fragwürdige Zettel durch die zehn Zentimeter breite Fensteröffnung im Tagesraum. Er arbeitete auf der Farm und kam jeden Morgen vorbei, und dann und wann brachte er Carol Zigaretten und liebevolle Billets.

Zum Glück war Hilary ein Liebling der Götter, und beim ersten Tanzabend in der folgenden Woche – noch ehe sie über Harrys Verrat, Carols Schwäche und ihr eigenes trauriges Fehlurteil zu grübeln anfangen konnte, was den »ruhigen, dunklen« Mann anging, der ein »festes Verhältnis« wollte – entdeckte sie Len. Und auch wenn sie ihn nicht entdeckt hätte, hätte sie keine Zeit mit Grübeln vergeudet; sie hätte geflucht, ja, und wenn sie draußen in der Welt gewesen wäre, wäre sie zu einer Bierparty gegangen, hätte sich betrunken und einen anderen kennengelernt; denn im Aufreißen von Männern war sie ebenso zielstrebig wie eine Seidenraupe, die die Blätter des Maulbeerbaums verschlingt.

Sie konnte es nicht begreifen, warum sie Len erst jetzt bemerkt hatte. Er war von schwerer Statur, blickte finster und schwitzte, hatte einen dicken Schnurrbart und karamelfarbene Augen. Er war »halb Italiener« und glaubte, immer noch im Zweiten Weltkrieg zu leben, wo man gegen die Italiener gekämpft hatte, aber er wurde behandelt und würde bald geheilt sein, und dann würde Hilary ihn heiraten.

»Er hat's versprochen. Wenn seine Scheidung klappt –«

Des Kätzchens Dschungelherz verloren
so wild wird's sterben, wie's geboren
Ach könnt' ich doch die Menschheit in den Käfig sperren,
sie über das, was in der Welt ihr blüht, belehren –
ich sagte: Geh-nie-raus.

Daran ist kein Bedarf, denn wir sind gut genug in den Käfig unserer selbst eingesperrt, und die Gewohnheit hat den Schlüssel im Schloß umgedreht. Ich kann mir vorstellen, wie Dr. Steward immer um Hilarys Käfig herumläuft, wie er sie ermahnt, sich zusammenzureißen, aus der Erfahrung zu lernen, aber nicht daran denkt, den Schlüssel, der ihm von der Uhrkette hängt, in die Hand zu nehmen, denn ganz gewiß braucht er ihn selbst. »Meine Frau empfindet genauso ...«

— X —

Es schien mir jetzt so lange her – es waren mehr als sechs Jahre –, daß ich auf Station vier zum erstenmal neugierig und traurig auf die verrückten Leute von Station zwei gestarrt, ihre wüsten Hüte, die verknüllten Mäntel und verdrehten Strümpfe bemerkt hatte; und ihre kindische Aufregung über alles, was sie umgab; wie sie völlig außer sich auf die ganz gewöhnliche Alltagssonne zeigten, die wie üblich am Himmel stand, und auf die Blumen, die am Rand des Gartens wuchsen und die sie durch ihr Schweigen, mehr noch als durch ihre Farben beeindruckten. Ich hatte gesehen, wie sie herumstanden, ganz benommen vom Anblick einer Gestalt in Hemdsärmeln, die sie für den Arzt hielten, der seinen Rasen mähte, während seine Frau, die neben ihm saß, ihr kleines weißblondes Kind hin- und herschaukelte.

Jetzt, da ich selbst zur Station zwei gehörte, bestaunte auch ich offenen Mundes das Schauspiel, wie die machtvolle Sonne die Erde unter ihre Aufsicht nahm – weitergehen, nicht stehenbleiben –, während die Dunkelheit im Kerker lag und auf ihr Urteil wartete. Die Sonne erschien viel näher, bedrohlicher, zwischen ihre Lichtstrahlen waren an strategisch wichtigen Stellen Hinrichtungsbescheide wie Schatten eingefügt, so daß wir sie zu lesen vermochten und gewarnt waren, vielleicht auch Rettungsmaßnahmen ergreifen konnten. Wenn ich mit Station zwei draußen herumging, war die Sonne, die am Himmel stand, nicht die von Station vier, ebensowenig wie die Blumen, die im leichten Wind tanzten, die von Station vier waren. Wir sahen die bösen Zusammenstöße der Farben und hörten die Explosionen entlang der

Gartengrenze. Dankbar blickten wir zu den Pappeln auf, und die Angst, die sie schaudern ließ, drang über geheime Kanäle zu uns und machte uns gleichfalls schaudern. Ich nahm jede Gelegenheit wahr, um draußen spazierenzugehen, aber Schwester Bridge, die wußte, daß ich gern unter freiem Himmel war, gab Order, mir nicht »nachzugeben«. »Wer es verdient, rauszugehen, darf gehen«, lautete ihr Urteilsspruch. »Wer sich zu benehmen weiß, statt schreiend vom Mittagstisch wegzulaufen und zu heulen, wenn er in den schmutzigen Tagesraum soll, und so zu tun, als wäre er besser als die anderen und dabei viel schlimmer ist.«

Dennoch war es die Taktik von Schwester Bridge, alle im »sauberen« Tagesraum und selbst solche, die für kurze Zeit den »schmutzigen« Tagesraum verlassen durften, zu ermutigen, sich an den offiziellen Unternehmungen – Spaziergängen, Kirchgängen, Tanzabenden – zu beteiligen. Cliffhaven machte Fortschritte bei der Übernahme der »neuen Methode«. Im Garderobenschrank hing eine Kollektion von Anstaltskleidern, pastellfarbene Partykleider aus steifem, glänzendem Material, angekraust, in Falten gelegt oder glockig geschnitten, manchmal mit passender Unterwäsche aus steifem Nylon, die Oberschwester Glass bei einer Sonderexpedition in die Stadt auf Klinikkosten erstanden hatte und die bei »besonderen Anlässen« an die verteilt wurden, die sonst nichts anzuziehen hatten, das heißt, keinen Besuch bekamen. Obgleich Oberschwester Glass mich dauernd ermahnte, an meine »Leute« zu schreiben und ihnen mitzuteilen, daß ich Kleider brauchte, tat ich es nicht, denn meine Eltern hatten entweder kein Geld oder waren sich nicht klar darüber, daß auch psychiatrische Patientinnen Kleider tragen und nicht nur Hosen, die immer zu festlichen Anlässen – zu Weihnachten oder an Geburtstagen – für mich ankamen.

Ich kam also in die Gruppe der »Vergessenen« und der gewöhnlich ebenso »Vergessenen«, die bis zu ihrem Tod in der Klinik bleiben würden. Es gab in dieser Gruppe auch Erfreuliches. Eines Tages wurde für neue Röcke und Pullover an uns Maß genommen, und als die Kleider ankamen, war es ein aufregendes Ereignis, wenn man nicht zu sehr darüber nachdachte, daß man auserwählt war, die »Uniform der Toten«, wie man es nennen könnte, zu tragen. Ich konnte immer noch nicht glauben, daß es für mich keine Hoffnung gab, lief unentwegt auf dem rattenverseuchten Niemandsland zwischen Glauben und Zweifel und dem pechschwarzen Zeltlager auf der anderen Seite hin und her. Ich schwankte durch die Zeit, ohne daß ich wußte, was ich von der Zukunft erwarten konnte, ich hatte Angst, der Gegenwart und der Grausamkeit von Schwester Bridge ins Auge zu sehen und mich den Strafen, die sie mir auferlegte, zu stellen, und ich wagte nicht, mich der Vergangenheit zuzuwenden. So schwieg ich, setzte meinem zeitbegrenzten Ich zu, ließ die Ränder meines Lebens von Mehltau und Schwarzfäule anfressen, bis sie schrumplig wurden und im bitteren Südostwind abfielen.

Dennoch tanzten auch wir, die Verrückten von Station zwei, auf die sogar die Insassen der Beobachtungsstation und die Rekonvaleszenten wie auf seltsame Käuze und Bekloppte herabsahen. Wir zogen unsere exotischen Festgewänder aus Taft und Kunstseide und geblümtem Seidenjersey an und stellten uns vor der Klinik auf, um uns Make-up aus den Beständen der Stationskiste verpassen zu lassen – da gab es Stummel von Lippenstiften, aufgerauhte Puderquasten, Kästchen mit rosafarbenem Puder für die Wangen und eine Flasche mit Nelkenparfüm, das wir uns hinter die Ohren (wer würde uns schon einen Kuß dorthin drücken?) und auf die Handgelenke sprühten. Als wir fertig waren, rochen wir wie ein ganzer Nelkengarten und sahen aus wie Nutten auf der Bühne.

Alles war voller Aufregung, voller schwitzender Vergnügtheit und Hoffnung, so daß unsere Nasen trotz der Pudermengen, die wir darauf zerstäubt hatten, glänzten, und feuchte dunkle Flecken sich unter den Ärmeln unserer Kleider ausbreiteten. Dann erschien gewöhnlich die Oberschwester, atemlos und rosenwangig, um uns – wie ein Herold, der Nachrichten aus einem fernen Land verkündet – mitzuteilen: »Die von Station vier sind längst fertig, sie gehen schon zum Saal«, oder »Station eins kommt gerade durch«, oder: »Die Band ist da!« Das alles verstärkte nur die Aufregung, und diejenigen, die am Überkochen waren und außer Kontrolle gerieten, mußten abgeschäumt und zu Bett gebracht werden, andere wurden durch kalte Drohungen halbwegs ruhiggestellt. Oberschwester Glass lächelte und Schwester Bridge lächelte, und beide machten uns Komplimente über unser Aussehen, und Carol wurde ermahnt, nicht mit ihrem Partner in die dunklen Ecken des Männerspeisesaals zu verschwinden, wo wir unser Abendessen bekamen. Und schließlich war es dann Zeit, über den taufeuchten großen Hof durch Station eins zu ziehen, wo es nach nassen Betten und verschorfter Haut und einer ganz besonderen Ausdünstung roch – Paß oder Freibillett, die der Tod alten Frauen ausstellt; weiter zogen wir über den Besucherkorridor mit seiner Gefängnisatmosphäre, dem vergitterten Kamin, dem glattgebohnerten braunen Linoleum und den hohen Lederstühlen mit den steifen Lehnen; weiter bis zu dem unvertrauten Teil der Klinik, der in seiner kahlen Öde so charakteristischen Männerstation; und zu guter Letzt in den Großen Saal mit seinen hellen Lichtern, dem sauber gekehrten Boden, den Sitzreihen zu beiden Seiten, die bereits halb gefüllt waren – auf der einen Seite die Männer, auf der anderen Seite die Frauen –, und ganz im Hintergrund des Saales, der Bühne gegenüber, den roten Plüschsesseln für die Honoratioren – Ärzte und vielleicht einige Besucher aus der Stadt, die man eingeladen hatte, um ihnen zu zeigen, wie Psychiatriepatienten ihre Freizeit verbringen. Die Honoratioren trafen meist kurz vor dem Abendbrot ein, und der anwesende Arzt hatte gewöhnlich ohnehin Dienst.

Die Band nahm ihren Platz auf der Bühne ein und spielte als Einstimmung leichte Musik. Wir fanden Plätze an der Wand. Die Lichter blendeten uns. »Istina, Edith wird auf dich aufpassen«, sagte Edith dann und zog mich halb auf einen Stuhl. »Setz dich neben Edith.« Wenn die letzte Gruppe der Männer da war, die selbstbewußt aussahen mit angeklatschtem Haar, gebügelten Hosen und weißen Tüchern, die aus der Tasche hervorlugten, und dann die letzte Gruppe der Frauen hereinkam – die blasierten Rekonvaleszentinnen aus dem Cottage, die verdrießlich zu verstehen gaben, daß sie eigentlich gar nicht tanzen gehen wollten, aber ihre Stationsschwester sie dazu gezwungen habe, na ja, sie wollten nur mal sehen, was all der Umtrieb bedeutete –, dann war es Zeit, mit dem Fest zu beginnen.

Ich konnte nicht umhin, die Leute von Station vier anzustarren, die reich aussahen, weil sie ihre eigenen

Kleider trugen. Mrs. Rilling, schmuckbehängt, und Mabel in dem glitzernden, mottenzerfressenen Abendkleid; Mabel war die Partnerin des Patienten Dick, der mit weißer Krawatte, in Frack und weißen Handschuhen erschien.

Die Band begann mit einem Walzer.

»Hübsch altmodisch«, meinte eine Schwester. »Alle aufstehen und tanzen!«

Die Männer blieben entweder steif an der Wand stehen oder stürzten Hals über Kopf quer durch den Saal, um sich eine Partnerin zu greifen und mit ihr, ob sie wollte oder nicht, loszuwirbeln. Manchmal fand einer der Männer, nachdem er ein paar Schritte mit der Erwählten getanzt hatte, daß sie ihm doch nicht lag, und er trottete davon, um sich eine andere zu suchen. Manchmal lief auch eine Frau quer durch den Raum, um sich einen Mann zu schnappen. Es gab wenig Formalitäten bei diesem Ball, dafür wurde »frei heraus geredet«, das heißt aus der Beleidigung eine Tugend gemacht. Zärtlichkeiten, Versprechen und wirre Unterhaltungen folgten auf die erste Bemerkung, die hier nicht lautete: »Gute Musik, finden Sie nicht?«, sondern: »Wie lange bist du schon hier?«

Die meisten Patientinnen, die schon lange in der Klinik waren, hatten ihre getreuen Partner. Meiner hieß Eric, ein Mann mittleren Alters mit beginnender Glatze, der mich merkwürdigerweise an einen Zauberer erinnerte, der uns immer zum Schluß des Schuljahres besuchte und Threepence von uns verlangte, dafür, daß er Satindecken über dem Schultisch ausbreitete und seidene Taschentücher aus einem Zylinder zog. Auch wenn er niemals kompliziertere Kunststücke vorführte – wie zum Beispiel einen Menschen entzweizusägen oder an einem Seil bis zur Decke des Klassenzimmers zu klettern –, konnte man sich darauf verlassen, daß ihm bei dem Trick mit der Satindecke und den seidenen Taschentüchern kein Fehler unterlief.

Eric war unromantisch, aber er tanzte im Takt der Musik, und er trat mir nicht auf die Füße. Der Mund stand ihm offen, er hatte den Kopf weit vorgestreckt, und seine Stirn glänzte vor Eifer und Konzentration. Ich wartete geduldig auf einen Zaubertrick, so wie ich bei dem Zauberer in der Schule gewartet hatte, nachdem ich meinen Einsatz von Threepence geleistet hatte; nichts als Satindecken und seidene Taschentücher; das Antlitz der Welt veränderte sich nicht, die Kranken wurden nicht geheilt, das Dach löste sich nicht auf, um die Sterne einzulassen.

Eric brachte mir das Tanzen bei. Wir tanzten den »Schicksals«-Song:

> Liebste, du bist mir so teuer,
> winkst du mit der Aussteuer...

Er war pedantisch und väterlich und nahm mich gewöhnlich zum Abendessen mit. Und dann aßen wir uns bedächtig durch die belegten Brote und die tollen Torten mit feiner Glasur – so als läsen wir ein Buch und wollten kein einziges Wort auslassen –, bis schäumend und sprudelnd die Getränke kamen, eine Flasche für jeden oder gar zwei, wenn man es listig anstellte oder einen unternehmungslustigen Partner hatte. Auf jede Romantik wurde zugunsten des Essens verzichtet. Ich hatte einmal einen Partner, der den Mund nur aufmachte, um zu essen, und um – ehe er von den belegten Broten zu den Torten überging – mir zu sagen: »Danach werd' ich dir ans Bein fassen.«

Beim Anblick all der Speisen schlugen unsere Herzen schneller vor schierer Gier; immer wurden fieberhaft belegte Brote in Taschen verstaut, und jähes Bedauern erfaßte einen, wenn die letzten Tänze anfingen und wir das Speisezimmer verlassen mußten, um in den Großen Saal zurückzukehren. Um diese Zeit waren wir immer schon müde, denn es war fast zehn Uhr, dennoch nahm unsere Aufregung, die rasch in Reizbarkeit umschlug, noch einmal zu, wenn wir Dr. Steward oder vielleicht sogar Dr. Portman erblickten, die in ihren roten Plüschsesseln saßen, beobachteten, mit Fingern zeigten und lächelten.

Immer wenn ich den Doktor sah, zog sich mein Herz voller Spannung zusammen, denn trotz des Einflusses von Oberschwester Glass und Schwester Bridge kam es auf das Urteil des Arztes an – aber wie sollte er urteilen, wenn er einen nicht kannte, nicht wirklich kannte, außer daß er auf Station vier »guten Morgen« und auf Station zwei gar nichts sagte, sondern Schwester Bridge zuhörte, die nochmals bekräftigte, daß man seine Lektion nicht gelernt habe und sich nicht zu benehmen wisse und sich zusammenzureißen habe, ein Mädchen mit Ihrer Erziehung. Als ich also im Walzertakt an dem königlichen Thron vorbeigewirbelt wurde, zitterte ich bereits in der Vorahnung und bemühte mich, gut zu tanzen, und dachte: »Da ist Dr. Steward, er beobachtet mich, er sieht, daß mich jemand zum Tanzen aufgefordert hat, daß ich kein Mauerblümchen bin, daß es mir gut geht, daß ich nicht auf Station zwei sein muß, den ganzen Tag eingeschlossen in den Tagesraum oder den Hof oder den Park; er entscheidet über mich. Jetzt in diesem Augenblick.« Aber als ich ihm näher kam und einen Blick wagte und sah, wie er in königlicher Würde dasaß, zeigte es sich, daß er überhaupt nicht an mich dachte, daß er mich nicht einmal bemerkt hatte; er sprach mit irgend jemandem und sagte: »Ja, ich ... ich ... ich ...«

Natürlich sprach er nur von sich und dachte, wie wir alle, nur an sich selbst.

Die Tanzerei war zu Ende, wir wurden am Eingang zum Saal wieder in Gruppen aufgestellt und unsanft hinausgedrängt, während eine Schwester uns auf die Schulter tippte, um uns im Vorübergehen zu zählen. »Los, los, oder ihr werdet die ganze Nacht hier verbringen. Los, noch jemand von Station zwei? Schwester, stimmt die Zahl? Haben Sie sie durchgecheckt?« Als wir lärmend durch Station eins hasteten, wachten einige der Kinder auf und fingen an zu weinen wegen des Lichts und des Stimmengewirrs, andere schienen ganz ungestört, glückselig und rosig, in tiefem Schlaf zu liegen. Die alten Damen rührten sich und seufzten; ihre Betten und ihre Knochen knackten. Ohne weitere Umstände wurden uns die Festkleider heruntergezogen, wir wurden in unser Zimmer oder unseren Schlafsaal gesteckt und eingeschlossen.

Ich frage mich, wer die Entscheidung getroffen hat, uns mit Kuchen anstelle von Beruhigungsmitteln zu versorgen, ob es überhaupt die Entscheidung von irgend jemandem war. Kuchen gab es in Fülle. Fast jede Nacht und besonders nach einem Tanzabend oder einer anderen offiziellen Veranstaltung war wenig Hoffnung auf Schlaf inmitten des Geschreis, Geschimpfes und Gefluches. Unsere geräuschvolle Rückkehr vom Tanzen weckte meistens auch noch die wenigen im »schmutzigen« Schlafsaal, die überhaupt schlafen konnten; die übrigen fuhren mit ihrer Raserei fort, nur weniger gedämpft. Alle, die gereizt und müde zurückkamen, nicht zu Bett gehen wollten und niedergeschlagen waren beim Gedanken an das Morgen und beim Anblick der schönen Partykleider, die von den Nachtschwestern wie von grausamen Bütteln weggetragen wurden, ließen sich nur zu leicht zu Wut und Gewalt hinreißen.

Ich rollte mich in meinem kleinen Zimmer im Bett zusammen, steckte den Kopf unter die Bettdecke und legte die Hände über die Ohren und die Augen, die vor versagtem Schlaf brannten: Zu früh kam dann der Morgen mit den Amseln, dem trüben Licht hinter den geschlossenen Fensterläden und dem Klirren der Schlüssel um sechs Uhr früh, wenn die Schwestern die Zimmer aufschlossen und die Kleiderbündel hineinwarfen. Es gab Streit, es fehlten Kleidungsstücke, alle fühlten sich muffig und klebrig mit dem alten Make-up auf den Gesichtern und starrten einander an wie Clowns, während sie versuchten, sich selbst und die anderen wiederzuerkennen, was zu der schwierigen Prozedur des Auftauchens aus dem Halbschlaf gehörte, wenn man sich daran gewöhnen mußte, daß ein neuer Tag begann. Auch das Personal reagierte gereizt. »Keine Tanzabende mehr für Sie, Lady, keine Tanzabende mehr.«

Und zwischen denen, die redeten, drehte sich die Unterhaltung einzig um das Tanzen. Brenda machte einen Schmollmund und sagte: »Ich hab' Sie gestern abend gesehen, Miss Istina Mavet, Sie haben sich glänzend amüsiert und immerzu getanzt. Und Sie hatten einen so flotten Partner. Wie sehr wünschte ich, ich wäre Sie und hätte einen so flotten Partner, der mir das Herz höher schlagen ließe. Scheren Sie sich raus hier, Mr. Frederick Barnes. Augenblicklich!«

Eric war nicht »flott«, und ich hatte mich nicht »glänzend amüsiert«, aber Brendas Verhalten mir gegenüber war immer eine Mischung aus mitfühlendem Neid und sehnlichem Verlangen, und dadurch fühlte ich mich irgendwie verantwortlich für ihre Rettung oder doch für ihre mißliche Lage, falls es keine Rettung geben sollte. Ich schämte mich meiner Ganzheit – verglichen mit Brendas in Bruchstücke zerfallenem Verstand, den eine geheime Explosion in alle seine vier Ecken verstreut hatte. Ich wußte, daß man ohne Erfolg versucht hatte, Löcher in ihr Gehirn zu bohren, damit die verstörenden Kräfte hinausfliegen konnten wie Blätter oder Dämonen aus einem brennenden Baum. Wer konnte sie wieder ganz machen? Wo war dieser Zauberer? Ich war machtlos. Ich kannte nur einen runden Geistlichen, der, wenn man ihn sehr bat, einen ganzen Strom seidener Taschentücher aus einem Zylinder herausholen konnte.

— XI —

Jedes Jahr im Februar wurde ein Sporttag veranstaltet, im Spätsommer, wenn die frische Brise von der See her respektlos, schon auf der Suche nach Anzeichen des Verfalls, das Gras durchkämmt und jeden welken Halm inspiziert; wie die Jugend, die ungeniert auf die grauen Haare eines alternden Kopfes zeigt, oder wie ein Beamter, der die Ja-Stimmen für das Todesurteil zählt, kontrollierte sie jedes Blatt am Baum. Oft blieb die Jahreszeit tagelang beim selben Wetter stehen – aus Vorsicht, Trägheit oder aus der Notwendigkeit heraus, heimlich Waffen zu sammeln. Sie täuschte uns Zeitlosigkeit vor, ein Losgelöstsein von der Zeit, doch in Wirklichkeit war es die Invasion der Zeit, die unerträglich war und deshalb aus dem Bewußtsein verdrängt wurde und monoton im Hintergrund blieb, unbemerkt wie eine tickende Uhr oder Verkehrslärm oder die rauschende See.

Wenn der Sporttag in dieser Zeit abgehalten wurde, traf er uns immer wie ein Schock. Man war gezwungen, innezuhalten und zu horchen, wie wenn sich der Rhythmus der Uhr oder der Verkehrslärm oder das Rauschen der See verändert; und die Angst kam, als hätte sich der beruhigende Hintergrund der Zeit plötzlich aufgelöst. Es scheint mir jetzt seltsam, daß ein einfacher Sporttag so viele Gefühle auslösen konnte und daß man gerade dann, wenn das Jahr müde wurde, sich sozusagen in Schlafrock und mit aufgestecktem Haar auf die Zwangspause vorbereitete, die psychisch Kranken dazu anhielt, der Körperkraft einen Tempel zu errichten. Was hatte das für einen Sinn?

Keinen. Es war einfach nur eine Sportveranstaltung, ein weiterer Zielpfosten in einem Marathon der Aufregung, der Wochen zuvor begonnen hatte und von dem man nach und nach die Patienten, die unkontrollierbar wurden, ausschloß, indem man sie in den Park brachte oder auf den Hof oder in den »schmutzigen« Tagesraum oder in ein Einzelzimmer; während Oberschwester Glass und Schwester Bridge am Rande dieser Bahn der Rastlosigkeit und Aufregung standen und uns anzischten und anschrien: »Für Sie ist der Sporttag gestrichen, Lady, wenn Sie sich so schlecht benehmen. Passen Sie auf, wo Sie hintreten, oder der Sport findet am Montag ohne Sie statt.«

Am Wochenende vor dem großen Tag wurde der heilige Bezirk auf dem Rasen vor dem Haupteingang der Klinik markiert: weiße Linien, Hürden, Sandgruben, rote und weiße Fähnchen, die keck im Wind flatterten; und an diesem Sonntag sahen wir bei unserem Spaziergang Gruppen männlicher Patienten, die die wichtigsten Zeremonien probten – Sprünge über Hürden, Sackhüpfen oder Aufwärmübungen, bei denen sie auf der Stelle hüpften und die Knie hochzogen. Sie waren wie kleine Jungen, die sich vor oder nach einem großen Spiel auf dem Feld tummeln und hoffen, daß die Menge ihre Leistungen bewundert; aber in diesem Fall imitierten die Männer nicht die Helden der Stunde: Sie imitierten sich selbst und befanden sich damit in einem geschlossenen Kreis der Isolation.

Sieh doch. Ich springe so hoch, daß ich den Himmel berühre.

Am Montag zog man uns unsere Festtagskleider an, die unpassend und viel zu auffällig wirkten, da es sich ja lediglich um eine Sportveranstaltung handelte, doch es gehörte zum Reglement der Klinik, daß alle Patienten, die zum Haupteingang der Klinik gingen, »feingemacht« wurden, da manchmal Dorfbewohner als Zuschauer kamen, und am zweiten Tag der Sportveranstaltung bekamen die Kinder im Dorf einen halben Tag frei, und man arrangierte für sie ein besonderes Programm mit Wettrennen und vielen Getränken und Süßigkeiten.

Wir standen in unseren nach Schweiß riechenden, verdreckten Kleidern herum und beobachteten die Patienten von Station eins, die von einem Pfleger in elegantem schwarzem Anzug mit aufschlaglosen Hosen, wie sie Polizisten tragen, in Reih und Glied aufgestellt wurden, und einige von uns meldeten sich freiwillig als Teilnehmer, denn je länger man in der Klinik war, desto größer wurde die Lust, an Festivitäten teilzunehmen, die bei den Nichteingeweihten, beispielsweise den meisten Patienten von Station vier und der Genesungsabteilung, nur Verlegenheit und Unverständnis hervorrief. Nur wenige von ihnen ließen sich dazu überreden, in Säcken herumzuhüpfen und Taschentücher um ihre Knöchel zu binden, um dann mit den Männern ein Dreibeinrennen zu laufen. Wie bei den Tanzabenden fragten sie sich, »was das Ganze eigentlich soll«.

Aber wir auf Station zwei und die Dauerpatienten von Station eins, die in einem ständigen Kriegszustand lebten, rückten näher zusammen trotz unserer hermetisch getrennten Welten, die kleinen wassergefüllten Glaskuppeln ähnelten, in denen ein künstlicher Schneesturm wirbelt. Wir griffen unbefangen nach jeder Vergnügung, die sich bot, und es störte uns nicht sonderlich, daß man uns die Taftkleider in die Hosen steckte, und wir schämten uns nicht, zweimal für Eis anzustehen und zu lügen, wir seien bei der ersten Verteilung »ausgelassen worden«. Die Lautsprecheransage »Frauenabteilung zum Rennen!« ließ mein Herz vor Aufregung höher schlagen. Ich wußte ja, nach dem Vorgeplänkel – »Du läufst doch gar nicht schlecht, Istina, warum machst du nicht mit?« »Nein, lieber nicht.« »Warum nicht? Du mußt den Ruf der Station retten.« »Na gut.« – würde ich zum Start hinüberlaufen und nach dem Startschuß auf den weißbegrenzten Weg springen und um mein teures Leben laufen, obwohl der Wind mir ins Gesicht blies, um mir den Vorsprung zu nehmen. Und ich würde das Gefühl haben, nicht vom Fleck zu kommen auf dem Boden, der sich in schweren Klumpen sonderbar zu bewegen schien wie nasser Sand.

Manchmal durchriß ich als erste das Zielband und eilte dann atemlos und stolz und sicher, daß alle mich bewunderten, zum Pfleger, der mir eine Karte gab, auf der in roter Druckschrift ERSTER PLATZ stand. Gemeinsam mit den anderen Gewinnern stand ich unter dem Vordach des nach Sägemehl riechenden Zeltes, in dem die Preise auf Tapeziertischen aufgebaut waren, und alle redeten aufeinander ein, und die Wörter schwappten heraus wie rohes Eiweiß, das von einer Schale zur andern überfließt, ohne sich entscheiden zu können, hin und her irrt und jede nur zur Hälfte füllt. Wir fühlten uns aus der Menge herausgehoben und gaben stolz unsere Kärtchen ab. Eric, einer der vertrauenswürdigen Patienten – er schien ganz natürlich zu den kleinen Schaustellerzelten mit ihrer schäbigen Romantik zu gehören, die einen Rummelplatz einschließen wie Alpen aus cremefarbener Leinwand –, stand hinter einem der Tische und verteilte die Preise.

»Ich hab' dich beobachtet«, sagte er, als er mir die Nylonstrümpfe aushändigte, den ersten Preis. »Mach mit mir das Dreibeinrennen.«

»Nein«, antwortete ich reserviert. »Das habe ich Ted schon versprochen.«

Ted war der junge Mann, der früher in der Besserungsanstalt war und jetzt im Garten des Direktors arbeitete und morgens mit den Milchkannen half. Er war stämmig und dunkel, und sein Gesicht zeigte fortwährend einen Ausdruck von schlauer Bewunderung für sich selbst wie für andere. Was ihn in die Besserungsanstalt gebracht hatte, war der überwältigende Wunsch, alles zu berühren, was er bewunderte. Seine Hände waren derb und groß, wie selbständige Personen mit eigenem Willen. Ihnen das Anfassen zu verbieten, wäre gewesen, als hätte man einem Bildhauer verboten, den Stein zu berühren. Aber Ted war kein Bildhauer; er war ein junger Mann mit einer Leidenschaft, zu bewundern und bewundert zu werden, und sein verschlagener Gesichtsausdruck erwuchs aus seinem ständigen Drang, dem Geschäft der Bewunderung nachzugehen, dem er sein Leben treu verschrieben hatte.

Am Sporttag nahm er an vielen Wettläufen teil und gewann. Er konnte seine Hochstimmung nicht zügeln, sondern sprang auf dem Platz herum, war allen im Weg, und als er zu mir kam, sagte ich, ja, ich würde das Dreibeinrennen mit ihm laufen. Wir gewannen. Ich machte mich noch einmal auf den Weg zum Zelt, um meinen Preis abzuholen.

»Ich hab' dich beobachtet«, sagte Eric, als er mir die Nylonstrümpfe aushändigte. »Wirst du nächstes Jahr das Dreibeinrennen mit mir laufen?«

Inzwischen waren die Getränke gebracht worden, keine Brauseflaschen wie bei den Tanzfesten, sondern etwas, das aussah wie Kerosinbüchsen, randvoll mit einer blutfarbenen Flüssigkeit, ein dickes, sirupartiges Gebräu, das in Kliniktassen verteilt wurde und einen roten Fleck in der Tasse hinterließ. Wir tranken und ließen unsere Tassen wieder füllen; wir durften soviel trinken, wie wir wollten, und daß niemand da war, der uns sagte: »Junge Frau, Sie haben Ihren Teil schon gehabt«, erzeugte in uns ein ausgelassenes Glücksgefühl, doch der Gedanke an das unausweichliche Nachspiel unseres improvisierten Picknickvergnügens weckte zugleich auch eine dunkle, schlummernde Furcht in den Randbezirken unseres Bewußtseins. Fröhlich ließen wir uns zum Abendessen wie eine Herde in unsere Station zurückführen und waren entsetzt, als wir sahen, daß Station zwei sich nicht verändert hatte, daß die Menschen im »schmutzigen« Tagesraum immer noch schrien und fluchten und Schwester Bridge immer noch rief: »Toilette, Ladies!«, während sie vor der Toilettentür Wache stand.

Es fällt immer schwer zu glauben, daß der Wille, etwas zu verändern, nicht unbedingt gleich eine Veränderung hervorruft. Warum existierte Station zwei immer noch, wenn wir doch auf dem Rasen vor der Klinik fröhlich gefeiert und uns in der Rummelplatzatmosphäre an rubinrotem Sirup und Eiscreme gesättigt hatten? Warum bildeten wir uns ein, der Zauberer mit seinen Täuschungen hätte nicht länger Macht über uns, nur weil wir den Schatten von Glacéhandschuhen gesehen hatten und uns nun weigerten, an die Täuschung zu glauben?

Am Nachmittag besuchten die Ärzte mit ihren Frauen und Kindern das Sportfest, um den Wettläufen des Personals zuzusehen. Unsere Wettläufe waren zu Ende; wir waren jetzt Zuschauer und beobachteten interessiert die sonderbaren Menschen, die keine Patienten waren. Als die Aufregung über unseren Anteil am Sportfest nachließ, als sie verflog, um den Bodensatz des täglichen Einerleis zurückzulassen, fühlten wir uns mit einemmal einsam und deprimiert. Backstein Ladies, Toilette Ladies, Park Ladies. Wir kannten die Wahrheit über Picknicks und Tanzabende und Sporttage, wie ein Kind nach einer Weile die Wahrheit kennt, wenn der Zahnarzt verspricht, ihm die Schmerzen zu nehmen, indem er ein »kleines Püppchen auf dem Püppchenkissen im Mund schlafen legt«.

— XII —

eine Hände, meine Hände sind nicht sauber, in den abgeknabberten Fingernägeln hat sich der Dreck festgesetzt, und mein Bart, der zu wachsen anfing, als ich in Lawn Lodge war, wächst jetzt noch schneller, aber ich glaube, niemand hat bemerkt, daß ich einen Bart habe. Ich rubble ihn mit einem Schmirgelhandschuh ab, den mir meine Familie schickt, und eins der gefährlichen Vorhaben in meinem Leben ist es, diesen Schmirgelhandschuh so an meinem Körper zu verstecken, daß niemand ihn entdeckt, und mein Gesicht jeden Morgen unter der Bettdecke damit abzuschmirgeln.

Ich bin eitel. Ich werde dünn. Ich betrachte mich im Spiegel auf dem Flur, meinen Anstaltsrock und meine Anstaltsjacke und mein krauses Haar. Ich bin achtundzwanzig; es ist beinahe acht Jahre her, daß ich zum erstenmal auf Station vier kam. Auf der anderen Seite des Meeres ist ein König gestorben und ein Sargtuch wurde über die Musik gelegt und Carol schrie, denn sie wollte, daß die Klagelieder aufhörten, die den ganzen Tag aus dem weggeschlossenen Radio in dem Käfig auf dem Regal flossen, und man »Verzaubert ist die Nacht« spielte.

Verzaubert ist die Nacht,
wenn Fremde sich finden.

Und eine Königin wurde gekrönt mit Pflichtfeierstunden auf allen Stationen, Parties und Festessen. Brenda spielte im »sauberen« Tagesraum Klavier, obwohl Mr. Frederick Barnes sie jetzt überhaupt nicht mehr in Ruhe ließ und nicht wünschte, daß sie weiterhin Klavier spielte, und wenn sie seinen Wünschen zuwiderhandelte, mußte sie in ihrer Vorstellungswelt entsetzliche, heftige häusliche Szenen und Beschimpfungen über sich ergehen lassen. An jenem Tag tranken wir lasches, trübes Bier, und Carol sang »Verzaubert ist die Nacht« und »Unter der Laterne«, und Hilary sang

Auf dem Old Smoky bei Schnee und bei Eis
verlor ich meinen Liebsten, des Zögerns Preis.

Minnie Cleave spielte »Die Campbells kommen« und lächelte übers ganze Gesicht, weil sie ihr Taschentuch wiedergefunden hatte; und nach einigen Ermunterungen begann Mrs. Shaw zu tanzen, denn sie hatte riesige Brüste, die ihr wie leere Weinschläuche fast bis zu den Knien reichten. Die Patientinnen und Schwestern amüsierten sich darüber, wie sie beim Tanzen auf und ab hopsten. Und Maudie, die Gott war, wollte unbedingt auch tanzen, als sie sah, welche Begeisterung Mrs. Shaws Vorbau auslöste. Sie führte einen Hüpfschritt vor, streckte die Füße und zeigte ihre wohlgeformten Beine, die den Bundhosen eines Höflings alle Ehre gemacht hätten. Sie war schnell außer Atem, tänzelte aber weiter.

»Hör auf, Maudie«, rief Carol.

Maudie streckte ihren strafenden Arm aus. »Hinunter mit dir«, drohte sie als Gott.

»Wer möchte noch etwas zum Krönungstag beitragen?« fragte die Schwester.

»Ich kann eine Geschichte erzählen«, meldete sich Big Betty frech, »aber nicht vor den anderen.«

»Wie wär's, Julie«, schlug eine Schwester vor, »singen Sie uns etwas vor?«

»Nein«, sagte die bärtige Julie kurz angebunden.

Dann trafen die Oberschwester und Dr. Steward

ein, und beide lächelten einmal in die Runde, ein Lächeln voller Nachsicht. Die Oberschwester wandte sich an Big Betty, die sich auf ihrem Sofa räkelte. »Na, Betty, amüsieren Sie sich?«

»Ach, diese jungen Dinger«, sagte Betty. »Sie wollen einfach nichts zum Krönungstag beitragen.«

»Die Königin wird nicht jeden Tag gekrönt«, sagte die Oberschwester in feierlich ermahnendem Ton. »Begehen Sie diesen Tag mit der nötigen Würde, und feiern Sie.«

Sonne und Schatten sind Täuschungen, und ich traue nichts und niemandem, und ich verstehe, warum wir vor dem Telefon Angst haben, warum wir, auch wenn wir das Kabel durchgeschnitten haben, immer noch den Hörer abnehmen und auf die Stimme warten, die uns angst macht; und ich verstehe Spiegel und versuche, in ihrer Tiefe den Punkt auszuloten, an dem wir in nichts übergehen – ja, ich sehe in den hohen Spiegel im Korridor vor dem Schwesternzimmer, und ich weiß, daß er dort hingestellt wurde, um uns in die Falle zu locken, wie die Spiegel in Kaufhäusern, damit der Hausdetektiv uns erwischt, wenn wir in den Kurzwaren unseres Selbst wühlen und etwas mitgehen lassen. Wem gehören wir jetzt? Besteht unser Verbrechen darin, daß wir uns selbst bestehlen? Aber ich habe nie soviel Liebe im Lagerhaus gesehen; eingeschnürt und versiegelt und im Preis herabgesetzt. Sie sickert und dampft durch die Mauer wie ein Verwesungsgeruch; man wischt ihre Spuren weg wie Wasserdunst auf einem Spiegel.

Und sie sagen jetzt, für immer, ja, meine Liebe, hier werden Sie nie mehr herauskommen, deshalb wäre es besser, Sie würden sich mit den Gegebenheiten abfinden; als wäre ich ein Flohmarkt, als wäre ich mein eigener Wohltätigkeitsverein. Ich bekomme keine Elektroschocks mehr und habe auch keine mehr bekommen, seit ich Treecroft verlassen habe, und wenn auch die Furcht davor immer noch da ist, so ist sie doch in die Ferne gerückt; außerdem hat es der Doktor versprochen. Dennoch wächst die Hoffnungslosigkeit von Tag zu Tag. Ich versuche, mit der Sonne einen Vertrag zu schließen, wie er in einem Geschichtsbuch stehen könnte, und halte, damit es andere auch erfahren, die Bedingungen fest, unter denen sie scheint, wodurch dem verbrannten Himmel jeden Tag neue Wolken aufgepfropft werden; es ist schwer, Vergebung zu vermitteln. Morgens atmet die Sonne Zitronenduft auf den Rasen, und die Zaunlatten um den Park sind fleckig von der nächtlichen Feuchtigkeit. Ist die Sonne, das Kesselhaus, in Wirklichkeit ein Krematorium?

Im Stationszimmer in der rechten hinteren Ecke der Schublade bewahrt Schwester Bridge eine Schachtel Schlaftabletten auf, die nach den Vorschriften im Giftschrank eingeschlossen sein sollten. Ich habe sie gesehen. Ich sah sie eines Abends, als Schwester Bridge freihatte und ihre Stellvertreterin, Schwester Clake, zu mir sage: »Istina, seien Sie so nett, mir die Beine und Füße zu massieren.«

Ich habe Angst vor Schwester Clake. Sie ist mit einem Schlachter verheiratet, und sowohl sie als auch ihr Mann haben in ihrem Blick das grellrote Leuchten von Fleisch. Was kann mich davon abhalten, ins Büro zu schleichen, wenn ich vom Speisesaal zurückkomme, und mir die Tabletten zu schnappen, sie zu schlucken und in einen tiefen Schlaf zu fallen, aus dem ich nie wieder aufwache?

Der Tod, sagte ich; aber es ist wie die Wahrheit,

und wir fliegen von Kontinent zu Kontinent in diesen zwei Wörtern, erster Klasse in ihrem Trost, aber wenn es Zeit ist, diese Wörter selbst zu verlassen und zu ihrer Bedeutung auf die dunkle Erde und die Meere unter uns hinabzuspringen, öffnet sich der Fallschirm nicht, wir stranden, oder es treibt uns weit von unserem Ziel ab, oder Furcht ergreift uns, wenn wir in die Finsternis hinabsehen, und wir weigern uns, die tröstlichen Wörter zu verlassen.

Ich schrieb an den Tod; Lieber Tod, sagte ich, indem ich unserer Beziehung einen förmlichen Ton gab, und die Überreste des Lichts, das so verschwenderisch ausgegossen wurde, lagen verstreut auf dem Rasen und im Park. Ich stahl die Tabletten. »Miststück, du willst wohl, daß ich rausfliege; Miststück, ich weiß, warum du geklaut hast.«

Dann Magenauspumpen, schwarzer Kaffee, bevor ich einschlief schreiend schreiend vor der schiefen Schwester Bridge, deren Haar aufgetürmt und mit Draht zusammengebunden war wie Stroh; dann Schlaf im Einzelzimmer.

Dann der Morgen. Frühstück für Esme und Kathleen und das Geräusch leerer Emailleschüsseln, die gegen die Tür flogen, und ich wartete auf meine Schüssel Porridge, meine Scheibe Brot und den Becher Tee. Aber niemand kam in mein Zimmer. Ich hörte das Gemurmel der Arbeiterinnen von Station eins und wie die Patientinnen um halb acht vom »sauberen« Tagesraum zu ihrer Arbeit ins Backsteingebäude gebracht wurden; Hilary sang: »Wenn ich ein Vöglein wär'«, und die Zwillinge im Hof draußen, die sich wie Hunde miteinander verständigten, bellten einander an.

Plötzlich öffnete eine Schwester meine Tür und

schleuderte einen Morgenrock und Pantoffeln herein: »Ziehen Sie das an.«

Ich fühlte, wie mein Herz schneller schlug und mein Atem aus dem Rhythmus kam und mich Panik überkam, und ich versuchte, mich an meine Geheimregel zu erinnern, die ich mir aufgestellt hatte, um nicht verrückt zu werden.

Ich verbiete dir, Istina Mavet, in engen, abgeschlossenen Räumen in Panik zu geraten.

Eine Schwester mit einem Rollstuhl kam herein; es waren da auch noch zwei andere Schwestern im Hintergrund. Ich mußte schlau sein.

»Ich werde zu Fuß gehen«, sagte ich. Ebenso ruhig hätte ich sagen können, ich fliege ich reite auf einer Harpyie auf einer Fledermaus an seidenen Fäden auf einem Plastikteller auf einem Känguruh auf einem Wort auf einem Touristenbakterium.

Ich mußte schlau sein.

»Lassen Sie mich zu Fuß gehen«, sagte ich und konnte nicht mehr weitersprechen, weil ich meinen ganzen Vorrat an Ruhe aufgebraucht hatte. Mit drei Schwestern um mich herum ging ich vom Backsteingebäude den Weg entlang zur Beobachtungsstation. Zur Behandlung. Gerade als ich am »sauberen« Tagesraum vorbeikam, ergriff ich die Gelegenheit beim Schopf, stürzte zum Fenster und schlug mit meinem Kopf die Scheibe ein; es barst und splitterte wie Eis, und der streunende Fisch roch das Blut, schwenkte herum und schob sein Maul vor. Die Rettungsschwimmer lagen am Strand und liebten sich; die Luft war schwer von Tonnen von Licht.

Mein Gesicht blutete. Ich saß im Rollstuhl, im Behandlungsraum. Ich kletterte auf die Liege und schloß meine Augen.

»Lassen Sie mal sehen«, sagte Dr. Steward, indem er das Blut abwischte.

Ich begann zu weinen. »Sie haben's versprochen. Sie haben's versprochen.«

Ich erwachte in dem kleinen, abgeschlossenen Raum, wo ich auf einer Matratze auf dem Boden lag, mit Decken und Laken aus Segeltuch, und dort blieb ich viele Tage lang, allein.

Ich roch den Raum, ich machte einen Bummel durch die Gerüche – alter Urin vermischt mit Leid, denn es war nicht der anständige Gestank von Babys, die noch nicht sauber sind, sondern ein konservierter und geächteter Geruch von Erwachsenen, von denen, die diese Fähigkeit einmal besaßen und sie verloren hatten; der schale Geruch von Putzmitteln, von Stroh und Strohstaub, Sonnenlosigkeit; der Geruch der Ecken, der Holztür, auf die siebzig Jahre lang getreten und eingehämmert wurde.

Jeden Morgen wurde ich gebadet (eine Vorschrift für Patienten in Einzelzimmern), mein Zimmer wurde schnell gereinigt (für gewöhnlich von Carol mit einem feuchten Mop), mein Bett wurde gemacht. Und wenn ich, fröstelnd vom kalten Wind, der durch das Betontreppenhaus blies und durch die Gittertüren des Backsteingebäudes bis zum türlosen Baderaum mit den freistehenden gelbfleckigen alten Badewannen, in mein Zimmer zurückkam, war es Zeit, mich für den Rest des Tages einzusperren. Mein Frühstück bestand aus einer Schüssel Porridge und einer oder zwei dicken Scheiben Brot, auf denen sich gelbe Fischerboote aus Butter bildeten, wo die Butter zum Streichen zu kalt war; und einer Tasse oder einem Emaillebecher mit einer Teebrühe, auf der kleine Päckchen schwammen, und Geheimbotschaften im Bodensatz. Mein Frühstück schmeckte süßer als jedes Festmahl, vor allem weil es bedeutete *keine Behandlung,* denn immer, seitdem der Doktor sein Versprechen gebrochen hatte und sie mich auf Station vier geschleppt hatten, verbrachte ich einen Teil meiner Tage und Nächte damit, mir Wege auszudenken, wie ich dem nächsten Versuch mit Elektroschocks entgehen könnte, und gleichzeitig mußte ich mich zwingen, meine Regel zu befolgen, in engen abgeschlossenen Räumen nicht in Panik zu geraten.

Mein Frühstück leistete mir Gesellschaft. Manchmal hob ich die Hälfte auf, um sie später zu essen, wenn die Arbeiterinnen mit ihrer Geschäftigkeit, dem Schwingen ihrer Mops und dem Hall von Liedern und Gesprächen das Backsteingebäude verlassen hatten und man nichts mehr hörte als Zoes Gemurmel. Zoe schlief nicht in einem Zimmer oder Schlafsaal, sondern in einer Nische am Ende des Korridors, so als hätte das Backsteingebäude sie selbst hervorgebracht wie einen erbärmlichen menschlichen Auswuchs. Sie lag für immer im Bett. Sie hatte kaum mehr Fleisch, nur große urzeitliche Knochen, die aus der sie einhüllenden Decke hervorstachen, wenn sie zum Baderaum geführt wurde, und ihr Gesicht sah aus wie eine Karte, eine Autopsie der Erde in grauer Vorzeit, die die Verwerfungen und Faltungen ihrer Schichten zeigt, entstanden durch natürliche Katastrophen oder die Zeit oder die bloße Existenz.

Den ganzen Vormittag über war es still im Gebäude, denn Esme und Kathleen wurden manchmal in den Hof geführt. Ich hörte die entfernten Schreie aus dem Park, und ich dachte, vielleicht ist es Zeit, mein Butterbrot zu essen, um Gesellschaft zu haben. Einmal rannte ein Mäuschen ganz eilig unter der Tür hindurch, in mein Bett und auf die Kleider. Mir blieb vor Angst die Luft weg, ich bewegte mich, und die graue Maus rannte wieder unter der Tür hindurch nach draußen. Aber sie kam wieder. Sie kam immer wieder. Ich nannte sie Mr. Griffiths, denn ich stellte fest, daß sie eine Backsteingebäude- und Matratzenlagermaus war und von daher zivilisiert. Inwiefern zivilisiert? Nun, sie hüpfte nicht wie eine Feldmaus, sondern rannte, wie zivilisierte Leute rennen müssen, um zum Ende zu kommen und zu erfahren, warum sie rennen. Ich schloß eine prekäre Freundschaft mit Mr. Griffiths, und obgleich er mir nichts über seine Welt erzählen wollte, ließ er sich dazu herbei – nachdem er, wie jedes menschliche Wesen, sich zunächst hatte bestechen lassen mit Schlagzeilen Versprechungen Frühstückskrümchen – meinen Erzählungen zu lauschen über Station zwei und Elektroschocks und Schwester Bridge, die Anweisungen gegeben hatte, mir keine Bücher oder Schreibutensilien zu geben, und die verboten hatte, daß irgend jemand mit mir sprach.

Aber eine der Schwestern schob mir eine Zeitschrift durch den Schlitz in der Mauerecke, und eine andere steckte mir heimlich einen Bleistift zu. Die Illustrierte, *Woman's Life,* enthielt viele aufregende Artikel über Ärzte und Krankenschwestern, Malaria und Kautschukanteile, auch Ratschläge für Ehepartner und Gute-Nacht-Gedanken von dem Mann mit den grauen Augen, und Anzeigen für Mittel gegen Gallensteine und eine heraustrennbare Beilage mit symmetrischer Götterspeise und polychromem Kochen und Strickmustern und Kleiderschnitten. Ich las *Woman's Life,* studierte krampfhaft die Anzeigen, so als enthielten sie die Geheimnisse des Lebens und der Freiheit (manche versprachen beides, in einer Achtundzwanzig-Tage-Packung), und las jede Zeile so versunken wie früher die Zeitungspapierquadrate, die mein Vater zu Hause für unser Klo zurechtschnitt. Mit dem Bleistift schrieb ich Gedichtfetzen an die Wand, an die ich mich erinnern konnte, aber der Bleistift wirkte auf der Backsteinwand wie eine revolutionäre Farbe, die nicht eindrang; die beiden Elemente waren antagonistisch, und die Wörter litten unter ihrer grausamen Unbestimmtheit oder zogen es aus reinem Selbstschutz vor, unnahbar zu bleiben, ungeformt.

»Hier«, sagte Schwester Bridge, »ist eine Schüssel mit Wasser, ein Lappen und Seife. Putzen Sie das Geschreibsel von der Wand.«

Wie viele Meilen sind es bis Babylon?

Meines Bleistifts und meiner Illustrierten beraubt, die beim Bettenmachen entdeckt worden waren, rezitierte ich Gedichte oder sang oder verharrte schweigend in Erinnerungen und Furcht. Esme und Kathleen waren still. Wenn Esme nicht in den Hof oder den Park gebracht wurde, verbrachte sie den ganzen Tag in einer Ecke ihres Zimmers mit dem Nachthemd über dem Kopf. Sie war impulsiv und stürzte sich auf jeden, der hereinkam – auf jeden, außer auf Schwester Bridge. Kathleen war auch wild. Sie hatte das Privileg, alle vierzehn Tage Besuch zu bekommen – von ihrer Mutter. Einmal in vierzehn Tagen wurde Kathleen also angezogen, ihre Nase wurde geputzt, ihr Haar mit einem Band zusammengebunden, ihre geschwollenen, harten Füße wurden in Schuhe gesteckt, die man vor Jahren gekauft hatte, die aber dennoch nagelneu waren, wie es alle Schuhe wären, wenn man sie nur acht Stunden im Jahr tragen würde. Kathleen stand den ganzen Tag ruhig da, abgesehen von gelegentlichem Aufstampfen, so wie ein Pferd auf der Weide stampft, um Fliegen und andere Belästigungen loszuwerden.

Meine Haut legte sich weich über die Knochen, schmiegte sich in die Höhlungen und Kurven, sie sank ein wie eine neugebaute Straße, die noch nicht an die Beanspruchungen durch den Autoverkehr gewöhnt war; Tränensäcke zeigten sich, ich wurde dünn; ich hatte alle meine Fingernägel abgebissen und hatte keine Halbmonde. Manchmal erinnerte ich mich an die Illustrierte und die leuchtende Götterspeise, und wenn mein Geist müde davon war, die rubinroten Felsen und Hänge zu erklimmen und in durchsichtige Täler zu sinken, schlief ich, den Kopf unter die harte Segeltuchdecke gesteckt, und wurde um halb zwölf vom Essenswagen geweckt, der an der Tür von Station eins vorfuhr, mit Eintopf oder Braten und einem Kanister Linsen- oder Erbsensuppe.

Dann hörte ich immer, wie die Tür von Station zwei auf- und wieder zugeschlagen wurde, die Tür zum Backsteingebäude aufgeschlossen wurde, und die Geräusche, die das Mittagessen ankündigten, eine Schüssel mit Eintopf und eine Schüssel Reis, aber kein Brot für Mr. Griffiths oder mir zur Gesellschaft für den Nachmittag. Halb vier – Zeit für den Tee –, zwei Würstchen, Brot und Butter, ein schönes Stück Regenbogenkuchen, das ich gierig verschlang. Ein kleines Stückchen Butterbrot hob ich allerdings auf und dachte dabei, daß ich, sollte ich jemals »in die Welt« zurückkehren dürfen, wie alle, die nicht Hunger leiden, in eine verwirrende Vielfalt von Geschmäcken gestürzt und doch nur die Erinnerung an den privaten sakramentalen Geschmack des Brotes haben würde.

Und jetzt werden die Patientinnen vom »schmutzigen« Tagesraum zum Backsteingebäude hinübergetrieben; Schreie, Fluchen, Tritte gegen die Bettgestelle, Türenschlagen, Rufe und Gezänk, das die ganze Nacht weitergeht und sogar noch am nächsten Morgen. Ich hörte Violet, die wie üblich in einer höheren Tonlage schrie als die anderen, und ich wußte, daß sie dastand und sich die Finger in die Ohren steckte, um die Stimmen nicht zu hören, und die Augen schloß, um die entsetzlichen schwarzen Gestalten nicht sehen zu müssen, die Gesichter wie Flöhe hatten und sich immerzu vor und zurück bewegten, kauften und verkauften, die ganze Nacht.

Und dann versteckte ich mich unter meiner Bettdecke, und auch ich verstopfte meine Ohren, denn Bertha war im Zimmer neben mir. Ich hörte, wie sie sie den Korridor entlangschleiften; und als sie draußen vorbeigingen, riß sie sich los und schaltete mein Licht an und aus und steckte durch das Guckloch einen Fetzen Papier von der Titelseite der *Mail* mit den neuesten Nachrichten über Immobilien-Transporte und einen Toten, Mr. Humphrey Noke. Ich legte das Zeitungspapier unter mein Kopfkissen, um es später gründlicher zu studieren. Mr. Humphrey Noke hatte darum gebeten, von Blumenspenden abzusehen. Er war vierzig und ein geduldig Leidender und wurde von seiner ihn liebenden Frau betrauert, und sein Bestattungsunternehmen war Sauseway und Mead, Ltd.

Die ganze Nacht sang Bertha ein und dasselbe Lied, »Näher, mein Gott, zu dir«, und phantasierte über das, was sie »die Schockbehandlung« nannte, und unterhielt sich mit dem Doktor, der noch niemals mit ihr gesprochen hatte, außer daß er guten Morgen sagte, und selbst das war ein ökonomischer Gruß, der sich an alle anwesenden Patienten im »sauberen« Tagesraum richtete. Bertha blieb jetzt den ganzen Tag in ihrem Zimmer und sang immer noch »Näher, mein Gott, zu dir«, und ich wußte, auch wenn man mit einem gewissen Abstand gut zu seinem Nächsten sein kann, so wird dies schwieriger, wenn man mit einem solchen bemitleidenswerten Menschen in der Isolation vierundzwanzig Stunden lang einen Flur teilt. Ich plante Bertha umzubringen, sie zum Schweigen zu bringen; Tag und Nacht klang ihre Stimme in meinen Ohren, kroch mir über das Gesicht und drang bis in meine Haarwurzeln. Ich ballte die Fäuste und schrie, sie solle aufhören zu singen. Ihre Stimme sprang mich aus den Ecken des Raumes an und floß aus dem Dämmerlicht in dem ramponierten Käfig an der Decke. Ich hörte, wie sie ausspuckte. »Doktor, Doktor«, schrie sie. »Näher, mein Gott, zu dir, näher zu dir.«

Nach einigen Tagen holten sie sie zur Behandlung ab, und sie kam lächelnd zurück. »Ich hab' eine Schockbehandlung bekommen«, sagte sie friedlich.

Sie durfte in den »sauberen« Tagesraum zurückkehren, wo sie bleiben würde, bis die bekannten Anzeichen sich wieder einstellten – das Ein- und Ausschalten und Zerschlagen der Lampen, das Reden von der »Schockbehandlung«, das »Näher, mein Gott, zu dir«.

Berthas Singen erzürnte Maudie, die ja Gott war und nicht wollte, daß man auf diese Art mit ihr sprach.

Maudie war im mittleren Alter und groß und gut gebaut. Ihr Haar war silbern, ihre Stimme tief und kraftvoll. Sie war Gott. Sie stand immer im Tagesraum und zeigte drohend auf jeden, der sie zufällig gerade störte.

»Hinunter mit dir, Carol Page«, kommandierte sie. »Hinunter mit dir. Gott spricht zu dir.«

»Du bist nicht Gott. Du bist eine dumme Alte«, höhnte Carol dann, indem sie sich zu den anderen Patientinnen umwandte und halb als Frage, halb als Behauptung wiederholte: »Sie ist doch nicht Gott, oder?«

Denn trotz ihrer Erwachsenen-Pose und ihres »Lobungs«-Rings mit dem echten Zephyr und trotz ihres herrischen Kommandos über die meisten Patientinnen im Tagesraum war Carol ein gutgläubiges Kind und steckte voller abergläubischer Ängste und Unsicherheiten. Sie hatte Angst vor Wörtern und konnte sie nicht vollständig erfassen. Wenn man sie in einer Unterhaltung beobachtete, konnte man sehen, daß sie sich duckte, wenn die Wörter, auch einfache Wörter, die sie noch nicht verstand und nicht aussprechen konnte, auf sie zustürzten und an Tempo gewannen wie fallende Steinbrocken mit einer tödlichen Kraft. Es erforderte Mut von Carol, stehenzubleiben und nicht zu fliehen und zu versuchen, die viel zu großen Wörter zu ergreifen, die sie brauchte, um das Format zu erhalten, das ihr von ihrem Zwergenkörper verweigert wurde.

War Maudie Gott? Carol war nie ganz sicher, denn der Pfarrer in der Kirche hatte gesagt, obwohl Gott im Himmel sei, sei er doch überall, spioniere einem nach, um einen in sein Buch einzutragen. Carol glaubte dem Pfarrer. Sie ging nach dem Gottesdienst immer zu ihm nach vorne, um ihm die Hand zu schütteln, so wie sie auch zu den Besucherinnen ging, um von ihnen Bestätigung zu bekommen und ihnen von ihrem »Lobungs«-Ring zu erzählen und daß sie »illitim« sei.

»Hinunter mit dir!« brüllte Maudie. »Hinunter mit dir, verdammt noch mal.«

Dann hob sie ihren Anstaltsrock hoch und tanzte

eine »Sauberer«-Tagesraum-Version des Cancan; ihr schien dies mit dem Verhalten Gottes durchaus nicht unvereinbar.

Viele Wochen lang blieb ich im Einzelzimmer, wo ich auf dem Boden schlief. Der kalte Wind zog mir über das Gesicht, und Mr. Griffiths forderte ab und zu sein Butterbrot. Ich hatte jetzt Decken; ich war gerne allein und hatte es gemütlich. Ich dachte an Mr. Griffiths und machte mir Gedanken über Mr. Humphrey Noke. Wer war er? Warum mußte er sterben? Worüber sprachen die Würmer, während sie sein totes Gesicht betrachteten?

Ich bekam Besuch. Völlig verwundert zog ich die zerdrückten Sachen an, die man mir gab, und wurde von der Schwester in die Klinik geführt, wo jemand inmitten von Flaschen und Proben und Masken und Handschuhen wartete. Es war Eunice. Ich hatte sie in meinem Leben zweimal getroffen, und sie hatte mir helfen wollen. Ich brach in Tränen aus. Ich saß inzwischen auf einem kleinen, harten Klinikstuhl, wie auf einem Stuhl in einem Klassenzimmer. Die Schwester blieb bei mir.

»Man hat mir gesagt, du dürftest keinen Besuch bekommen«, fing Eunice an, »aber ich habe so lange darum gebeten, bis sie mich für ein paar Minuten hereinließen. Willst du irgend etwas haben?«

»Humphrey Noke ist tot«, flüsterte ich. »Ich wollte nicht, daß er stirbt.«

Sie wirkte verwirrt. Sie sagte nicht Kopf hoch. Sie war in Schwarz gekleidet.

»Humphrey Noke ist tot«, wiederholte ich.

»Ich weiß, daß du ihn immer gemocht hast«, sagte sie schnell, und sie zog einen Schnappschuß aus ihrer Handtasche.

»Das ist für dich. Das Haus von Henry James in Rye.«

»Sie müssen jetzt gehen«, sagte die Schwester zu Eunice. Wir verabschiedeten uns. Man nahm mir die Kleider weg, und ich ging in den schmuddeligen, säuerlich riechenden Raum mit dem kleinen Schnappschuß des Hauses von Henry James, der warm in meiner Hand lag.

— XIII —

Eines Morgens gab man mir meine Kleider und befahl mir aufzustehen. Meine Kleider schlabberten und klebten an meinen Knochen wie ein Zelt, das man im Schnee aufgeschlagen hat, um die toten Forscher gegen den Schneesturm zu schützen, als müßten die eiskalten Toten vor der Kälte geschützt werden, so wie der Mensch sich vor nichts so sehr verstecken muß wie vor den Attributen, die ihn menschlich machen.

Nachdem ich wochenlang in dem kleinen abgeschlossenen Raum gewesen war, blinzelte ich im harten, groben, schwefelgelben Tageslicht, als ich der Schwester in den Park folgte, mitten unter die Patientinnen vom »schmutzigen« Tagesraum. Ich setzte mich dort auf den Rasen und blickte zum Himmel hinauf, zu den Wolken, die durch Lichtstreifen hindurch ins Wasser getrieben wurden. Plötzlich wurde das Parktor aufgeschlossen, und jemand trat ein; es war ein Arzt, den ich nie zuvor gesehen hatte, ein gedrungener Mann mit einem affenähnlichen Gesicht und zur Seite geneigtem Kopf in einem viel zu langen weißen Mantel. Ich starrte ihn an, alle starrten ihn an, denn keiner der Ärzte kam je in den Park. War ihm denn nicht bekannt, daß Ärzte sich nicht auf diese Weise unter die geistesgestörten Patienten mischen konnten, daß er, selbst wenn Oberschwester Glass seine Alleingänge durch die Station gutgeheißen hätte – und es war ganz sicher, daß sie sie nicht guthieß –, gewiß von Frauen belagert würde, die ihn anbettelten, entlassen zu werden, auch wenn sie wußten, daß sie zu Hause niemand haben wollte und sie nirgendwohin gehen konnten; dennoch würden sie nicht aufhören zu fragen: »Wann darf ich hier raus, aus diesem Dreckloch?«

Der sonderbare Arzt spazierte langsam durch den Park und war augenblicklich von Frauen umringt, die auf ihn einredeten und ihn am Arm festhielten, und es war erstaunlich, daß auch er sie am Arm festhielt und mit ihnen redete und lachte. Er schimpfte nicht: »Herunter mit dem Kleid«, wenn eine der Patientinnen ihr Kleid hochhob, um es ihm zu zeigen, und er fragte nicht nach, wenn fehlende Strümpfe die Kloschüssel hintergespült worden waren oder Schuhe über den Zaun flogen. Nein, er redete und hörte mit Respekt zu und schien nicht verängstigt oder in Eile oder beunruhigt, weil Oberschwester Glass ihn ertappen könnte, wie er ohne Eskorte zwischen den geistesgestörten Patienten im Park umherging, die sich jetzt um ihn scharten wie Kinder an einem heißen Tag um einen Eisverkäufer oder Menschen an wilden, einsamen Orten, die Neuigkeiten erfahren wollen.

»Hallo«, sagte er zu mir. »Was halten Sie davon, wenn ich Ihnen einige Bilder mitbringe? Würden Sie mir Geschichten dazu erzählen? Ich habe gehört, Sie waren sehr ungezogen.«

Ich brach in Tränen aus wie ein in Ungnade gefallenes Kind. Ich rannte fort auf den Hügel im Park und legte mich auf das Gras, mein Verbrechen bedenkend, und wendete das falsche Urteil, das alle, sogar ich selbst, wie einen Schatz hüteten und von dem sich niemand trennen konnte, wie einen unheilvollen Edelstein in meiner Hand.

Beim Abendessen erzählte uns Carol, daß der neue Arzt Doktor Trace hieß. »Ich hab' ihm von meinem Lobungsring erzählt«, sagte sie.

Einige Tage später bat mich Dr. Steward zu einem Gespräch in die Klinik.

»Wir sehen Sie gar nicht gerne hier«, sagte er. »Es gibt eine Operation, die die Persönlichkeit verändert und die Spannung mindert, und wir haben entschieden, daß es das Beste für Sie ist, sich dieser Operation zu unterziehen. Einer Ihrer Angehörigen wird für Sie unterschreiben. Wir haben Ihre Mutter zu einem Gespräch hergebeten.«

In meiner Brust hämmerte ein Stakkato, und ich schien von mir selbst abzufallen wie ein Baum, der nach langen Jahren in der schützenden Höhle seines angestammten Raumes auf einmal gefällt wird und der dennoch, immer noch aufrecht, die Kraft seines gewohnten Lebens wie einen unsichtbaren Umriß hinterläßt und der gierig einströmenden Luft Widerstand leistet.

Ha, dachte ich. Ich fühlte mich in Eisschichten eingeschlossen und fröstelte.

Dr. Stewards Augen sprangen auf und ab wie Seehunde in einem runden Becken.

»Sie werden sich verändern«, wiederholte er. »Die Spannung wird gemindert.«

Sein Adamsapfel trat hervor wie ein Teil eines Leitungssystems in seinem Hals. Sein Gesicht war grau. »Das Internierungslager in Deutschland«, dachte ich, und dann schaltete sich vor mir wie eine Lampe das Gesicht von Miss Dock, der Geschichtslehrerin ein, die in ihrer Freizeit webte und Körbe flocht und Teekannenuntersetzer aus Palmfasern. Sie ließ die Überschrift wie eine Neonanzeige aufleuchten: *Europa im Schmelztiegel.* Sie lächelte freudig und schüttete die flüssigen Kontinente und Inseln hinein und verrührte die Mischung, während Dr. Steward und Oberschwester Glass die neue Form vorbereiteten.

»Was wird da gemacht?« fragte ich.

»Es ist natürlich eine Gehirnoperation«, sagte Dr. Steward.

Natürlich.

Mir fiel ein Bild des Gehirns ein, daß es wie eine Walnuß in der Schale aussah, deren einzelne Bereiche in fetten Buchstaben mit Konzentration, Erinnerung, Gefühl bezeichnet waren, wie die Namen von Städten in einem fremden allegorischen Land.

»Ich möchte nach Hause«, sagte ich. Ich meinte damit nicht den Ort, wo meine Eltern lebten oder irgendein anderes Haus aus Holz, Stein oder Ziegeln. Ich fühlte mich nicht mehr als Mensch. Ich wußte, ich mußte von nun an in einem Loch im Boden Schutz suchen oder in einer Spinnwebe in der Ecke eines hohen Raumes oder in einem sicheren Nest zwischen zwei Felsen über einer schutzlosen Küste, gegen die das Meer peitschte. In der Welle von Einsamkeit, die mich bei den Worten des Doktors überkam, fand ich keinen sicheren Aufenthalt, keinen Ort, an dem ich mich hätte festhalten können wie eine Fledermaus an einem Ast, oder wo ich ein milchweißes Netz um eine Distel hätte spinnen können.

»Die Spannung wird gemindert«, wiederholte Dr. Steward förmlich, wie jemand die Abfahrt eines Zuges ankündigt.

Dann lächelte er: »Es ist besser, als die ganze Zeit hierzubleiben, nicht wahr? Nun laufen Sie schon, und seien Sie artig.«

Nachdem meine Mutter das Formular unterschrieben hatte, mit dem sie der Operation zustimmte, und alles arrangiert war, legte Schwester Bridge mir gegenüber Freundlichkeit an den Tag.

»Wenn Ihre Persönlichkeit verändert ist«, sagte

sie, »wird niemand mehr im Traum vermuten, daß Sie das waren, was Sie waren. So viele Patienten haben diese Operation hinter sich oder werden noch operiert. Ich kenne eine Frau, die zwanzig Jahre lang hier war, und jetzt – was meinen Sie – verkauft sie Hüte in einem Modegeschäft in der Stadt. Und sie war im Einzelzimmer, genau wie Sie.«

»Ich glaube, ich könnte keine Hüte verkaufen«, sagte ich zweifelnd.

»Sie haben ja keine Ahnung, wozu Sie fähig sein werden. Sie werden im Handumdrehen aus der Klinik herauskommen, anstatt Ihr ganzes Leben hier zu verbringen, was Sie sonst müßten, meine Liebe, und Sie werden eine gute Stelle in einem Geschäft oder vielleicht in einem Büro bekommen, und die Lobotomie wird Ihnen nie leid tun.«

Jetzt, da meine Persönlichkeit verdammt worden war wie ein Elendsviertel, gingen die Planer zu Werke. Die Schwestern hatten die Erlaubnis bekommen, mit mir zu reden, und sie und Schwester Bridge und selbst Oberschwester Glass zogen in meine »veränderte« Persönlichkeit ein wie Einwanderer in ein neues Land, die ihren Claim abstecken.

Die Aussicht, sich den jungfräulichen Geist eines Menschen anzueignen wie ein unerwartetes Vermögen, brachte tatsächlich eine konfuse Aufregung mit sich, es wurde geplant und spekuliert, so daß mir Tag für Tag etwas anvertraut wurde und man freundlich mit mir sprach, was unweigerlich so eingeleitet wurde: »Wenn Sie erst verändert sind ...«

Ich fühlte mich von den Arrangements, die für mich getroffen wurden, weit entfernt; als würde ich auf meinem Totenbett liegen und zusehen, wie andere in mein Haus eindringen und über meine Schätze verfügen, und als würde ich durch die halbgeschlossene Tür im Nebenzimmer den bereitgestellten Sarg, meinen letzten Bau, mein milchweißes Spinnwebennest zwischen zwei Felsen sehen.

Der Gedanke an die Operation wurde zum Alptraum. Jeden Morgen beim Aufwachen dachte ich: Heute werden sie mich packen, meinen Schädel kahlscheren, mich betäuben, mich ins Krankenhaus in der Stadt schicken, und wenn ich meine Augen öffne, werde ich einen Verband um meinen Kopf haben und eine Narbe an jeder Schläfe oder eine Narbe in Halbkreisform, wie ein Heiligenschein, wo die behandschuhten Diebe ganz legal und behutsam eingedrungen sind und höflich das Lager leergeräumt haben und still und ohne schlechtes Gewissen davongegangen sind, wie Gasmänner, Möbelpacker oder Tapezierer, die man bestellt hatte, damit sie das Dachzimmer neu tapezierten.

Und mein »altes« Ich? Wird es, wenn es von seinem nahenden Tod erfährt, wegschleichen wie ein Tier, um ungestört zu sterben? Oder wird es irgendwo ausgeschüttet und einen unsichtbaren Fleck bilden? Oder wird es mir, nachdem man es ausrangiert hat, irgendwo in der Zukunft auflauern, um sich zu rächen? Was ist eigentlich sein Wesen, daß seine Räuber es stehlen können, als wären sie Gasmänner, die, ohne es zu merken, einen Blankoschein mitnehmen, Möbelpacker, die gutgläubig unter dem Gewicht imaginärer Möbel schwitzen?

Ich werde erwachen und keinerlei Kontrolle über mich haben. Ich habe andere gesehen, die ins Bett machen, die vage, ausdruckslose Gesichter haben und über ein Sortiment von unwirklich lächelnden Mienen verfügen, für die es keinen Bedarf gibt. Ich werde »rekonditioniert« – dieses Wort benutzt man für Lobotomiefälle. Rehabilitiert. Angepaßt, mein

Gehirn wird zurechtgestutzt und für die Gepflogenheiten der Welt zurechtgeschnitten. Die Schwestern werden mich im Garten spazierenführen, während ich ein Tuch um den Kopf trage, das oben zu einer Schleife gebunden ist, so als würden sich nur Lockenwickler darunter verbergen, und doch läßt sich davon niemand täuschen, zuallerletzt ich selbst: Es wird ein Lobotomiekopftuch sein – sie haben eine ganze Sammlung davon –, das heitere Merkmal einer veränderten Persönlichkeit. Und alle werden sich für mich interessieren, mit mir sprechen und eine gewisse Zeitlang Geduld mit mir haben, da ich für Abwechslung in ihrer Arbeit sorge wie ein Kinderklavier oder ein Spielzeug-Stempelkasten, mit dem man einen kleinen Teil seiner Persönlichkeit ausdrücken oder einer Sache einprägen kann, so lange, bis einen der Überdruß erfaßt, den Kinder empfinden, wenn sie unfähig sind, ihr ganzes Selbst auf solch beschränkte Spielsachen zu übertragen, oder Erwachsene, wenn ein Kind, das sie als Spielzeug ansehen, zu der gefährlichen Realität eines eigenständigen Individuums wird, so als ertönten auf dem Kinderklavier auf einmal Symphonien.

Bald werden sie sich über mich ärgern und am Ende ihrer Geduld sein; denn ein großer Teil des Lebens besteht in dem Versuch, das eigene Wesen zu bewahren, indem man andere annektiert und okkupiert. Sie werden erkennen, daß sie ihre Vorstellungen von meiner veränderten Persönlichkeit nicht in mich hineingießen können wie eine Flüssigkeit in eine vorbereitete Form, denn gewiß wird die Form selbst nicht verändert sein. Oder doch? Was genau werden sie stehlen – die behutsamen Einbrecher, die sich an meinem Gehirn zu schaffen machen? Ich wußte, es gab kein Entrinnen, und dennoch schrie ich Hilfe Hilfe, aber ich war in Mauern eingeschlossen, bis Dr. Portman mich hörte.

An einem Freitag kam Dr. Portman durch die Station, und obgleich ich nie mehr mit ihm gesprochen hatte, seitdem ich ihm vor neun Jahren auf Wiedersehen gesagt hatte, als ich Station vier verließ, lief ich plötzlich auf ihn zu und zog ihn am Ärmel. Ich sprach ihn an, dem entsetzten Blick der Oberschwester zum Trotz.

»Wie denken Sie darüber?« fragte ich.

Er drehte sich fragend nach mir um. Seine Rundgänge wurden für gewöhnlich nicht von Patienten unterbrochen. Jegliche Verzögerung war für das Personal eine Untat, vergleichbar dem Anhalten eines mit Goldbarren beladenen Zuges durch Banditen. Üblicherweise eilte er auf seiner Visite an allen vorbei, nickte nur gelegentlich grüßend oder anerkennend wie ein Zug, der an kleineren Zwischenstationen nicht hält und manchmal ein kleines Fähnchen aufgesteckt hat, um anzuzeigen, daß er durchfährt.

An jenem Tag, als ich ihn ansprach, blieb er verwundert stehen, während Oberschwester Glass, die ihm selbst mit Ehrfurcht begegnete, vortrat, um ihn wie ein Polizist von mir abzuschirmen.

»Wie ich darüber denke?« fragte er barsch und fuhr in freundlicherem Ton fort: »Was meinen Sie damit, Istina?«

Da meine Gedanken Tag und Nacht um die Gehirnoperation kreisten, schien es mir seltsam, daß andere Menschen nicht permanent daran dachten; denn wenngleich die ganze Schwesternschaft eifrig über meine »Zukunft« diskutierte (sie erinnerten mich an Kinder, die ihre Weihnachtsgeschenke erwarteten), so verschwendete doch keine von ihnen einen Gedanken an die Operation selbst. Ihre eigentliche Bedeutung, die Tatsache, daß auf Anraten des Arztes und mit Zustimmung meiner Eltern meine Persönlichkeit erstürmt, ja vielleicht zerstört werden sollte, mein Ich, das fast dreißig Jahre lang einen Kampf gegen die Zeit ausgetragen hatte und mit peinlicher Genauigkeit und großem Fleiß wie eine Ameisenkolonie, die eine geschlagene Armee hinwegträgt, die toten Sekunden, Minuten, Stunden auf den gewohnten Pfaden zum Bau geschleppt hatte, zum Hauptlager – das interessierte sie nicht.

»Was meinen Sie damit, Istina?« wiederholte Dr. Portman.

»Die Lobotomie«, sagte ich und war bestürzt, als das Wort mir entschlüpfte, denn ich fürchtete mich vor ihm und hatte es versteckt gehalten wie einen giftigen Käfer in einer Streichholzschachtel.

Dr. Portman antwortete spontan. »Ich sage nein«, sagte er. »Ich will nicht, daß man Sie verändert. Ich will, daß Sie bleiben, wie Sie sind.«

Ich glaubte ihm und vertraute ihm. Er sagte, es sei nicht zu spät, die Vorbereitungen zu stoppen.

In jener Nacht weinte ich in meinem kleinen Zimmer und wartete auf Mr. Griffiths, um ihm von meinem Glück über die Begnadigung zu erzählen, aber Mr. Griffiths besuchte mich nicht. Vielleicht war es ihm zu kalt in dem Raum, und er hielt sich nun im warmen Matratzenschuppen auf. Da ich einen Hang zur Melodramatik habe, gefiel es mir, mich in der Tradition aller Gefangenen zu sehen, die verurteilt oder begnadigt worden waren; gleich ihnen hatte ich eine Maus, der ich alles anvertrauen konnte.

— XIV —

Einige Tage später kam Dr. Trace im Park auf mich zu. Dort saß ich friedlich und war der Zeit und neuen Inhalten gegenüber so gleichgültig wie eine leere grüne Arzneiflasche. Der Anblick von Dr. Trace ließ mich etwas wie Vorfreude empfinden – hatte er mir Bilder mitgebracht, die er mir zeigen wollte? In meiner Vorstellung schien es mir, als könnten mich die Bilder und die Geschichten, die ich über sie erzählte, vor allen Gehirnoperationen bewahren und verhindern, daß man mich nachts heimlich wachrüttelte und entführte, wenn Dr. Portman nicht da war, um mich zu beschützen. Dennoch traute ich mich nicht, ich setzte so große Hoffnung in diese Bilder, daß ich mich scheute, über sie zu sprechen, so wie jemand vermeidet, öffentlich den Namen eines heimlichen Geliebten zu erwähnen. Ich wartete, daß Dr. Trace zu sprechen begann.

»Sie gehören nicht auf diese Station«, sagte er. »Wir werden es bei Ihnen mit einer Insulinbehandlung versuchen. Und danach sehen wir weiter.«

Er sagte nichts über die Bilder, und ich begann Angst zu bekommen, denn ich erinnerte mich, daß die Patienten zur Vorbereitung auf die Lobotomie mit Insulin behandelt wurden, sozusagen, um sie vor dem Schlachten zu mästen; und sie hatten gesagt, ich sei zu dünn – zu dünn wofür? Planten sie, plötzlich zuzuschlagen, ohne Warnung, und ich würde eines Tages beim Aufwachen durch die Tür meines Selbst gehen, und die Gerichtsvollzieher kämen herein, als hätten sie das Recht, meine Möbel mitzunehmen, und ich könnte sie durch nichts aufhalten?

»Vergessen Sie nicht«, fügte Dr. Trace hinzu, als er

auf das Parktor zuging, »ich werde Ihnen einige Bilder zeigen.«

Dann lächelte ich. Ach, dachte ich, das ist das Geheimnis zwischen Dr. Trace und mir.

Ein andermal saß ich im Park und dachte über die Bilder nach und stellte mir tausend und eine Geschichte vor, die ich erzählen würde, um mein Bewußtsein und meine Träume davor zu bewahren, abgeschnitten zu werden, als die Schwester mich abholen kam.

»Sie ziehen um auf Station vier«, sagte sie. »Sie und Susan.«

So gingen wir zur Station vier zurück und wurden in den Aufenthaltsraum gebracht. Man wollte, daß wir uns ans Feuer setzten, und die anderen machten auf dem langen Ledersofa für uns Platz, weil wir anscheinend aussahen, als sei uns kalt.

»Warum schaust du so verängstigt drein?« fragten sie mich.

Mir war nicht bewußt, daß mein Verhalten von Angst geprägt war. Ich zuckte zusammen, wenn jemand mich ansprach, und versuchte mich in einer Ecke zu verstecken, wenn Schwester Honey den Raum betrat. Ihre strenge Miene jagte mir Angst ein. Alles jagte mir Angst ein. Ich zitterte unaufhörlich, so als wäre ich die ganze Nacht ohne Schutz und Kleidung im Freien gewesen.

»Wir werden Sie schon nicht fressen«, sagte Schwester Honey in ihrem freundlichsten Ton. »Setzen Sie sich ans Feuer und wärmen Sie sich auf, und unterhalten Sie sich ein bißchen mit den anderen.«

Es war eigenartig, unter Menschen zu sein, die sich unterhielten, und zuerst konnte ich mir gar nicht vorstellen, mit ihnen zu reden, laut Sätze zu bilden, ein Gespräch zu beginnen, Wörter hin und her zu rangieren in den einst dunklen Waggons, die jetzt von Bedeutung erleuchtet waren. Und wo waren die anderen von Station zwei, wo war Edith, die immer meinen Arm nahm und sagte: »So, und jetzt mach dir nichts draus und hab keine Angst mehr; Edith paßt auf dich auf.«

Die Menschen auf Station vier schienen so selbstbewußt und voller Kraft zu sein und voller Pläne und so klar wie Falken, und einen Moment lang wünschte ich mich zu Maudie und Carol zurück und zu Dame Mary-Margaret und Hilary und Brenda, die einen nicht verwundert anstarrten, wenn man auf ihre Fragen nicht antworten wollte oder wenn man etwas Seltsames sagte. Auf Station zwei wunderte sich niemand über das Verhalten oder die Äußerungen oder das Schweigen eines anderen – denn das alles gehörte zu den natürlichen Rechten der Menschen wie andere Sitten in fremden Ländern. Aber hier schienen die Patienten einander zu beurteilen, sie verkörperten den Schrecken Schmerz Genuß der Zivilisation, die Schutzschicht über den tieferen Strömungen des individuellen Gefühls. Und sie redeten über die Zukunft, so als wäre sie etwas Faßbares und in Reichweite wie eine reife Birne, die über den Zaun von Nachbars Garten hängt, wohingegen ich so lange Zeit in dem Bewußtsein gelebt hatte, daß die Zukunft von Würmern zerfressen wurde, die in sie hineinkrochen und ihr Herz verzehrten. Selbstvertrauen mochte ein guter Nachbar sein, der Früchte über den Zaun hängen läßt, aber etwas anderes war notwendig, um das Arsenspray abzuwehren.

Nach einiger Zeit traute ich mich aus der Ecke des Aufenthaltsraums hervor und wärmte meine Hände am Feuer. Ich war dankbar für das Feuer. Und jetzt war ich froh, auf Station vier zu sein, wo Mrs. Pilling und Mrs. Everett immer Freiwillige brauchen konnten, die beim Tischdecken halfen, und sie machten sich noch immer wegen jeder Kleinigkeit Sorgen, wegen des Silbers, ob die Zuckerdosen gefüllt waren und ob die Eier für den Beobachtungsschlafsaal gekocht wurden. Und ein- oder zweimal kam Mrs. Pilling mit ernster, beflissener Miene herein, um die Schwester in wichtigen Hauswirtschaftsangelegenheiten zu konsultieren, wie zum Beispiel, ob wir Orangenmarmelade besorgen sollten, wenn nur noch soundso viel da ist, oder andere Marmelade, wenn die Büchse fast leer ist?

»Von welcher Station kommst du?« fragten mich die Patientinnen.

Es schien eine persönliche Frage zu sein, wie die nach Geruch Alter Einkommen Träumen Rache. Ich lächelte geheimnisvoll. Backsteingebäude Ladies, Toilette Ladies, Park Ladies, Hof Ladies – nie mehr wieder, und Toilette Ladies nur vor der Behandlung, nur vor Elektroschocks, und ich bekam keine Elektroschocks.

Ich lachte laut heraus, und eine der Patientinnen, die vor dem Feuer saß, sagte zu einer anderen: »Sieh mal, sie lacht.«

Mein Bett war im Beobachtungsschlafsaal, wo ich erstmals vor neun Jahren geschlafen hatte, und obwohl ich beim Anblick des Behandlungsraums am anderen Ende Angst bekam, fühlte ich mich dennoch sicher, denn meine Behandlung war das Insulin, und ich sagte mir, daß man wohl kaum jemanden erschießen wird, den man gerade vergiftet. Aber Susan und ich wurden krank, und man legte uns in zwei nebeneinanderstehende Betten. Viele Tage lang lag ich im Bett und beobachtete andere, die aufstanden und arbeiteten und sich für die Behandlung vorbereiteten; und wenn Oberschwester Glass auf ihren Rundgängen vorbeikam, kauerte ich mich unter der Bettdecke zusammen, denn sie sah mich an wie ein Gärtner das Unkraut, das in der Mitte eines Beetes mit erlesenen Blumen sprießt.

»Was tun Sie hier?« fragte sie, als ich den ersten Tag im Bett lag.

Schwester Honey erzählte es ihr, lächelte mich an und sagte: »Wir schieben Sie auf die Veranda hinaus in die Sonne.«

So beobachtete ich Tag für Tag die Schwestern, die vom Schwesternwohnheim kamen und wieder zurückgingen, und die Patientinnen, die mit Wäscheklammern ihre Wäsche auf die Leine hängten, die zwischen den Pappeln gespannt war, und es waren ihre eigenen Kleider, keine derben gestreiften Flanellhosen und dicken Anstaltssocken und Vogelscheuchen-Nachthemden; und die Arbeiter, die mit Essensresten vom Heim nach Hause gingen, getrockneten Aprikosen, quadratischen Stücken Marmeladekuchen – genau dieselben wurden auf den Tisch in der Mitte des Eßzimmers gestellt, man aß sie zum Tee; und den Schweineknecht und die vorbeifahrenden Kohlewagen und den Mann mit dem Gummisauger, der verstopfte Abflüsse reinigte, und Dr. Portmans Sohn, der auf seinem neuen Fahrrad den Kiesweg entlangfuhr; und ich betrachtete die Blumen im Garten, die Stiefmütterchen, Schlüsselblumen und Tagetes, und es schien, als stiege mir der zerfetzte, starke Geruch der Tagetes in die Nase. Jemand gab mir eine Zeitschrift; ich blätterte lustlos darin, ohne Interesse für die appetitlichen Gelees und die verwirrende Vielfalt bunter Regenbogenkuchen, die mit ihren zuckrigen weißen Sekreten auf dem Backblech lagen.

Susan lag in dem Bett neben mir. Sie sprach nie. Manchmal lächelte sie und schaute verwirrt; manchmal hustete sie auch. Ich wandte mich von ihr ab, weil sie mich an Station zwei erinnerte und mich anscheinend begleiten sollte wie etwas, das ich aus meinem Gedächtnis verbannt hatte, das aber hartnäckig und wenn nötig in menschlicher Gestalt lebenslänglich bei mir zu Gast bleiben würde.

Mich überkam jedoch eine unsagbare Traurigkeit, wenn ich die Patientinnen von Station zwei sah, die morgens zur Behandlung gebracht wurden, wie sie hüpften und sprangen und von den Schwestern festgehalten wurden. Sie trugen die vertrauten roten Flanellmorgenröcke und grauen Anstaltssocken. Sie waren ja keine Fremden für mich, ich kannte sie und konnte mit ihnen kommunizieren, und es schien, als hätte ich sie verraten, als ich Station zwei verließ. Als sie mich sahen und wiedererkannten und mich ansprachen, empfand ich eine unbändige Freude und Ehrfurcht, so als hätte eine Stimme aus einer Wolke zu mir gesprochen.

Bertha kam eines Morgens in Begleitung von drei Schwestern.

»Hallo«, sagte ich schüchtern.

»Hallo, du wirst es nicht glauben«, rief sie. »Ich gehe zur Schockbehandlung.« Dann begann sie um sich zu schlagen, und die Schwestern umringten sie und schleiften sie in den Schlafsaal.

Einige Tage später gingen Susan und ich zum Röntgen in die Stadt, und man stellte fest, daß Susan Tuberkulose hatte. Sie wurde in eines der kleinen Zimmer am Ende des Korridors verlegt, neben Margaret und neben Eva, die eines Morgens aufwachte, sich erbrach und starb, und ihre Mutter, eine kleine Frau mit O-Beinen und einem grauen Mantel, kam, um ihre Sachen abzuholen.

— XV —

»Bereit für das Insulin?« fragten sie.

Nach der frühmorgendlichen Injektion wurden drei andere Patientinnen und ich in den »Gitter«-Schlafsaal verlegt, einen Raum, der einem Hühnerstall oder einer Voliere glich, denn die obere Hälfte zweier Wände bestand aus Maschendraht; außerdem hatte der Raum, dessen einzige spärliche Belüftung ein kleines Fenster war, am frühen Morgen, nachdem so viele Menschen in ihm geschlafen hatten, den unverkennbaren Geruch eines Hühnerstalls. Wir saßen im Bett, von Kissen gestützt, und hatten Anweisung, uns durch Reden und Nähen oder Stricken wachzuhalten, bis wir allmählich alles doppelt sahen und in Verwirrung gerieten.

In diesen Momenten betrat ich immer eine Region von Schnee und Eis, und das Gesicht meiner Mutter, ein Hexengesicht, dessen Nase bis zum Kinn herunterreichte, ermahnte mich, nie im Schnee einzuschlafen – und daß man keinem Bedürfnis so leicht nachgebe wie diesem. Schlaf nie im Schnee ein! Deshalb kämpfte ich mich durch die Verwehungen, meine Schuhe blieben stecken und meine Kleider und meine Körperhöhlungen waren wie Erdlöcher und Täler mit Schnee gefüllt; und das strahlende Weiß nahm zu, bis es seine eigene Intensität nicht mehr ertragen konnte, dann plötzlich verwandelte es sich in tödlich schwarzen Samt, wie übersteigerte Liebe, die in Haß umschlägt, oder wie die dunkle Seite unseres Wesens, der wir gerade dann ganz plötzlich begegnen, wenn wir meinen, am weitesten von ihr entfernt zu sein.

Der schwere Schnee teilte sich, wurde zu kleinen

Flocken, die fliegenden Nadeln glichen oder den Krallen kleiner weißer Vögel, die sich in meine Wangen gruben. Ich war wach, und jemand schüttete Glukose durch ein Röhrchen in meine Kehle.

Dann frühstückten wir und gingen anschließend mit der Schwester in die Abteilung für Beschäftigungstherapie, die auf der renovierten Veranda mit Blick auf die Tennisplätze eingerichtet worden war, in der Nähe des Haupteingangs der Klinik. Der Raum bekam Sonne von Osten, und das Meer lag blau marmoriert und von Licht durchbrochen vor uns. Ich saß am Fenster und nahm die Wärme in mich auf, die blaßgolden war wie das Peddigrohr, das die anderen wanden und flochten, um Körbe und Wiegen daraus zu fertigen. Andere webten Schals in leuchtenden Farben auf kleinen Handwebrahmen oder ganze Stoffbahnen auf größeren Webrahmen, deren Gerüst so kompliziert zu sein schien wie ein vielteiliger Meccano-Baukasten. Andere machten weiches Filzspielzeug – Enten, Hasen, Bären, die angeblich erst dadurch vollkommen wurden, daß man ihnen ein menschliches Gesicht und Hüte, Mäntel und Schürzen verpaßte.

»Was würden Sie gerne machen?« fragte die Beschäftigungstherapeutin, eine junge Frau in einem gelben Overall. Sie hatte den Patienten gerade den Morgentee ausgeteilt und bewachte die Keksdose, damit sich niemand ein zweites Mal bediente. »Möchten Sie einen Schal machen oder einen Korb? Ein Spielzeug? Einen Wandbehang in Kreuzstichstickerei? Einen Kissenbezug?«

Ich wollte überhaupt nichts von alledem machen. Ich wollte dasitzen und das Sonnenlicht betrachten und die Schatten der Leute, die durch die geöffnete Tür ein und aus gingen, und die Stränge von Licht, die sich in die warmen Farben der Materialien auf den Webrahmen flochten.

»Ich habe keine Ahnung, was ich gerne machen würde«, sagte ich.

Also gab mir die Beschäftigungstherapeutin einen Holzboden und Peddigrohr, das in einem Eimer mit Wasser eingeweicht war, und es hätte mich vermutlich sehr traurig gemacht, nur dazusitzen und Peddigrohrstengel um andere Peddigrohrstengel zu flechten, doch dann kam die Zahnpasta an, eine ganze Kerosinbüchse voll, und Schachteln mit Tuben, und wir bekamen die Aufgabe, die Tuben mit Zahnpasta zu füllen, staatliche Zahnpasta, grau, wie es sich gehörte, von einer Konsistenz, die mich an eine Backmischung mit Möwendreck erinnerte.

Also füllte ich die Tuben, rollte die Enden auf, um sie zu versiegeln, und ich war dankbar, denn selbst wenn ich das Rätsel des morgigen Tages, der Leute von Station zwei, meiner eigenen Angst und Verwirrung, nicht lösen konnte, zumindest eines wußte ich mit Sicherheit, und das würde mir helfen, »meinen Platz in der Welt einzunehmen« – ich wußte, wie Zahnpasta in Tuben gelangte!

Manchmal spielte ich mit den drei anderen Insulinpatientinnen auf dem Platz vor der Veranda Tennis, und einmal bemerkte ich, daß Dr. Steward aus dem Fenster seines Büros blickte, und ich dachte: Er sieht mich an und überlegt, warum er mich nicht schon früher von Station zwei hierher verlegt hat; er denkt, daß es auf Station zwei vielleicht noch andere gibt, die man als hoffnungslose Fälle aufgegeben hatte und deren »Persönlichkeit« man im Begriff war zu »verändern«, um »die nervliche Belastung zu vermindern«, und denen man womöglich helfen könnte, ohne ihr Gehirn zu verwüsten und die gewaltigsten Bäume zu fällen, die im Wald wachsen.

Nach einigen Wochen war die Behandlung abgeschlossen und die persönliche Zuwendung des Personals (und die Rationen des goldenen Malzzuckers) wurden uns plötzlich wieder entzogen, und es war, als ginge eine Sonne unter. Wir vier – Nola, Madge, Eve und ich – kehrten wieder in unsere jeweilige Dunkelheit zurück – wie Kaninchen in ihren Bau nach einem sonnigen Tag im Rübenfeld. Wir schienen glücklicher, wir hatten zugenommen. Nola ging nach Hause zu ihrem Mann und dem kleinen Kind. Madge, bei der man Tuberkulose feststellte, wurde in einen kleinen Raum am Ende des Korridors neben Susan verlegt. Eve, die auf der Nordinsel zu Hause war, packte ihre modischen Kleider in ihre zahlreichen Koffer und wurde von Dr. Portman persönlich verabschiedet, der weise allen »Fremden« mit dem Respekt des Provinzlers begegnete, ob sie von weither kamen und durch Seen und Berge und Ebenen von ihm getrennt waren oder durch Träume in einer vergleichbaren Entfernung des Bewußtseins.

Und ich wurde in den »Gitter«-Schlafsaal verlegt, wo, wie ich wußte, die »chronischen« Fälle schliefen – diejenigen, die eventuell auf Station eins verlegt wurden, oder, wenn sie sich gewalttätig und unkooperativ verhielten, auf Station zwei. Und wieder hörte ich das Ächzen und Knirschen von Eis, das mich umgab, und ich warf einen Blick auf die Gesichter der Menschen, die in das Eis eingebettet waren und mich mit starrem, blutleerem Blick fixierten.

Eisberge in einem Hühnerstall, fragen Sie? Ja, und Gletscher und Hagelkörner und Schnee und eine glitzernde Schneckenstraße und die Sonne, die den Weizen aufbricht.

Ich schauderte zusammen, als sie sagten »der Gitter-Schlafsaal. Sie werden in den Gitter-Schlafsaal verlegt«. Und ich roch durch das Eis einen Käfig mit einem Frettchen, das zusammen mit Truthähnen und Bantamhühnern in einer dunklen Ecke des Dienstwagens aufgehängt ist, am Ende eines langsamen Zuges, der auf rostigen Schienen durch die Wildnis ausgetrockneter, mit grauen, zersplitterten Schädeln von Schafen und Rindern übersäter Flußbetten fährt; ich roch einen Bauernhof und Tod und Falken und Flußsteine und alte Baumstümpfe, an denen im strömenden Wasser Stoffetzen und Schneegras hingen.

Und ich roch das tote Pferd, das niemandem gehörte; sie kamen und starrten es an und knufften seinen aufgeblähten Bauch und sein Gesicht, auf das sich Verfall und Fliegen wie Küsse auf einen Mund gesetzt hatten; und sie gingen weg und schrieben Briefe an den Stadtrat und an die Zeitung, und ein Mann kam in der Nacht und begrub es, aber niemand hat je Anspruch darauf erhoben, denn der Tod ist niemandes Besitz.

Die Gerüche gefroren im Eis und verschwanden, und die beiden Reisenden kamen im Gleichschritt daher in schwarzen Kapuzen und Tennisschuhen, und die Wolken wurden wie Schneehaufen im Himmel durcheinandergemischt und mit dem Gesicht zur Sonne ausgeteilt.

Ich schlief in dem Bett in der Ecke. Josie schlief neben mir. Sie war eine große, dunkle Frau, die immer auf und ab ging und »Humpta, humpta, humpta« sang. Sie hatte während des Krieges einen Soldaten der amerikanischen Marine kennengelernt und geheiratet. Er hatte versprochen, sie nachkommen zu lassen, als er in die Vereinigten Staaten zurückgegangen war. Mir gegenüber schlief Doris, eine kleine Frau, die nicht ohne fremde Hilfe ins Bett kam, denn es war so hoch, daß sie nicht hinaufklettern konnte, und man mußte sehr aufpassen, sie nicht anzustarren.

»Für ein Puppenhaus wäre ich gerade recht«, sagte sie manchmal verbittert. Sie machte die saubersten Nähte, die ich je gesehen hatte, wie die Heinzelmännchen, die nachts in die Blumen steigen und Blütenblätter besticken oder auf Grashalmen sitzen und Tautropfen stricken, oder die bösen Kobolde, die in die Augen der Menschen kriechen und die Vorhänge zuziehen und heimlich mit vergifteten Nadeln und Garnen Wandbehänge sticken oder ihre Werkstätten in den Ohren der Menschen haben und mit ihren Weberschiffchen voller Dezibels hin- und herjagen. Immer wieder meinte man in der Umgebung von Doris und anderen Zwergen und Patienten, die an Hexen erinnerten, die Entstehung der Volksmärchen mitzuerleben; man hatte das Gefühl, daß die Probleme dieser Menschen, deren einzige Heimat auf der Welt eine Nervenklinik war, gelöst wären, wenn sie tatsächlich in Blütenkelchen leben könnten oder hinter den Augen der Menschen oder in Hütten im tiefen Wald mit giftigen Dornen im Garten und einer einäugigen Katze vor der Haustür.

Bei den Mahlzeiten hatte ich immer noch Angst. Ich saß neben Miss Wallace, einer sanften, weißhaarigen Frau, die einmal Musiklehrerin war und manchmal mit uns sprach, als hätten wir unsere Tonleitern nicht geübt. Aber meist war sie depressiv und hatte morgens rotgeweinte Augen, denn nachts beunruhigte sie der Radar in ihrem Zimmer, und niemand, weder ihre Verwandten noch das Klinikpersonal, wollten ihr glauben.

Sie behaupteten immerfort, es sei Einbildung, es sei ihre Krankheit.

Während der Zeit im »Gitter«-Schlafsaal, der wirklich die Rumpelkammer der Station war, wo sich alles sammelte, was absonderlich war oder ausgemustert werden sollte, versank ich wieder in Depression und Hoffnungslosigkeit. Wohin ich auch ging, der Geruch von menschlichem Kompost schien mich zu begleiten und mich und die anderen Insassen des »Gitter«-Schlafsaals vom Rest der Station zu trennen. Ich schämte mich, nachts eingeschlossen zu werden. Die Patientinnen in den beiden unteren Schlafsälen durften kommen und gehen, wie sie wollten, sich über dem Feuer eine warme Milch machen und sich von dem Teller mit übriggebliebenen Butterbroten bedienen, die Mrs. Pilling auf die Anrichte gestellt hatte, sie durften mit geöffneter Tür im Aufenthaltsraum sitzen, stricken, reden oder Radio hören bis neun Uhr. Die Wochen meiner Behandlung schienen sinnlos, da ich nun doch den trostlosen Tageslauf der Verurteilten teilen sollte. Manchmal, nachts, wenn ich meine Augen schloß und schnupperte und horchte, kam es mir vor, als wäre ich wieder in Treecroft, in Vier-fünf-eins.

Sie begannen, mich nachts zu bedrohen und mir ins Ohr zu kreischen, und ihre Gesichter wölbten sich wie in Großaufnahme auf mich zu. Die Augen waren aus Quecksilber.

»Sie wird noch auf Station zwei enden«, sagten sie.

Bis eines Morgens Dr. Steward mich zu sehen wünschte.

»Ich habe mir überlegt, ob Sie vielleicht morgens und abends für die Ärzte Tee kochen möchten?«

»Oh«, sagte ich. »Oh.«

»Ich habe Sie freigestellt, und ich möchte, daß Sie morgen früh in den Raum neben der Krankenhausapotheke kommen, wo wir unseren Tee trinken. Die Beschäftigungstherapeutin wird Ihnen zeigen, was zu tun ist. So kommen Sie zur Abwechslung ein bißchen aus der Station heraus, hm?«

Und dann sah er sich um und fügte klar und deutlich, als wollte er sichergehen, daß jeder mögliche Zeuge seine Worte bei einem zukünftigen Prozeß wiederholen konnte, mit blassem, ernstem Gesicht hinzu: »Es war Dr. Traces Idee. Er vertraut Ihnen.« Damit wies er jegliche Verantwortung von sich.

Es war immer von Vertrauen die Rede. Der Arzt fragte einen, als hinge sein Leben davon ab: »Trauen Sie mir, werden Sie Vertrauen zu mir haben?«, und erwartete, daß man eifrig und ohne Vorbehalte antwortete: »Ja, ja«, auch wenn man im Innersten wußte, daß er kaum Zeit hatte, sich selbst zu trauen in der Verwirrung und Müdigkeit, die alle Tage und Nächte des permanenten Bemühens begleitete, menschliche Divisionsaufgaben zu lösen, die in seiner mathematischen Ausbildung überhaupt nicht vorgekommen waren: Wenn eintausend Frauen sich auf eineinhalb Ärzte verlassen, wieviel Zeit muß jeder Patientin in einem Jahr gewidmet werden; gib die Antwort in Minuten an, und wenn das Dutzend Eier drei Shilling kostet, und alle Eier nacheinander jeweils drei Minuten lang gekocht werden, wieviel Wechselgeld bekommst du auf fünf Shilling heraus? Genug für eine Tasse Kaffee.

»Dr. Trace vertraut Ihnen«, wiederholte Dr. Steward.

Ich dachte an Dr. Trace und an die Bilder und an die Geschichten, die ich ihm hatte erzählen wollen, um mich zu retten, und fühlte die Sehnsucht, die einen überkommt, wenn die zwischen Leben und Tod Schwebenden sich schließlich zurückziehen und jede an sie gerichtete Mitteilung ungeöffnet zurückgehen lassen. Hätte Dr. Trace mir doch an jenem Tag im Park die Bilder gezeigt!

An meinem ersten Arbeitsmorgen war ich von Stolz erfüllt. Ich nahm in Dr. Stewards Büro die Schlüssel vom Haken und widerstand der Versuchung, die Akten zu durchstöbern, besuchte die Vorratskammern, um Butter und Marmelade zu holen, und ging zur Anrichte, um eine Marmelade auszusuchen, holte die Brötchen und das Brot aus der großen Küche, stand allein in dem kleinen Raum und beobachtete die Uhr, ließ Butter zerlaufen und bestrich hastig rindenlose, dreieckige Sandwiches aus frischem warmem Brot. Um zehn Uhr fing der Pfeifenkessel an zu kreischen, und ich bereitete den Tee. Und dann kam Dr. Trace, kleiner als ich ihn in Erinnerung hatte, aber immer noch mit schiefgelegtem Kopf. Als ich in sein ehrliches, müdes Gesicht sah, stellte ich mir vor, er hätte Stoffschuhe an, aber nein, es waren glänzende braune Schuhe; und ich erwartete plötzlich, daß er zwischen Reihen von Kartoffeln auf und ab ginge.

Natürlich. Er war mein Großvater, und seine Haut spannte sich über die Stirn, als wäre alles, was sich in seinem Kopf befand, dicht zusammengepreßt, nachdem man es zuvor in der Sonne getrocknet und von unnötigen Stengeln und toten Blättern befreit hatte. Die untere Hälfte seines Gesichts war voller Runzeln, seine Mundwinkel bogen sich nach unten, als finge er gleich an zu weinen, und die Ehrlichkeit in seinem Gesicht war die Ehrlichkeit des Alters, die stets denselben Ausdruck zeigt, ob im wachen Zustand oder im Schlaf, nicht wie bei der Jugend, deren Kraft und Stolz sich beim Einschlafen in hilflose Unschuld verwandeln.

Er lächelte mich an. Er war mein Großvater, und ganz bestimmt waren seine Taschen voller gestreifter Pfefferminzlutscher.

»Sie machen Tee«, sagte er.

Dann erinnerte ich mich an die Bilder und wartete darauf, daß er sie erwähnte, aber er sagte nichts, und mit jeder Sekunde sah er älter und älter aus, und ich dachte, vielleicht wird er hier beim Teetrinken sterben und mir niemals die Bilder zeigen.

Dr. Steward trat ein. Er schien beunruhigt, als er mich erblickte, dann lächelte er, und mir kam es vor, als frage er sich insgeheim, ob er wohl das Richtige getan hatte, als er mich in den vorderen Trakt des Gebäudes geholt und für diese Arbeit freigestellt hatte.

Andere Leute kamen herein. Ich mußte bleiben und mich um den Tee kümmern. Ich stand in der Nähe des Fensters mit dem Gesicht zum Spülbecken, wusch Tassen ab und belauschte die Gespräche der Götter, die ich bisher nur Guten Morgen, Wie geht es Ihnen heute, Sie sehen gut aus, Es dauert seine Zeit, wissen Sie, die Anspannung wird nachlassen hatte sagen hören.

Die Anspannung wird nachlassen.

Sie sprachen miteinander, als wären sie Menschen, aber ihre Gespräche klangen sonderbar in meinen Ohren, so als hätten die Mammuts im Museum plötzlich angefangen zu sprechen.

Ich hatte immer noch eine Angewohnheit, die bei allen, die lange in einem Krankenhaus gewesen sind, sehr verbreitet ist, ich stattete jede Bemerkung der Ärzte, jede ihrer Bewegungen und ihre Familien und wie sie aussahen und was sie bei sich trugen mit einer wundersamen Bedeutung aus, und ich stand da und war verwirrt durch den Klang ihrer Sprache und lauschte gespannt auf Prophezeiungen und Wunder.

Dr. Steward erzählte: »Ich kann nie eine Schachtel Pralinen zu Hause haben. Meine Frau muß sie vor mir verstecken, sonst esse ich sie sofort leer.«

Eine banale Bemerkung, werden Sie sagen. Aber ich schnappte sie auf und hütete sie wie einen Schatz, obwohl sie gar nicht für mich gedacht war, sondern es war einer jener Hinweise, die Menschen fallenlassen, wie Hänsel und Gretel Brotkrümel fallen ließen, um aus den wilden Wäldern wieder herauszufinden. Aber wie die kleinen Vögel aß ich die Brotkrümel, die gar nicht für mich gedacht waren.

Die Ärzte unterhielten sich über Kricket, Lohnerhöhungen, Listen und Pläne, interessante Strafprozesse, und niemand außer Dr. Portman kam auch nur im Traum auf die Idee, ich könnte zuhören.

»Istina, würden Sie freundlicherweise den Raum verlassen, während wir uns unterhalten?«

Dr. Portman bat mich in einem Ton, der deutlich machte, daß er einen Befehl erteilte. Er stand mit dem Rücken zum Feuer und beanspruchte damit die ganze Wärme für sich allein. Sein schwarzes Haar, das am Morgen nicht genügend Öl bekommen hatte, stand hoch wie ein Hahnenkamm. Er goß ein wenig Tee in eine Untertasse und beugte sich hinab, um sie seiner Hündin Molly hinzustellen, die seine Spaziergänge, seine Visiten, sein Essen und den Vordersitz seines Autos mit ihm teilte.

Er verließ den Raum. Und von diesem Tag an war es tabu für mich, am Spülbecken zu stehen und den Gesprächen der Götter zu lauschen.

Gespräche bilden die Mauer zwischen uns und anderen Menschen. Sie bestehen allzu oft aus müden Wörtern ähnlich den ausgedienten, zerbrochenen Flaschen, die in eine Mauer eingelassen sind und fälschlicherweise für Juwelen gehalten werden, wenn sie das Sonnenlicht einfangen.

Manchmal stellte ich mir vor, Dr. Trace käme zu mir und sagte: »So, Istina, hier sind die Bilder. Erzählen Sie mir jetzt die Geschichten.«

Und ich stellte es mir so oft vor – die Bilder waren in meiner Vorstellung riesengroß und auch die Geschichten, die mit ihnen zusammenhingen –, daß es mich ärgerte, als Dr. Trace mich eines Tages mit diesem Satz aus meiner Traumwelt riß: »Erinnern Sie sich, ich wollte Ihnen Bilder zeigen?«

Großvater Trace, dachte ich, der sich über die Kartoffelblüten beugt mit ausgebeultem, glänzendem Hosenboden und blauen Augen wie der Rand der besten Teetasse. Dann wußte ich, es war Dr. Trace, der mir sagte, er wolle mir Bilder zeigen, und fragte, ob ich mich erinnere.

Mein Herz schlug schneller vor Aufregung, während die Geschichten in meiner Vorstellung entstanden, als wäre ein Schalter umgelegt worden, der den Fluß in Gang setzte.

»Ja«, sagte ich, »ich erinnere mich.«

Er klappte das Buch zu, das er in der Mittagspause gelesen hatte. Es trug den Titel *Boswell und die Grand Tour.*

»Tja«, sagte er. »Wir werden wohl nicht dazu kommen. Wir werden die Bilder nicht anschauen. Es würde zu lange dauern. Und wir haben keine Zeit.«

— XVI —

In der Ecke des Aufenthaltsraumes von Station vier war eine Vitrine, die nicht etwa Cocktailgläser oder Porzellan oder Fossilien oder beschrifteten Seetang auf einer Unterlage aus dünnem Plüsch, sondern drei Bücher beherbergte, Dauergäste im oberen Fach, während das untere einer wechselnden Besetzung vorbehalten war, die der Kaplan jeden Monat aus der Klinikbibliothek mitbrachte. Die drei Bücher, die, soweit ich erkennen konnte, bisher noch von niemandem gelesen worden waren, hießen *Das Mädchen von Limberlost, Nachtfalter von Limberlost* (ich erinnere mich, daß meine Mutter es einmal als »ein entzückendes Buch« bezeichnete) und ein verstaubter Band *Von der Blockhütte zum Weißen Haus* mit einem Frontispiz, das den ruhmreichen zukünftigen Präsidenten Garfield nach einer Rauferei mit einem seiner Schulkameraden darstellte.

»Mit dem Großmut des Siegers streckte er die Hand aus und sagte: ›Murphy, reich mir deine Hand.‹«

Manchmal schlenderte eine der Patientinnen zur Vitrine hinüber, nahm ein Buch heraus, schlug hastig die Seiten um wie ein Falschspieler, der die Karten austeilt, um es dann wieder zuzuklappen und ins Fach zurückzustellen. Wenn der Kaplan kam, brachte er Bücher mit Illustrationen und in Großdruck mit. Sie handelten von Kindern oder Jugendlichen, die Unrecht taten und bestraft wurden und schließlich erkannten, wie schändlich ihr Verhalten gewesen war, oder die Gutes taten und starben und dann in den Himmel kamen. Die Guten konnte man wie die Helden in den Wildwestfilmen an ihren weißen Hüten und weißen Pferden und am goldenen Haar erkennen.

Die meisten dieser Bücher waren von den Dorfleuten als Preise in der Sonntagsschule gewonnen und dann gespendet worden. Sie hatten Einbände mit Goldprägung und Widmungen (flankiert von Engeln, die zwischen Geißblatt- oder Clematisranken hervorlugten), die lauteten: »Für Lily Stevens als Belohnung für gutes Betragen«, oder: »Für Tom Robson für gute Leistungen in der vierten Klasse«. Das Datum war in der Regel vom Ende des letzten Jahrhunderts oder der Jahrhundertwende, denn, auch wenn sich die »neue« Einstellung allmählich durchsetzte, so herrschte doch immer noch die Meinung vor, psychische Krankheiten seien eine Form kindlichen Ungehorsams und könnten in einer viktorianischen Atmosphäre konsequenter Strenge und durch das Lesen von erbaulicher Literatur geheilt werden. Und obwohl die Bibliothek neu war, brachte der Kaplan uns weiterhin diese Sonntagsschulpreise, die uns vielleicht helfen und uns unsere Ungezogenheit vor Augen führen könnten. Und es gab noch einen anderen Grund dafür, daß er alte Bücher für uns auswählte; er traute uns nicht zu, auf die glänzenden neuen Bände achtzugeben. Er glaubte wie die meisten Leute, psychisch Kranke seien von Natur aus destruktiv. Hätte er die Wahl gehabt, er hätte uns bestimmt die Stoff- und Holzbücher gegeben, die man Kleinkindern gibt, so wie man einem Hund einen Knochen hinwirft, mit dem er sich beschäftigen kann.

Alle drei Monate kam der Lieferwagen von der Bezirksleihbücherei in die Klinik und ließ etwa sechzig Bücher aller Gattungen da, die vom Kaplan oder Mitarbeitern in der Verwaltung oder vielleicht den

Ärzten oder Beschäftigungstherapeuten ausgewählt wurden, aber selten von Schwestern oder Pflegerinnen, die auf der niedrigsten Rangstufe in der Klinikhierarchie angesiedelt waren.

Eines Tages nun stand ich am Fenster und wusch und trocknete Teetassen und sah hinaus auf den Rasen vor dem Eingang, als der Wagen der Leihbücherei vorfuhr, die Bibliothekarin ausstieg und die hinteren Türen öffnete, und da sah ich, fast in Reichweite, Regale vollgestopft mit Büchern, glänzende grellbunte nüchterne gebundene schlanke Bände mit Kunstdrucken, schwere Sagas aus dem tiefen Süden.

Mich ergriff dieselbe Aufregung, in die sich ein Hauch düsterer Vorahnung mischte, die ich zum erstenmal empfunden hatte, als ich mich mit zehn Jahren in die Stadtbücherei einschreiben wollte (die sich großspurig Athenaeum und Maschinenbauinstitut nannte) und nicht hineinkam, ohne an dem bösartig aussehenden ausgestopften Moa, der am Fuß der Treppe stand, und einer scharfzüngigen Bibliothekarin vorbeizugehen, die hinter einem Gitter saß und Billets und Strafgebühren und Bücher ausgab und ein wachsames Auge auf den angrenzenden Leseraum hatte, in dem die alten Männer saßen, versteinert von den RUHE-Schildern.

Bücher, so schien es mir, waren wundervolle Schätze, da sie erst nach einer so bedrohlichen Reise erreichbar waren, und nur etwas für mutige Menschen, die keine Angst vor ausgestopften Riesenvögeln mit Glasaugen hatten.

Dort hingen Schilder, die einen zur Ruhe aufforderten, wo doch niemand auch nur im Traum daran gedacht hätte zu reden. Für mich bedeutete es, daß in dem Raum geheime Mächte herrschten, die man in Schach halten mußte. Sie standen in unheilvoller Beziehung zu der leblosen, peinlich genauen Rekonstruktion des Moas und zu den mäuseartigen, bedeutungsgeladenen Buchstaben, die, auferstanden zu Wörtern, mit imponierendem Gehabe die Buchseiten füllten. Es war also zu ihrem eigenen Schutz, daß sich die Bibliothekarin hinter dem Gitter verbarg und Schilder an die Wand pinnte; sie mußte mit weit mehr als den schüchternen Bibliotheksbenutzern fertigwerden, die auf Zehenspitzen zwischen den Regalreihen umhergingen.

Nach so vielen Jahren in der Klinik ließ mich der Anblick so vieler Bücher vergessen, daß man ein furchtloser Pilger sein mußte, um sicher in der Bibliothek anzukommen. Ich ging hinaus und sprach die Bibliothekarin an: »Darf ich hineingehen und mir die Bücher ansehen?«

Sie lächelte. »Aber sicher.« Ich ging die Rampe hinauf und stand im Wagen, noch unentschieden, wo ich mit der Inspektion der verborgenen Wörter beginnen sollte, deren Knochen von Menschen entweder zu einer ehrfurchtgebietenden Vision der Wahrheit zusammengefügt wurden, die jede Tür des menschlichen Geistes bewacht, oder zu einem Gebilde, das für eine gewisse Zeit Gültigkeit hatte, einem trügerischen Ganzen, das dem Anschein nach intakt war, aber irgendwann einmal in sich zusammenfiel und seine ausgedörrten, toten Knochen, die nicht einmal Flammen schlugen, wenn sie sich aneinander rieben, über die Schwelle verstreute.

Ich stand im Wagen, starrte vor mich hin und träumte, als plötzlich der Kaplan in der Tür erschien. Er kannte mich. Er hatte mich auf Station zwei gesehen und im Park und im Hof. Er breitete hastig seine Hände aus, so als wollte er die Bücher vor mir schützen.

»Kommen Sie sofort heraus«, fuhr er mich an.

»Oh, bitte, lassen Sie sie mich anschauen. Ich fasse auch bestimmt keines an. Ich verspreche es.«

Der Kaplan wirkte noch entsetzter.

»Patienten haben hier keinen Zutritt. Patienten haben keinen Zutritt zum Bücherwagen. Kommen Sie augenblicklich heraus.«

Er sah sich um, als suchte er nach jemandem, der so mit mir umgehen konnte, wie seiner Meinung nach mit psychisch Kranken umgegangen wird, wenn sie sich widerspenstig zeigen.

Ich stieg aus dem Wagen. Die Aufregung, in die mich der Anblick der Bücher versetzt hatte, und das unmittelbar folgende Verbot, sie mir richtig anzusehen, von jemandem, der, für einen Kaplan merkwürdig verständnislos, gesagt hatte: »Patienten haben hier keinen Zutritt«, und der damit die alte Unterscheidung zwischen Patienten und Menschen erneuert hatte, trieb mir fast die Tränen in die Augen.

Ich hatte am Fenster gestanden und unbeteiligt Tassen abgetrocknet und vielleicht an das Abendessen oder die Post oder den »Gitter«-Schlafsaal gedacht, wo ich noch immer schlief, als plötzlich genau vor dem Fenster eine Bücherei auftauchte, und eine in Tweed gekleidete gute Fee hatte meine Bitte, hineingehen zu dürfen, nicht abgeschlagen. Aber der Bösewicht war gekommen und hatte mich weggeschickt, weil ich nicht den Status hatte, den man brauchte, um die Bücher in den Regalen anzusehen. Ich war Patientin und daher nicht vertrauenswürdig; ich war ein Kind und würde den Inhalt, den wirklichen Gehalt der Bücher gar nicht begreifen.

Er stellt sich diesen Gehalt wie ein gelobtes Land voller Bedeutung vor, zu dem nur ein Weg führt, und die sogenannten Normalen reisen schnell und bequem in dieses Land: er schließt die Schiffbrüchigen nicht mit ein, die auf Umwegen und einsamen Straßen kommen, und die vielen, die sich am äußersten Saum dieses Landes aufhalten.

Ich ging zum Teezimmer zurück und räumte die letzten Tassen weg, hängte das Geschirrtuch zum Trocknen auf, schaltete den Heißwasserbereiter aus, legte die Schlüssel an ihren Platz, und ich machte all diese gewohnten Dinge mit melodramatischer Sorgfalt, so als wäre jemand gestorben und ich hätte heldenhaft verkündet, ich würde »weiterleben wie bisher«. Ich versuchte, die Tränen zu unterdrücken.

Der Kaplan hatte mit mir gesprochen, als hätte ich eine ansteckende Krankheit, die ich auf die Bücher übertragen könnte. Hatte er recht? Ich ging zur Station zurück und beobachtete im Aufenthaltsraum die üblichen trübsinnigen Szenen, die einsamen, konfusen alten Frauen und die verwirrten neuen Patientinnen, die versuchten, sich an die Vorstellung zu gewöhnen, daß sie jetzt in Cliffhaven eingesperrt waren und der Kamin vergittert war und die Fenster sich nur fünfzehn Zentimeter weit öffnen ließen und die Schwestern kommandierten: Aufenthaltsraum Ladies, Bett Ladies, Aufstehen Ladies.

Dann rief mich eine Schwester: »Sie sollen zur Schwester kommen.«

Was hatte ich getan? Wollten sie mich auf Station zwei verlegen? Wollten sie mich wegbringen und meinen Kopf für die Operation kahlscheren, gegen Dr. Portmans Willen?

»Sie sollen zur Schwester kommen. Beeilen Sie sich.«

Schwester Honey stand hinter der Anrichte und legte den Braten für die Oberschwester zum Aufschneiden auf das Brett. Sie sagte mir, Dr. Portman habe angerufen, er wolle mich sofort in seinem Büro sprechen.

Dr. Portman hatte also seine Meinung geändert, er hatte entschieden, daß sie in meinen Kopf zwei Löcher bohren würden, aus denen meine unpassende Persönlichkeit wie ein Zugvogel in ein anderes Land fliegen und nie mehr zurückkehren sollte, auch dann nicht, wenn der Frühling käme und die Kirschblüten sich öffnen und die spindeldürren Wildpflaumen auf der Koppel die Weidezäune weiß säumen würden.

Ich hatte Angst und ging allein nach vorne zum Eingang der Klinik und stand in der weiten, blitzenden Eingangshalle, wo mich die typischen rötlichbraunen Porträts vergangener Verwalter und Menschenfreunde und Gemeinderäte anstarrten, als Dr. Portman zur Eingangstür hereinkam und auf mich zulief. Er war aufgeregt; seine Wangen hatten rote Flecken.

»Kommen Sie zum Büchereiwagen, Istina«, drängte er.

Wir gingen zu dem Wagen. Er lief die Rampe hinauf und winkte mir. Ich folgte ihm und trat ein wie eine Königin. Und dann erklärte er, daß für die Klinikbücherei etwa sechzig Bücher ausgewählt werden mußten, und fragte, ob ich nicht bei der Auswahl helfen könnte?

Vom Kaplan war nichts zu sehen. Was er, der Bösewicht, wohl gesagt hätte, wenn er gesehen hätte, daß mich der rundliche laute intelligente intuitive Prinz ins verbotene Schloß einlud.

Förmlichkeit und Abendessen waren vergessen, und wir saßen auf dem Boden der kleinen Bibliothek und wählten aus. Manchmal las Dr. Portman Passagen laut vor und drehte seine eigenen Erinnerungen mit der dunklen Seite zum Licht. Und es war später Nachmittag, als ich mit vor Glück schmerzendem Kopf zur Station zurückkehrte. Und von diesem Tag an spürte ich in mir eine Wärmereserve, aus der ich schöpfen konnte wie von einem Kohlenberg im Keller an einem Wintertag, wenn der Schnee kam oder es in der Nacht Frost gab und die Blumen schwarz wurden und die neuen Früchte erfroren.

Ich begann öfter allein Spaziergänge zu machen, und einmal ging ich in den Dorfladen, der für uns nicht verboten war, und kaufte mir – ein Glas Erdnußbutter. Oft fielen mir die Patientinnen von Station zwei ein, und auf meinem Weg zur Kantine ging ich am »schmutzigen« Tagesraum vorbei und am »sauberen« Tagesraum, und Brenda in ihrem gestreiften Kleid tapste schwankend zum Fenster und begrüßte mich.

»Hallo, Miss Istina Mavet.« Sie zog einen Schmollmund und lächelte dann. Wenn sie im »sauberen« Tagesraum wäre, könnte sie mir etwas auf dem Klavier vorspielen, wenn Mr. Frederick Barnes es ihr gestatten würde. Und Carol würde sich neben dem Fenster auf den Boden hocken und mir die letzten Neuigkeiten von ihrer »Lobung« und weitere Einzelheiten ihrer Hochzeit erzählen, die sie sich ausgedacht hatte. Sie würde nun doch nicht den Schweineknecht oder irgendeinen von Hilarys Freunden heiraten, sondern einen Fremden. »Verzaubert ist die Nacht, wenn Fremde sich finden.«

»Fremde sind am besten«, sagte Carol. »Am besten zum Heiraten. Fremde oder Filmschauspieler. Und mir gefällt der Mann vom Radio – Roy.«

Roy war der Sprecher, der das Sonntagswunschkonzert moderierte, er hatte die volle Zustimmung von Hilary und Carol. Ihr derzeitiges Lieblingslied war noch immer:

> Auf dem Old Smoky bei Schnee und bei Eis
> verlor ich meinen Liebsten, des Zögerns Preis,

in dem das Leben wieder einmal von einer spontaneren Wärme abzuhängen schien, als sie die meisten Menschen, auch Liebende, bereit waren zu geben; man kann nur annehmen, daß der Geliebte erfroren auf dem Gipfel des Old Smoky liegt. Während ich mit Carol sprach, kam auch Maudie gern zum Fenster und verkündete ihre Meinung, denn eine ihrer Pflichten als Gott war es, zu den Angelegenheiten von Station zwei ihren Kommentar abzugeben.

»Istina Mavet steht am Fenster. Istina Mavet redet mit Carol. Hinunter mit dir, Istina Mavet.«

Der Blick durchs Fenster deprimierte mich und erfüllte mich mit Hoffnungslosigkeit angesichts der allgemeinen Eintönigkeit. Das Leben ähnelt manchen Kinderspielen, bei denen man seine Augen immer wieder schließt und öffnet und bei jedem Öffnen erwartet, daß alles verändert ist – daß man eine neue Stadt mit gläsernen Türmen vor sich sieht, einen Tisch, der für ein Festmahl gedeckt ist, einen freundlichen Wald mit Bäumen, die keine Hiebe mehr austeilen und sich nicht mehr in furchterregende Gestalten verwandeln.

Auf Station zwei war alles unverändert. Tee Ladies, Waschraum Ladies, Bett Ladies. Und dann läuft man unter den ausgeschnittenen Gänseblümchensternen und dem kalten Himmel zum freudlosen Backsteingebäude, in die Flure mit durchdringendem Uringestank und in die nach Stroh riechenden Zimmer; und dann folgt ein langer Abend und eine lange Nacht.

Kann man nicht wie ein lebender Hammer seinen Willen umsetzen und eine Veränderung bewirken?

Ich mußte immerzu an die Frauen auf Station zwei denken – Brenda, Zoe, Mona, Maudie, die völlige Entfremdung von Esme, die allein in ihrer Ecke mitten in einer Pfütze saß, das gestreifte Kleid über den Kopf gezogen, ohne Unterhosen, mit bloßen Füßen, und ihre schwarzen Augen glühten in ihrem blassen Gesicht durch die Schlitze in ihrem Kleid; die Tierschreie, die Vogelsprache. Und die versteckten Menschen von Station eins – die Kinder, die alten Frauen, die Idioten, die hutzeligen und dennoch alterslosen Mongoloiden mit ihren pummeligen Körpern und ihren treuherzigen Gebärden, ihr akkurates Hin- und Hertrotten, wenn sie einfache Aufträge ausführen, ihr versunkenes Starren auf Dinge, die sie und andere nie begreifen werden. Und dann die Patienten, die, wenn man sie abends auszieht, ihre Finger fest um etwas schließen, das sie sich weigern herauszugeben, so als wollten sie sagen: Das blaugestreifte Kleid könnt ihr haben und die Flanellunterhosen, die weiten, die bis zu den Knien reichen, und die grauen wollenen Stationssocken und den gestreiften Kittel mit V-Ausschnitt, aber diese anderen Dinge bekommt ihr nicht – die Grashalme, die ich mir im Park gepflückt habe, das Stückchen Silberpapier von einer Schokoladentafel, das Haarknäuel, das ich im Badezimmer auf dem Fußboden gefunden habe; meine Schätze bringen einen Sinn in meine langen Tage, die ich damit zubringe, zusammengekrümmt mit über den Knien verschränkten Händen auf den vergilbten Grasfleck im Park und dann zur Sonne im Himmel zu starren, Ritter Ohneland im weißen Schloß des Königs.

— XVII —

»Wenn das Wetter schön bleibt«, sagte die Schwester, »dann wird morgen der Bowlingplatz eröffnet.«

Es herrschte spätoktoberliches Dämmerlicht. Ich saß am Fenster im Aufenthaltsraum und sah auf die Baummassen hinunter, die der heimatlosen Dunkelheit, die soeben ankam, Zuflucht gewährten. Sie legte ihren schwarzen Stock und ihr Bündel über Mauern und Blätter, in Ecken und Hohlräume; das Licht blieb auf dem Rasen und in den unteren Gefilden des Himmels, und sinnbetörende Drosseln hüpften unentwegt herum oder standen mit seitlich geneigtem Kopf und lauschten geheimen Stimmen. Flinke Amseln flogen mit aufgeregtem Abschiedsgeträller flach über dem Boden von Baum zu Baum oder stürzten sich kopfüber auf die Erde, wo die rosaroten Würmer mittleren Alters mit Leibgurten am Feuer der Zersetzung saßen und strickten und sich fragten, ob es in der Nacht wohl Regen gebe und sie aus ihrem Heim gespült und ertränkt würden.

Ich war in Gedanken versunken und starrte vor mich hin und hatte nur halb gehört, was die Schwester gesagt hatte. Der Bowlingplatz? Aber ich ging doch bald nach Hause, und primitive Feiern interessierten mich nicht. An jenem Tag hatte ich, nachdem ich Dr. Steward seinen morgendlichen Tee und das Brötchen mit Marmelade servierte, gefragt: »Wann darf ich nach Hause gehen?«, und er hatte geantwortet: »Ich denke jederzeit, wenn irgend jemand Sie haben will.«

Ich ignorierte die Implikation dieses Bedingungssatzes und sagte ihm, daß meine Verwandten mich ganz sicher »haben« wollten. Wer sind wir, haben wir uns verändert, wenn wir den Grashalm in unserer Hand oder das Schokoladenpapier nicht mehr als unsere wertvollsten Schätze betrachten, sondern Menschen, die wir auswählen und in unserem Herzen festzuhalten hoffen? Sind wir dann geistig gesund? Haben wir uns von der Krankheit entfernt, wenn wir uns nicht mehr an einen Kretonnebeutel mit rosarotem Rosenmuster klammern, sondern an Menschen, denen wir eine Kordel um den Hals schlingen können, um sie in unserem Innersten hin und her zu tragen, und die wir nicht freiwillig loslassen wollen, nicht einmal nachts im Schlaf und in unseren Träumen? Ja, ich wußte, daß meine Familie mich aufnehmen wollte, obgleich ich auch wußte, daß sie jetzt Fremde waren, daß meine Mutter ein Vogel und mein Vater ein Sandsteinbild und die ganze Welt eine Traumwelt war, in der Menschen aufwachten und arbeiteten und liebten und schliefen, frei und überschwenglich wie Jo-Jos, bis die Schnur sie wieder und wieder in das zentrale Gefängnis ihrer Ratlosigkeit zurückholte. In der Dunkelheit der grellbunt gestreiften Rummelplätze ihrer Tage werden ihre Herzen kalt vor Angst, wenn sie sehen, wie der böse Zauberer die Ketten löst, mit denen sie immer an sich selbst gefesselt bleiben wollen. Denn sie sind gespalten und können sich nicht von ihrem einschränkenden Selbst lösen wie ein Kind, das Verstecken spielen will, das sich jedoch nie traut, das Versteck zu verlassen, aus Furcht, entdeckt und ertappt zu werden und vor sich selbst und den andern als »der da« zu gelten – als der Schuldige, der Verbrecher.

Was soll ich tun, überlegte ich, wenn ich nach Hause komme? Ich kann nicht leben, wenn ich immer in Kiefernwälder fliehen muß und morgens beim Tee in einer Ramschabteilung voller feiner Federn mit Elstern klatschen und immerzu fürchten muß, daß die Blutwelle in den Schuhen meiner Mutter anschwillt, die wie leere Babywiegen im Schrank stehen, und daß mein Vater seine Sandsteinaugen am Morgen aufschürfen und erblinden oder die Zeit selbst in die Dunkelheit hineinquetschen wird.

Ich überlegte, Soll ich eine Wolke werden?

Ja, meine Verwandten werden mich aufnehmen, und die Welt wird mich mit offenen Armen empfangen, und ich werde eine jener Kreaturen sein, die man aus Horrorfilmen kennt, die über und über mit Eisenspitzen bedeckt sind und ihre Opfer durch ihre Umarmung töten.

»Sie träumen«, sagte die Schwester. »Ich habe über den Bowlingplatz gesprochen.«

Die Eröffnung des Bowlingplatzes war ein besonderes Ereignis im Klinikalltag und fand jedes Jahr im Frühsommer am Bowlingplatz der Männer auf dem Hügel statt. Dazu gehörte das übliche Festmahl aus Sandwiches, Kuchen und Brause. Auf Station vier rief die Ankündigung der Schwester wenig Begeisterung hervor, aber als ich später an diesem Abend den Flur entlangging, um bei Susan hineinzuschauen, sah ich, wie Mrs. Pilling in ihrem Zimmer sorgsam ihr bestes Kleid über einen Stuhl legte. Sie blickte schuldbewußt, als sie mich sah, und schloß hastig die Tür. Sie wußte, so wenig sich andere von dem Ereignis berühren lassen mochten, für diejenigen, die in der Klinik bleiben würden, bis sie starben, war die Eröffnung des Bowlingplatzes wirklich ein Fest. Und ich sah Mrs. Everett die beiden Plätteisen aus dem Kamin im Eßzimmer holen und den Ruß abwischen; sie ging früh schlafen und blieb nicht auf, um beim Austeilen der heißen Milch zu helfen; sie und Mrs. Pilling waren die einzigen, die sich wirklich freuten. Sie schienen sich selbst zu ermahnen wie Eltern ihre Kinder: Jetzt aber schnell ins Bett mit dir, morgen hast du einen langen, anstrengenden Tag.

Dabei dauerte die ganze Zeremonie nur eine halbe Stunde.

Es war ein kalter Tag mit grauen Wattewolken und einem eiskalten Wind von der See her. Wir erklommen den Hügel als kleine überhebliche Gruppe, gingen an der Männerstation vorüber und schoben uns durch das ramponierte hölzerne Drehkreuz zum Bowlingplatz mit seinem Windschutz aus jungen Tannen, die beschwichtigend flüsterten und seufzten, und dem kleinen Pavillon mit dem Anbau, in dem alles mögliche aufbewahrt wurde und wo das Festmahl angerichtet war. Das Panorama bestand aus den Kliniktürmen und Bäumen, dem Meer und dem dunstigen Horizont. Über dem Rasenplatz, auf der rechten Seite, konnten wir die neue Station für chronisch kranke Frauen sehen; die Gebäude waren leuchtend gelb getüncht, um Fröhlichkeit zu vermitteln, doch schien es jene in um so größere Depression zu stürzen, die über das kritische Stadium ihrer Krankheit hinweg waren und das Interesse ihrer Angehörigen hinter sich gelassen hatten und fortan ihr Leben in einem Heim verbringen sollten, in dem die verordnete Ruhe in Pastelltönen auf die Wände gebannt war und Fröhlichkeit aufs Dach, als eine traurige und erinnerungsträchtige zweitbeste Renovierung, die man in den Herzen und Köpfen der Menschen nicht durchführen konnte. Wir standen am Rand der Bowlingbahn und warteten. Ich erinnerte mich sofort, mit Schaudern, daß mir jemand vor Jahren auf der anderen Seite der griesgrämigen dunklen Büsche und Bäume, der Ledersträucher, Kohlpalmen und krummen Zaunpfähle, und jenseits der sumpfigen Weide, auf der die schwanzschlagenden, wiederkäuenden Kühe nach dem Melken standen, das Schlachthaus mit seinem Betonboden und den baufälligen Pferchen gezeigt und bitter gesagt hatte: »Sie töten immer mittwochs.«

Miss Caddick hatte es mir erzählt. Sie starb während einer Schockbehandlung, weil sie keine Wollsocken trug. »Das ist das Schlachthaus«, sagte sie. Und dann zeigte sie auf ein altes Gebäude, dessen Putz von den Wänden blätterte, sah sich geheimnisvoll um und flüsterte: »Das ist Simla.«

Simla?

Der Rasen war weich und grün, Kunstrasen. Ich bekam Angst. Ich beobachtete die eifrige kleine Gruppe von Station zwei mit ihren zerbeulten Filzhüten und ihren Sonntagskleidern, die einzeln durch das Drehkreuz hereinkamen, Carol mit Hilary vorneweg, Brenda, die langsam und vorsichtig ging, da sie keine Wand hatte, die sie stützte, Maudie in einem Mantel, der für ihre stattliche Gestalt zu klein war, Minnie Cleave, Mrs. Shaw, eine oder zwei Patientinnen vom »schmutzigen« Tagesraum; und abseits, mit ihrem Kopftuch für besondere Gelegenheiten, Dame Mary-Margaret, die nur selten an Festlichkeiten teilnahm.

Einer der männlichen Patienten stand da wie eine Wachspuppe in einem Schaufenster und klammerte sich an einer Walze fest; er war der einzige, der auf der Spielbahn stand, und er bewegte sich nicht; er war wie eine Figur in einem Märchen, in dem die Menschen verzaubert sind und an allem klebenbleiben, was sie anfassen. Andere übten Bowling am Rande des Platzes, wo das Gras ungezügelt sproß, und gaben sich alle Mühe, daß die Kugel dabei der Spielbahn nicht zu nahe kam; und unter jenen war Eric, der große weiße Tennisschuhe ohne Schnürsenkel und auf seiner Glatze einen weißen Panamahut trug. Er erklärte, belehrte, führte vor; er kannte ganz offensichtlich das Geheimnis des Bowlingspiels, wie er auch das Geheimnis des Tanzens kannte und Preise in Zelten zu verteilen und Seidentaschentücher aus einem Zylinder zu zaubern vermochte. Ich kenne keinen Mann, der so viele Geheimnisse weiß; aber obgleich er sich benahm, als hätte er alle Glückspakete des Lebens geöffnet – er gab nie preis, was er wirklich in ihnen gefunden hatte, und man konnte den Verdacht haben, daß es nur Blendwerk war, das zerbrach, sobald er es berührte.

Aber wo blieb Dr. Portman? Ohne ihn gab es nämlich keine Zeremonie und kein Festmahl. Nun, Dr. Steward war bereits eingetroffen, ohne seine Frau, dafür aber mit seinem kleinen Sohn auf den Schultern, und er wurde von den weiblichen Patienten bestaunt und bewundert, besonders von den Frauen von Station zwei. Sie konnten ihre Augen nicht von ihm abwenden und starrten ihn an wie ein Wunder, verstehen Sie, wie er da mit seinem Sohn stand, lächelte und redete und ganz menschlich schien, und er trug normale Kleider, keinen weißen Kittel, sondern einen schweren Tweedmantel gegen den eisigen Wind. Er spürte die Kälte, verstehen Sie, wie andere Leute auch, er schlug seinen Mantelkragen hoch und begab sich in den Schutz des kleinen Feuers, und der eisige Seewind wußte nicht, daß er ein Arzt war, sondern blies ihm durch das Haar und kniff ihn in die Ohren und die Nase; wie konnte er es wagen?

Ich sah die gebannten Blicke der Patientinnen von

Station zwei, und mich schauderte angesichts der Wirklichkeit der Krankheit und der Klinik, die das Kommen und Gehen eines normalen Menschen als etwas Wunderbares erscheinen lassen: Mich schauderte, weil ich neidisch war, weil ich die wenigen menschlichen Zustände kannte – Liebe, Hunger, Todesgefahr –, die aus dem hieroglyphischen Allgemeinplatz ein Wunder machen. Und vor allem schauderte mich, weil ich wußte, daß weder Liebe noch Todesgefahr im Spiel war; die Patientinnen starrten Dr. Steward und sein Kind aus einer Art von Hunger an, Hunger, der nicht durch bunte Kuchen oder Brause beim Sportfest gestillt werden konnte.

Der Direktor kam in Sportkleidung, seine Frau im Leopardenfellmantel ging neben ihm, der rote Setter trottete hinterher. Dr. Portmans Schritt war majestätisch, selbstbewußt. Er wechselte einige Worte mit den Pflegern, dann ging er zum Spielfeld und testete es mit seinen schicken Wildlederschuhen, zog dann aber sofort den Fuß zurück, da er wußte, daß die Entweihung erst erlaubt war, wenn er seine Ansprache gehalten und die erste Kugel der Saison geworfen hatte. Er räusperte sich und sprach die gewohnten Worte, die ihm leichtfielen; konventionelle Sätze sind oft das heimliche Entzücken unkonventioneller Menschen, sie benutzen die Wörter als Vehikel, um von hier nach dort zu gelangen, nicht als Tempel oder Heimstatt. »Es bereitet mir eine außerordentliche Freude. Gewiß sind Sie, die Sie heute hier versammelt sind ... Dieser schöne, feierliche Anlaß ... Und nun die Erfrischungen, auf die Sie sicher schon ungeduldig warten ...«

Ein Pfleger reichte Dr. Portman eine glänzende Kugel; er zielte, bückte sich, warf die Kugel und erklärte die Saison für eröffnet, unter Applaus, der überwiegend von den Patientinnen von Station zwei kam, die die Feierlichkeit des Ritus begriffen. Der Rest der Zuschauer begab sich in Richtung des Pavillons, wo Pfleger Sandwiches, Kuchen und Brause verteilten, während die Klinikleitung sich in den kleinen Raum zu einem separaten Festmahl mit Cremetorten und Schinkensandwiches zurückzog. Wir aßen unsere Portion, die Sandwiches mit Streichwurst und Mixed Pickles und die aufgeblasenen hohlen Kuchen und die einfachen goldgelben rosinenlosen Kuchen und die Melonentorte, und während sich einige von uns beschwerten, daß »die da drin« die Leckerbissen bekamen, gab es von den Patientinnen von Station zwei keine Beschwerden, denn sie verstanden auch dieses Ritual und wären (zunächst) bestürzt und verwirrt gewesen, wenn man ihnen die feinen Kuchen gegeben hätte.

Nun gingen die Patienten von der offenen Abteilung und von der Rekonvaleszentenabteilung einer nach dem anderen zurück und machten Bemerkungen wie »Was soll der Aufwand?« und: »Man hätte meinen können, es passiert etwas ganz Außergewöhnliches, und dabei hat Dr. Portman, dieser Angeber, nur die erste Bowlingkugel geworfen, was ist das schon groß?«

Diese Patienten machten einen vornehmen und gelangweilten Eindruck; nach der Eröffnungsansprache hatten sie dezent applaudiert; sie waren nicht wie ein hungriger Mob zum Büfett gestürzt, als sie die Sandwiches und die Kuchen erblickten; einige hatten selbst auf die Flasche Brause verzichtet, auf die sie doch einen Anspruch hatten. Aber dort, in einer Ecke des Pavillons, hatte Carol einen schwunghaften Brause-Tauschhandel installiert, eine grüne für Leute, die die rote nicht mochten, eine orangerote für Leute, die eine gelbe bekommen hatten. Und auf dem Bowlingplatz gingen jetzt die Männer umher und probierten die Bahn aus, indem sie Kugeln warfen; die Atmosphäre war entspannt; die Menge zerstreute sich. Bald war niemand mehr übrig als unsere Gruppe der Patientinnen von Station vier einschließlich Mrs. Pillings und Mrs. Everetts und der Patientinnen von Station zwei, die sich immer noch amüsierten, indem sie nun mit den Männern Bowling spielten; Hilary und Carol wurden in der Kunst des Zielens unterwiesen. Und wer schlug dort Purzelbäume? Wirklich, es war Mrs. Shaw, sie purzelte unaufhörlich und immer weiter und tanzte mit hochgehobenem Kleid.

Wir von Station vier betrachteten sie mit Entsetzen, und die Schwester sagte: »Es ist erstaunlich, daß man Leute wie sie zusammen mit den anderen herausläßt.« Ich glaube, wir murmelten Zustimmung. Im kalten Wind schlugen wir unsere Mantelkrägen hoch (es waren unsere eigenen Mäntel, nicht die zerknitterten Stationsmodelle mit altmodischem Pelzkragen und enger Taille) und wandten uns von dieser Szene der Selbstvergessenheit ab, die unerklärlicherweise durch nichts weiter veranlaßt worden war als die Eröffnung der Bowlingsaison, und gingen voller Station-vier-Würde den Hügel hinunter zur Klinik.

Wir? Ich blieb hinter den anderen zurück. Ich würde bald auf Bewährung entlassen werden, weil meine Verwandten bereit waren, mich aufzunehmen. Ich blieb, um den Patienten, die ich kannte, förmlich und schuldbewußt guten Tag und auf Wiedersehen zu sagen, und ging allein an den Lupinen und der Akazie und dem Stechginster vorüber und vorbei an der düsteren Station, wo, weil es draußen zu kalt für sie war, die Männer zum Teil noch in ihren Pyjamajacken im Speiseraum saßen und auf die Holztäfelung starrten, und sie wußten nicht oder es war ihnen gleichgültig, wie sie die Stunden bis zum Tee und dem Schlafengehen und dem Morgen verbringen sollten.

Ich sah nicht mehr zu ihnen hinüber und versuchte, nicht mehr an sie zu denken. Ich sagte mir vor, was eine der Schwestern zu mir gesagt hatte: »Wenn Sie die Klinik verlassen, müssen Sie alles vergessen, was Sie je gesehen haben, streichen Sie es ganz und gar aus Ihrem Gedächtnis, so als wäre es nie geschehen, und beginnen Sie ein normales Leben in der Welt draußen.«

Und aus dem, was ich hier aufgeschrieben habe, sehen Sie, nicht wahr, daß ich ihr gehorcht habe.

»Eine der größten Autobiographien dieses Jahrhunderts.«

Sunday Times

JANET FRAME

EIN ENGEL AN MEINER TAFEL

Autobiographischer Roman
Aus dem Englischen von Lilian Faschinger
384 Seiten. Serie Piper 1602

Der Band umfaßt die ersten beiden Bücher von Janet Frames Autobiographie: »Zu den Inseln« und »Ein Engel an meiner Tafel«. Sie erzählt darin von ihrer Kindheit und Jugend, ihrer Studentenzeit, die keine Spanne der Freiheit, sondern bedrückender Einsamkeit war. Nach einem Selbstmordversuch wird die sensible Frau in eine Nervenklinik eingeliefert. Erst als ihr erstes Buch einen Literaturpreis erhält, kann sie ins Leben zurückkehren ...

In Vorbereitung:

DER GESANDTE AUS DER SPIEGELSTADT

Fortsetzung zu »Ein Engel an meiner Tafel«